目次

装丁　商業デザインセンター・松田礼一

第一章　春の夢

まぶしいばかりの陽炎である。

いろとりどりの木の葉が、はげしい息吹きを立てて萌え出ているとしか思えなかった。くるみの木はくるみなりに、にれの木はにれなりに、やなぎはやなぎなりに、それぞれのもつ限りの色素を、あでやかに吹きあげて、おのがいのちのほこらしさをたたえているようだ。

「頭がいたくなった」

朱と青をつかって塗りわけた、きざはしの上に立って、あたりを見回していた一人の若者が、庭さきの泉のかたわらの大木に、驢馬の手綱をくくりつけている供の男に声をかけた。

女と見まがうほどの白い顔が、ほんのり上気して、桃の花びらのような色になり、すみきったひとみは、素直でひたむきな性格をあらわしている。櫛の目もあらわな編髪のお下げに、ほどよく結ばれた甲紗のきれ地といい、袖長い道袍(外衣)のつややかな色合といい、胸たかくはばひろく巻かれた黒の帯地といい、身にまとったものは、すべてが名にしおう盆紬(西朝鮮産の絹布)でしつらえたものばかりだ。

よほどの名家の貴公子でないかぎり、このような装いをするはずはなく、その顔や瞳も、冊房(書斎)に閉じこもって、日夜書を読み勉学にいそしむものであることをはっきりとしめしているが、編髪は、この若者がまだ婿入りをしていない証であり、その邪気ない眼の輝きは、この若者がまだわずらわしい俗事にとりまかれたことのないのを物語っていた。

年の頃は、十七、八、何のよどみもなく、思いのままに伸びたゆたかな四肢は、すでに成人の期に達したことをしめし、その頬や額あたり、かすかな生理の発露のあとをとどめている。

独り言のようにつぶやいた言葉であったが、ひっそりと静まりかえったあたりに、さわやかなひびきをもたらせていった。

「お頭《つむ》が? それは大変でございます」

供の者は、反射するように、声ばかりは大仰に立てたが、手綱を結ぶ手付はやめず、目つきもおのが手許にそそがれたままだ。別段急ぐ風も、あわてる気配もみせず、気ながな手の動かしかたである。

粗末な木綿物を着こなしているが、それでも町の者の洒落っ気のみせどころと、腰帯のさきに、手のこんだ紅い刺繍の小袋をつりさげている。はや若さは越したしなびた顔つきではあるが、編髪がとけないのは、よき対手にめぐまれる機会が、いまだにあたえられたことがないというのであろう。

きざはしの上にある若者は、ちょっといやな顔をした。供の者の、つけたりな大仰な返答が気にいらないのである。

毎日、四角な漢字のおりかさなったかびくさい書籍を読みあきて、折にふれ、春の大気の中に、思う存分、身をゆだねたいと願いつづけたのであったが、何事によらず官家の囲いの外に出るときは、父上の許しを受けるというしきたりが煩わしく、映えない思いを、無理強いに押さえつづけてきただけに、許された今日一日の清遊が、あまりにも大きな喜びであり、暗いうちから眼を覚まして、気負い立ったために、若葉のむせびのなかを経てくると、かるい目まいをもよおしそうな気がした。

頭がいたいといったのは、痛むというのではなく、この緑、この若やいだ息吹きに、はげしくかき立てられた心騒ぎを訴えたのだった。うまい言葉がみつからず、いたいといったまでのことであったが、聞きなれた大仰なかえり言葉は、四角い書籍に埋れたかびくさい部屋の退屈さを思い起させ、せっかくのわき立つ胸のうちに、水をさされたようないらだたしさである。

ようやく手綱をくくる仕事をおえた供の者は、背伸びをして、腰をかるくたたきながら主人の立っている方へ顔を向けた。

「どうなさいました。春の風は、身の毒とか申します。それにおあたりになったのではございませんか?」

至極うやうやしい言葉ではあるが、やんちゃな坊やをあやすような顔つきで、愛想笑いをしてみせた。ひどくさといようでもあり、またひどく間伸びしているようで、一体馬鹿なのか利口なのか、つかみどころのない男だ。そのつかみどころのなさが、いつでも相手の角立った心をなごませ、おのずと微笑をわきたたせた。

若者は、思わず笑ってしまった。

「これは、また、なんと! 手当の間もなく気分がなおられたと見えますな? 春の風は浮気娘のように気がかわりやすいと申します」

「もうよい。そなたのおしゃべりは、とりとめなく、よくつづくのう」

「早速のおほめのお言葉、痛みいってござりまする。えへん! そもそも、身共が、お供いたして参りましたるは道令(若様)の、勉学におつかれしたおつむを、さっぱりとはらい清め、天下の絶景としてきこえますることのよきながめを、くまなく案内申し上げまして、すがすがしいお気持ちにかえらせたてまつるためでございます。身共のつとめは、これ重《じゅう》、これ大《だい》でございます。たとえこの口が、しゃべりつかれて、動かなくなりましょうとも、案内に事欠くことはございませぬよう、死力をつくす覚悟でございます」

ついでにうやうやしい礼まで添えてみせるのである。

若者は顔をあからめた。

「もうよいというたではないか」

若者は、きざはしをのぼって、ひろい板張りの楼上に立った。

絶景をめでにきた文人墨客の、溢れる詩情をこめた絶句の、達者な筆跡で刻まれた扁額が、ずらりと欄にかかげられていた。

知名南国広寒楼
六月登臨骨欲秋
桂影忽来天宇逼
朱欄曲処過牽牛

有名な詩で、若者は、何回も読んだことがあり、なかばそらんじている位であった。姜希孟なる人の作だというが、それが、かの三絶として名をとどめている画家で、詩人で、名筆といわれた姜希顔その人なのか、それとも全然他人なのか、いつか先生にきいてみたことがあったが、わからないとのことであった。

若者は、その額の前を去りがたい様子で、ついには声に出して口ずさんだ。はげしい幸福感が、若者の胸にみなぎった。数百年の昔から、この景色のよい南原を訪れたえらい人々はかならずこの広寒楼に歩をすすめ、この楼上に立って、いま自分がしているように、あたりの風景をめでながら、この扁額を見て回ったに違いない。そして、それらの人々は、先人に敗けない程の詩を、かならず一首ずつ書き残していったのである。そしてこの楼上の欄干は、それらの詩人たちの扁額で一分の隙もないほどになってしまっている。

その有名な詩人たちの感慨をそのままに、いま自分も詩情にかられて、この胸騒ぎである。そのよろこびを、若い心だけに抑えきれなかった。

「そもそもこの広寒楼が、ここに建ちましたのは、古い古い昔のことでございまして、そのかみの南原城の主が、この高台一帯に壮麗な庭園をつくったことにはじまります」

いつの間にあがってきたのか、供の房子《バンジャ》(部屋つきの召使い)が、得意の案内口調で、まくし立てはじめた。

「そなたの説明をきくまでもなく、東国輿地勝覧で、読んで知っていることじゃ」

「あれ、道令ニム、それは受取れぬ言葉でございます。はばかりながら、房子奴は、官家に飼われはじめましてこの方、幾百人となく高貴な方々を御案内申し上げましたが、身共の案内は、いつも見事なものじゃとおほめの言葉をいただいて居ります。東国輿地勝覧とは、どのようなものでございますか、身共には、とんと分りかねましてございますが、おそらく何処かに書かれたものは、身共の案内口調を、写したものに違いありません」

「あきれた奴だ。それ程のうぬぼれ方なら、思う存分、永生きも出来るというものだ」

「さようでございますとも、身共の申すことに間違いはございません」

「そなたもさぞつかれたであろう。下に降りてすこし休んではどうだ。それがしは、ここで景色をめでながら詞藻をねりたいのじゃ」

若者は、なんとかして供の者を傍から追いはらいたいのであったが、房子には、それが不服でならないのであった。そもそも今日の清遊は、この房子のはたらきによるものではないか？　あの厳しい使道（府使）を、うまくまるめたのは、自分の口達者のおかげであって、さもない限り、一日の清遊など、思いもよらぬこと、それこそ本当に頭を抑えながらあくびをかみ殺して漢字本に向い合っていなくてはなるまい。それを勝手気ままに、有難い素振りもみせないばかりか、ここまで連れてきてやると、もう自分を邪魔者扱いにしている。いくら年端のいかぬ子供とはいえ、両班《ヤンバン》の息子だといって威張り過ぎている。まったく腹の虫のおさまらぬことばかりであるが、しかしなんといっても相手が使道の独り息子とあってみればさからうわけにはいかない。言われた通り、おとなしく下へ降りて昼寝でもした方が利口というもの……房子は、しぶしぶ降りていった。

ひとりになると、若者は、大きく息を吸って、思い切り両腕を振りあげた。しかし下衣、上衣、外衣と、袖長の着物を幾枚も重ねているので、それがひっかかり、思うように腕はもちあがらなかった。このように、外出者をつけているからには、飾り人形のように端正な格好をしているほかない。

かるい溜息が、知らぬ内にもれて出た。

……道令ニム、道令ニムと、身は、あまたの人々に、あがめられ、したしまれ、うらやましがられているということを、若者はよくわかっていた。たしかに彼の父、李翰林は王家の流れから出た名門貴族の相続者として、王城に居るときも、多くの人々から尊崇され、とくに先祖に対する比類のない孝心ぶりは、国王の称讃を受けた程で、別に役を志望したわけでもなかったのに、豊饒な湖南の大府として名高い南原府の長官として派遣されたのであった。仕官をあせる人々にとって、湖南の南原府使はあこがれの的となっているというはなしを、彼もきいて知っていた。しかし彼の父は別段よろこびの色もみせず、黙々として家族を連れて赴任してきた。府内の人々は、格式のたかい高貴な人を大守に迎えたというので、さもそれが、かけがえのないことのようによろこんだのだった。

したがって、彼の父なる李翰林は、あらゆる人々から唯一の神のようにあがめられた。彼は、誰からも、その父の子として、特別すぐれたもののようにもてはやされた。誇張することの好きな府内の人々は、彼の風采を李太白にたとえ、おそらく天下一の美少年であろうといい、彼の詩作は、李太白や杜甫にまがうべきもので、しかもその筆跡は、王羲之の書にも劣らないであろうというのであった。幼少の頃から人並はずれて記憶力がよかったのはたしかであり、日ねもす書を読んで、さほど苦しいと思うことはすくなかった。それだけに、ほかの子たちが一年かかるものを半年か三カ月ぐらいですませたのは事実だった。自分でも興が湧くと、すらすら詩作をすることがあり、暇があれば書をかいて楽しんではいたが、人々が古今まれな神童とか天才とかいって、はやし立てるのには、面映いものを感ぜずにはいられなかった。

彼の父は、彼の名を夢竜とつけた。女がみごもるときは、かならず神霊のお告げによって胎夢をみるものと信じこんでいる父や母は、彼が母の胎内にやどるとき、竜の姿として夜の枕辺に訪れたというので、早速その夢になぞらえ夢竜としたのであった。竜や虎をもって、神霊に通ずる動物の代表であると思いこんでいる人々は、彼が、かならずや竜が雲にのって天にのぼるように、雲上たかくそびえ立つ人となるのであろうと、我と我子たちのことを忘れて論じ合うのであった。

つねにお世辞や讃美のまなざしにとりまかれて、彼は、自分を、この世にない幸福な者だとは思っていた。そして自分の考えていることや学んでいることが、くもりなく正しくまた気高いものであると信じていた。彼は自分が、かならずや将来、あこがれの科挙の試験に及第して、人々のいうような偉い人になれるであろうと思いこんでいた。

つまり何も彼も、よいことばかりにとりまかれ、何一つ悔ゆることも、うらやむこともないように思え、彼はその気になって、いままで育ってきたのであった。

ところが、此頃になって、彼は、なんとなく煩わしいものが多くなり、あわい物足りなさと退屈さを感ずるようになった。

毎朝、床のなかで眼をさまし、障子のそとに、ほのぼのと、白いあかるさが増してくるとき、何か胸躍らせるようなものがしのびこんでくるような気持ちで、いそいそと起きあがり、すぐ身仕度をして部屋の窓を開けてみるのであった。しかし庭のなかは、ただうつろで、昨日みたことと何のかわりもなく、しばらくすると、もうあきあきするほどみなれた房子が、ねぼけたような眼をこすりこすり「お利口な道令ニム、はやいおめざめで」とかなんとか、乳呑子をあやすような言葉をかけながらやってきて、部屋の片づけをする。それから洗顔、それから食事、食事前の父上へのきまりきった挨拶、それから母上、それから祖先の祭壇への礼拝、坊主がお経を読むように、ムニャムニャとかたづけてしまうのだが、どうかすると食事の膳を前にして、「お前の今朝の礼拝の仕方はすこしも誠がこもっていない。祖先を尚崇する心のないものは畜生同様だ。家の祖先は、おそれおおくも王家の流れで、先祖代々孝子の誉たかい家柄であり、祖先の礼拝をないがしろにするような不心得者は一人もいなかった。両班ともあろう者は先ず孝の念と君に対し奉る忠の念がなくてはならない」と、火の出るようなきついお叱りを受けるのである。両膝をついて、かしこまり、すっかり悔悟の涙にくれて、ようやく許してもらうのである。

叱られる材料はいたるところにあった。朝、洗顔に出ると、たいてい房子か通引《トンイン》（給仕のような役）が世話をやいてくれるが、彼等同士が出逢うと、実によくたわけたことを言い合って笑った。それが面白くて一緒に笑ったり、必要の用以外に彼等と親しくしゃべり合ったりすると、さっそく、その次の食事時の説教の材料となった。「君子はつねに身をつつしみ下賤の者とみだりになれすぎてはならない」と、いうのである。

父の前には一言の弁解もなりがたく、その言いつけは、どんなことでも、ひたすら守り通さねばならなかった。

しかし、房子や通引たちは、彼等だけになると、いつも楽しげで笑い声が絶えなかった。父のいないときなど、彼等はよく夢竜の部屋の前の庭で体をもみ合ったり相撲をとったりした。押したり押されたり、体と体をはげしくぶっつけ合って、息をきらしながら、もみ合っている姿は、血のたぎりたつような感じをあたえた。彼も思いきり、体をなげ出して彼等と力をためしてみたかった。

勇気を出して、自分も一緒にやってみたいと言い出すと、彼等は俄かに顔色をかえてとびのいた。

「そのようなことをしたが最後、身共は、鞭を百ほどもうたれますから御勘弁を」と、いって逃げてしまう。両班の子は何故彼等と一緒に遊んだり笑ったりしてはいけないのか、彼にはどうしてもわかりかねた。

食事が済むと冊房に行って先生に朝の挨拶をし、その前に端正に座って、その日習うだけの分量を音読した。それは大抵中華の国の史書であり、中華の学者の経書であった。ときには面白いと思われるものもありはしたが、大抵は暗記に骨の折れる味のないひからびた文章であった。科挙に及第したり偉くなったりするためには、どうしてもそれらの書籍を暗記してしまわねばならないというが、一体そのことにどれだけの値打ちがあるのか、彼には区わけがつかなかった。

書籍と向い合って、苦しい一日の行をはたすうちに、はや日は暮れて、夜の食事、そして夜の挨拶、結局、何一つかわったことはなく、その日その日は暮れていくのである。房子は毎日かわった一口ばなしを仕入れてきて、無理にでも彼を笑わせようとした。かつては房子のはなしの面白さにひきつけられて、腹の皮のよじれる程笑いころげたこともあった。しかしこの頃は、房子の話も底の浅さがみえてきて、面白くもおかしくもなかった。大袈裟な身振りやおどけた顔つきもただ見苦しく、おつきあいのために、無理に顔をほころばせて笑ってみせるようなものであった。

風がめっきり和らいで、燕が軒下に巣をつくりはじめてから、彼は一層ふさぎの虫にとりつかれていた。そして冊房の近くの、通引たちのたまり場のようになっているところからきこえる彼等のおしゃべりが、なおさらに彼の気持ちをかきみだした。

通引たちは、それぞれ胥吏《しょり》(地方官庁につとめている下吏)や妓生《キーセン》たちに付きそって、花見や舟遊びや弓あそびなどをした面白さをたがいに吹聴し合っていた。彼等のはなしの節々から、彼等の遊びに行った川や池や森などの景色のよさを想像することができ、そこに咲き競っている桃や杏やつつじの花の美しさが手にとるように見え、彼等の遊びの面白さがどんなに素晴らしいものであるかを偲ぶことができた。なかには、その遊び場で、無理に酒を飲まされ、酔いつぶれて寝ていたら、年若い妓生がしのびよって自分のために色々介抱をしてくれたことを、得意になって披露している者もいた。彼等のその楽しげなおしゃべりを通して、彼はそれらの遊びの面白さを幾通りとなく頭に思い描いた。そして彼も通引たちのように、その遊びのなかにまじって楽しむことができたら、どんなに幸福であろうかと想像した。彼は通引たちの自由な立場がうらやましかった。彼等が美しい景色のなかでさまざまの楽しさを味わっているとき、自分だけが冊房のなかで味気ない日を送っていることを思い、泣きたいようないらだたしさと、彼等に対する嫉妬のために苦しんだ。

彼が官家の二重三重の塀の外へ出て行くことは、一年のうちに二度か三度くらいしかなかった。前年も彼は二度だけ外出を許されたが、それは二度とも外出のお伴をさせられただけで、それも轎《きょう》にのって行く母の後から、驢馬にまたがり沿道の景色をながめて帰っただけのことであった。しかもそれが忘れがたい思い出となって心深く刻みこまれていた。

父上の許しさえ得たら、どんなところへでも思いのままに行かれるはずであったが、そのためには外出を必要とする理由がなくてはならなかった。しかも彼にはその必要とする理由が、何一つとして思い出せなかった。科挙に及第するまで、史書や経書の暗記をすること以外に彼のつとめはなかった。房子や通引たちなら、それぞれ自分にあたえられた役目をはたすために、塀の外は勿論のこと、城門を出て、十里でも百里でも行ってこなければならない。だが、彼には、何一つ役目というものがあたえられていなかった。書籍の暗記だけがすべてであった。それのみが孝や忠の道に通じることであった。幾十回幾百回となく父や先生から教えこまれているだけに、たとえ窒息しそうになっても、冊房からはなれてはならない。

思いあぐねて、彼は房子を呼びつけ、景勝や古跡のはなしをさせた。房子は得意になって、そのうすい唇をすばやく動かしながら、東の智異山、西の蚊竜山、それから池や川のこと、由緒ある楼閣のことなどを、はるかな伝説まで織りまぜて、はてしなくしゃべりつづけた。

眼を閉じ、それらの話をきいているうちに、彼の心は、房子の言葉からはなれ、雲にまたがって、はるかな空を飛びまい、ありとあらゆる国々を眺めおろしていた。そこには彼があこがれていたすべてのものが散りばめられていた。その夢想の国を、思いのままにさまよっているとき、房子は、はたと膝を打ち、「道令ニム、居眠りはひどうございます」と、不服げにひきさがった。

房子のはなしには、興にまかせたつくりばなしが多く、それは何処までが真実で、何処までが伝説なのか区わけがつかなかった。たとえ眼の前に真実の姿は見られないとしても、真実を伝えてくれるものがほしかった。いろいろ探しもとめているとき、ある日先生と一緒に見にいった官家の書庫のなかから、「東国輿地勝覧」一揃五十五巻を見つけた。それには、わが東国(朝鮮)の隅から隅までの、すべての山川や名物や形勝が、あますことなく克明に書かれていた。それは官庁の備付になっている貴重な一部だから、持出してはならないというのを、散々わがままをいった揚句自分の部屋に持ち帰って、暇さえあれば、それをひもといた。

自分がいま住んでいる南原のことは、この書籍のなかでも、特に大きく、しかもくわしく書かれていた。先生も父上も房子も、かつて彼に聞かせてくれたことのないさまざまなことが描かれていた。それを読んで彼は宝をみつけたようなよろこびに浸ったが、そのよろこびがさめると、今度は、半日か一日あれば、充分行ってこられるそれらの形勝の地を、是非自分の眼でたしかめたいという欲望にとりつかれた。

面倒なことは、何でも房子にいいつければよいという、ながい間のならわしから、彼は外出してもよいという父の許しを得るために、房子の智慧をかりた。自分では、父の前に出て願うだけの勇気もなかった。「万事はこの胸三寸にございます」と、ポンと胸の上をたたいてみせ、房子は、府使のいる官家の上室に這いこんでいった。

彼は、父から呼びつけられた。余計なことをたくらんだばかりに、今度は笞を打たれることになりかねないと思い、両脚ばかりか、唇までが、けいれんのようにぴくついた。ところが、父は案外上機嫌であった。「明日は読書をやすんで、房子を供に、遊山をして参れ」と、ただ一言をいい、自分の執務のために顔をそむけてしまった。

冊房にもどって、夢でなく、ほんとうに外出のできることを、もう一度心にたしかめ、彼は、はじめて躍りあがり、その足で内房の母のもとにかけこみ、「母上、明日は遊山に参ります。父上の許しを得ました」という報告も、もどかしく、母の肩にすがりつき胸や顔に、おのが顔をすりよせた。母は、おどろいたりあきれたりしながら、それでもうれしげに、「それでは婢《はしため》たちに、たくさん御馳走をつくらせましょう」と、いってくれた。

こうして、はじめての、広寒楼行きが、かなえられたのであった。房子は、彼の乗るべき驢馬の背に、御馳走ばかりか酒のかめまでをくくりつけてきたのである。

すべてが房子の骨折りのおかげであることを、彼もよくわかっていた。だが、ここへきてみると、彼は一人きりになって、あちらこちらへとびまわり、さまざまなものを、見たり考えたりしたかった。

ながい瞑想からさめ、夢竜は、つぎの扁額の詩に眼をうつした。李石享という人の作である。

方丈山前百尺楼
丹梯高架碧山頭
水連平野煙光合
雲捲遥岑両色収
臨水却疑天上座
倚風還似月中遊
人間自有清虚府
何用区区世外求

これはすこし大仰だと思った。こんなに天上に座ったり、月中に遊んだりするような気持ちにならないでも、この景色のなかにひたって、もっと素直なよろこびがありそうだと思った。

「道令ニム、道令ニム、もうそろそろおひるどきでございます。詞藻をねるのもよろしうございますが、遊山にきて飢死にするのも、ほめたことではございません。使道夫人さまの、お心尽くしの御馳走、そっくり召上って帰りませぬことには……」

待ちくたびれたような声で、房子は、きざはしの下から、せきたてた。いわれて、夢竜も空腹をおぼえた。

「そうだな、それでは、あの池のほとりの、草むらの上に座を設けるとしようか」

「滅相もないことでございます。大家の若様が、そのような下々で召し上るものではございません。この楼上の見はらしのよいところにいたしましょう」

こういうとき、いつもいいようにしてくれ、というのが、ならわしであった。夢竜は黙って、房子の次の声を待った。

「それでは、いま持って上ります故、しばらくお待ち下さい」

夢竜は、腕を袖の下に組んで、回廊をあるき回った。

房子は、何回となく、楼のきざはしを、かけ降りたり、かけ上ったりして、食事の席をしつらえた。南向きの、はるかに展望のひらける方向である。

「さア、道令ニム、仕度がととのいました」

房子は、かしこまって、夢竜の席につくのを待った。

「房子、そのように格式ばらぬでもよいではないか」

「でございますが、使道さまが、たとえ遊山中でも、儀式をくずすことのないよう、きついお達しでございましたので」

夢竜は、またいやな気がした。

「父上は、まだ、それがしを子供だと思っておられるのだ」

「道令ニムは、はや十八歳でございます。花にたとえて、いままさに咲きそめんとする頃ではございませぬか？　子供などと思うはずは」

「いや小児扱いにしているのだ！」

「まアそのように御立腹なされてはなりません。それでは手前どもも、御免こうむって同座させていただきます」

「いや、房子、そなたに腹を立てたのではない。遠慮せずに一緒に食べるとしよう」

「ではまず、道令ニム、このよき遊山を祝いまして、一杯お召しなさっては」

「酒か？　酒など……」

「道令ニム、御自身で、小児扱いするなと、申されたではございませんか。それともまだ子供の身故？」

「たわけたことを、いやかまわぬ。酒をつげ」

「さようでございますとも」

房子は大きな盃になみなみと薬酒をついだ。その香ばしい匂いが、まず胸にしみた。夢竜は目をつむって、一気にのみほした。

「御見事、御見事、それでこそ大官の御振舞いがなされるというもの」

「つまらぬことをほめたてるな。その方もやってはどうだ。どうれ、ついであげよう」

「え？　罰があたります。それに――」

房子は、油断のならない眼つきで、すばやくあたりを見回した。しかし、鳥の鳴き声以外は人影はまるで見当たらなかった。

「それでは遠慮なく、ヒヒッ」

房子は、渇いた人が水を呑むように、一瞬の間に呑みほしてしまった。

「そなたの酒好きだというのは、よくきいたが、おどろいたものだな」

「道令ニムだって、修行なされたら、相当なものになられますぞ」

「酒の修行か？」

「そうですとも、酒も一人前にならないと大官にはなれませぬ」

「だが、父上が、そんなに酒をのむのを、見たことがないぞ」

「だから、陰では、話のわからぬ野暮天、アッ」

房子は、亀のように首をちぢめて、あわてて手で口をふさいだ。夢竜は苦笑した。

「なるほど、父上は、話のわからぬ野暮天といわれているのか？」

「とんでもございません。そのような悪口が」

「かくさずともよい」

「それはそのう……」

「そなただけのつくり言葉だと申すのか？」

「いいえ、そんなことは……」

夢竜は、大きく口をあけて笑った。房子はいよいよちぢみこんだ。

「さア、罰にもう一杯ついでやるぞ」

「へえ、恐れいってございます」

「房子、そなたも、それがしを子供だと思っているであろう」

「そんなことが」

「いや弁解におよばんぞ。いいか、それがしも、自分のことを考えるだけの年にはなっているのだ。自分の思っていることを、自分の力でやってみたいのだ。いつも子供のように他人の世話にばかりなりたくないのだ」

「それは、ごもっともなことで」

「その方には、それがしの気持ちがわからんのだ。まアわからなくてもよい。それより面白いことを話してきかそうか」

「はア」

「そなたの得意とする、この広寒楼の由来記だ」

「へえ」

「むかしここに小さな楼亭があったのだ。それは高麗朝のとき建てたのか、あるいは新羅朝、百済朝のときのものかもしれないのだ。それを広通楼といった。何百年もたってすっかりくちはててしまったものを、本朝世宗王十六年のとき、その当時の府使閔泰という人が、この建物を新築したのだ。それから十二年たって、当時の国相鄭麟趾が、広寒楼と名をあらためた。そのときの有名な言葉に
ああ湖南山勝景を憶うとき

吾が郷に勝れたるは莫《な》く
そして吾が郷で勝賞さるべきは
まずかの楼に勝れたるはない

というのがあるのだ。歴代の府使たちが、どんなにこの楼を思い、この地に生まれた人々が、どんなにこの楼を想っていたかは、鄭麟祉の言葉にも、しみこんでいるではないか。かの鄭国相は、ここからあまり遠からぬ河東に生まれ、少年時代からよく遊びにきたというのだ」

「ほう、さようでございますか。これはこれはまことにお見上げ申した御説明……」

房子は平伏してみせた。それはおどけた格好ではあったが、この少年の博学に対する畏敬の念もこもったものであった。

「官家から、ものの二、三里（七、八町）しかはなれていないこの楼に、それがしは、ながいことあこがれていながら、来てみることができなかった。いまはじめて望みがかなって、ここへ来てみて、それがしはあまり気が浮き立って心が落ちつかない。詩を作ろうにも、心が散りすぎてまとまらないのだ。ああこの千々にみだれたよろこびの思いを、そなたがわかってくれたら、どんなに素晴らしいことか？」

しかし、房子には、夢竜の感激がわかるはずはなかった。彼はひたすら御馳走をつまむことに熱中した。

「さア、もう一杯ついでくれ、それがしは、わめきたい。力いっぱい歌いたい。そしてあの欄干の扁額に刻まれた詩を、全部朗吟したい。ああ、知るや南国広寒楼の名を、か……」

「道令ニム、まず召し上りなさいませんと」

「俗人は、先ず食うを第一とするか。よし食わんかな。その方は大いに呑みたいであろう。それがしはもう沢山だ。全部呑むがいい」

「ヒヒッ」

房子は、たてつづけに呑みほし、みるみる顔を紅潮させた。

「道令ニム、この楼は魔力をもっていると申します。春遊びにきた者をひきとめて秋まで帰さないということでございます。気をつけなさいませんと、その魔力にとりつかれますぞ」

「たわけたことを」

「いいえ、房子の申す言葉に、嘘偽りはございません」

にわかに酔いが出てきたとみえ、房子は呂律の回らぬ調子で、しゃべりつづけたが、やがて楼上に手枕で寝こんでしまった。

夢竜も顔のほてりをかくし切れず、落ちつかぬ足取りで、また回廊をまわりはじめた。李太白は、斗酒をあびても、なお帝王を感嘆させるような詩をつくったというのに、わずか二杯の酒で、頭を混乱させている、おのれの稚なさが、腹立たしくもあった。

朱欄曲るところ牽牛過ぎる

その結句が、なにかを暗示しているようでならなかった。

楼前の池にかかった白い石橋は、烏鵲《うじゃく》橋と名づけられてある。すると、この庭をつくった人は、この小島をとりまいたまるい池を、銀河にたとえたのであろうか？

すると、詩人たちは、何故牽牛を思いながら織女を思わなかったのであろう。牽牛の過ぎる白い烏鵲の石橋は恋のためにおのがまことを捧げつくした織女をも渡らせなければならないはずである。

織女になぞらえる可憐な美姫は、この白い石橋のかなた、あの小島、そしてまた、そのかなたに立っていたのであろうか？

七夕の、さわやかな夏の宵にちなむ、古い恋物語を思い描きながら、夢竜は、おのが心に湧き立つはるかな雲にうかぶあこがれを、できるものなら詩のなかに織りこんでみたかった。

しかし、そのあこがれは、空たかく浮き立つ白雲のそれに似て、たぐりよせるすべがなかった。

夢竜は、橋のかなたの、ひろい見晴らしをみつめた。竹やぶにかこまれた、いくつかの小さい部落がはてしない畑の合間合間に、さりげなく散りばめられ、キラキラ陽の光を白く反射させる細い流れが、村と村との間を抜けて、遠く遠く流れている。

流れの岸には、枝垂柳《しだれ》が、数えあえないほどに立ちならび、その細い枝々が、微風に揺れて、うぐいすの、清らかな鳴音に合わす舞いのようにも思えた。

いま詩はつくらずとも、この境にひたっているのが、詩心ではないか？　彼はそのようにも考えた。

と、柳の枝をぬけて、白いチョゴリ(上衣)に、黄色な絹地のチマ(裳)をつけた乙女が楼の方へ近づいてきた。柳のしたたるような緑のかげに、その白い上衣と、黄一色の裳は、えもいえぬ調和をなして、この世の人とも思われぬあざやかさである。

夢竜は、ときめき出した胸の鼓動を抑えきれず、すいついたように、その動いてくる点をみつめた。血潮が音を立てて頭へ逆流した。

乙女は、楼上に眼もくれず、池のほとりの喬木にたれ下っているぶらんこに手をかけた。

端午の日には、広寒楼で、近在の若い女たちのぶらんこ大会があるということを、夢竜も通引たちの話から聞き知ってはいたが、いま眼の前の池のほとりに、縄目もふといぶらんこがしつらえてあることは、ついぞ気がつかなかった。

どのような容貌をした女であろう？　夢竜は、かけ降りて傍へいってみたかった。乙女は、丈なす黒髪を、裾にとどくまで編み下げ、紅のはばひろいテンギー(リボン)をつけていた。ぶらんこに手をかけた乙女は、自分の歩いてきた方へ、たかく手をあげ、誰かを招いた。その呼び声は、ほととぎすのその声に似て、よどみのない、すみきったやわらかさをもってこだました。

柳の並木を抜けてもう一人、黄のチョゴリに、黒いチマをつけた乙女がかけてきた。十七、八の細い面長の、ひきしまった顔つきであるが、身なりをかまうほどの境涯ではないらしく、黒髪はかるくほつれて浪立っていた。つけたテンギーも、地味な紫である。

先にきた乙女から一間ばかりはなれたところに立ちどまり、息切れする声で、

「お嬢さま、足がおはやいんですもの」

と、おくれた申し訳をするようである。

「ね、あたし、今度こそ一番の人を抜きこしてやるわ」

「もう、お嬢さまは、どなたよりも上手でございますよ」

「サンタニ(上丹)は、あんなうまいことといって」

「いいえ、お嬢さま、本当でございますよ」

「ね？　いい？　みててよ」

乙女は、サッと、身をひるがえして、かるくとびのった。黄色のチマが、大きくゆれ、花びらのようにひらいてつぼんだ。

みるみる、ぶらんこは、大きく弧を描いた。緑のなかに、にわかに咲いた、白と黄と紅の花は美しさの極致を描くかのように、強くはげしく動いた。木の葉と木の葉が、楽の音のようにすれ合い、葉にかくれていた残り花が、吹雪のように舞い散った。

長閑な静寂につつまれていた池のほとりは、たちまち華やかにいろどられて、すべてが、生命あるもののように動いてみえた。

胸苦しさに夢竜は、息をひそめている自分自身に気づいた。酔いは既にさめきっているはずなのに、頬は火のように照り映えた。

夢をみているのではないだろうか？　夢竜は、あわただしく、あたりを見回した。房子は、はばかることなきいびきをかいていて、楼前につながれた驢馬は、木陰にゆったりと立って目をつむっている。

えもしれぬよろこびがあふれた。しかもそれは得体のしれぬなやましさをともなっていた。夢竜は目をつむった。心の迷いは身のいたらなさを物語るものだという教えが責め立てるように耳許で繰り返された。

しかし、彼は、一瞬も目を放してはいられなかった。動かぬ自然の景色だけをながめて、それにひたりきっていたと思った心こそ、知らぬ者の心の迷いではなかったか？　というあらたな疑いの念がつきあがった。

ながい、息のつまるような時がながれたように思えた。しかし、それは、ほんのひとときの間のようでもあった。

やがて弧を描く線は次第に短くなり、乙女はひらりと飛び降りた。

「ああ、暑いわ。もう汗がでて、これ、こんなよ」

ぼんやりみつめているつれに、声をかけながら、乙女は、顔を近寄せ、汗ばんだ襟元をひろげてみせた。

「サンタニは、乗らないこと？」

「いいえ、あたしは」

「引っ込み思案ね。遠慮することはないじゃないの？」

「でもお嬢さま、わたしは目が回ります」

「はじめのうちだけよ。なれたらなんでもなくてよ」

おとなしく立っている娘は、気弱にほほ笑んでみせた。

「ああ汗くさい。あたしすこし体を洗うわ」

乙女は、いきなり、チョゴリを脱いで、つれの娘にわたし、池のふちにかがみこんだ。

額のあたりや顔の輪廓がぼんやり見えるだけであるが、白い腕の動きや、胸の隆起のあたり、女人の肌の色をみたことのない夢竜は、眼まいがした。

普通の娘であれば、自分の家のなかでも、肌をみせることはないはずである。まして、このように人眼につきやすいところで、あのような大胆な振舞いのできる乙女は、一体どういうたぐいの人であろう？

乙女は、池の水をすくいあげて、襟元や胸のあたりを洗い、つれの娘の差出した白いきれ地で、ふきとると、すぐチョゴリを着た。そして、はじめて気づいたように、あたりを見回した。

「あら、こんなところに驢馬がつないであるわ」

そういって乙女は、警戒する表情で楼上をみあげた。

まともに視線がぶつかった。夢竜は羞恥の念にたえきれず、つい面を伏せた。しかし相手がたじろぎもせずに自分をみつめていたことを思い、すぐ顔をあげた。乙女は、強いまなざしで、こちらをみつめている。夢竜は、いまだかつて、若い人から、このように遠慮のない眼つきをされたことがなかった。誰でも自分の前に出ると眼を伏せた。

驚きとも、よろこびともつかない、腰の浮き立つ感じだった。

乙女の頬や口のあたりに、かすかに笑みがうかんだように見えたかと思うと、その視線はたちまちあらぬ方へ向けられた。

「きれいなつつじが咲いているわ。サンタニ、あの花をつみにいきましょう」

声より先にかけ出していた。つれの娘も、あとにつづいた。

乙女の姿が、視界から消え去ってしまうと、すべての色彩が、一度にかわってしまった空虚さだった。

だが、乙女たちは、すぐ花を手に、ぶらんこのあるところへ戻って来た。乙女は花を手にしたままぶらんこにのった。楼上の人にみられていることなど、気にもかけない風である。

どうしたわけか、夢竜の胸には、淡いかなしみがこみあげた。ひどくつまらないものとして、見下げられたような感じだった。

府使の子として、彼は、あらゆる人にあがめられてきた。何故そうなのかを、考えたことはなかったが、自分は、誰からでも仰がれる立場にいると信じていた。父の府使と先生とをのぞいて、彼の前に出てくる人は、かならず目を伏せ、丁寧な言葉をつかった。ところが、あの乙女の眼つきや態度には、相手がどんな人間であろうと、怖れたり、あがめたりはしないという、なにか動かしがたい力があるようにみえた。

一体、誰の娘なのであろう？　どんな家の人であろう？

自分をさえ、見下げて顧みないような娘の正体を、はっきりつかみとらずにはいられなかった。

「これ、房子《バンジャ》！」

彼は声を荒立てて従者をよびおこした。しかし程よく酔いつぶれている房子は、二言や三言では、眼をさまさなかった。

貴族の子らしいわがままな感情が、夢竜の気持ちをかき立てた。

「房子！　起きろ、一大事だ！」

房子は、しぶしぶ眼をあけた。露骨に不服の情がみえた。わざと寝返りをうち、大きなあくびをした。

「無礼であろう！　気をたしかにせよ」

「はア、道令ニム、何事で？」

「あれなる者は、一体何者じゃ？」

夢竜は、にぎっていた扇子でぶらんこの方を指した。

「ハハッ」

平伏してみせる房子の表情には、冷笑のかげがういた。

「さて、何処でございますか？」

「この真っ直ぐ、池の向う側じゃ」

「はて、手前共には、とんと何も見えませんでございますが」

房子は、ますます冷ややかな笑みをうかべた。

「とぼけるな！　あれだ」

「いいえ、一向に、どうれ、もう一度、お指しください」

「じらすな！　あれだよ」

夢竜は、もう一度扇子をさした。房子は、とびあがるような格好をみせ、はたと膝をうちながら、

「なあーんだ！　あれでございますか？」

そういって、ひどくさげすむような声でいった。

「あれは、妓生《キーセン》の娘ですよ」

「妓生の娘？」

夢竜の顔は蒼白になった。

「あの、宴席にはべって、酔いしれた者共とたわむれる妓生の娘だというのか？」

「さようでございますとも、その妓生でございますよ」

しかし、それにしては、あの気高さは、どうしたというのであろう？　夢竜は信じられなかった。沈痛な表情になってしばらく考えこんだ。房子は、さも面白いことのように、横目で、チラッチラッと夢竜の顔をのぞきこみながら、鼻唄をうたった。

「よしッ、房子、あの娘を、これへ呼べ。幸い、食物もまだ残っている。ここに宴席をつくろうではないか」

房子は、おどろいて、本気になった。

「あの、あの娘を呼べとおっしゃるんでございますか？　ここへ？」

「そうじゃ」

「およしなさいませよ。御冗談を」

「いや、たわ言ではない」

「本気なら、なおさらでございます。遊山にいくことさえなかなかお許しにならない使道さまが、もしここで妓生《キーセン》を呼んで宴席を設けたことをおききになられたら、どんなに御立腹なされるか？　道令ニムは二度と官家の大門を出るわけには参りますまいし、手前共はその罰として入牢は必定のことでございます」

「その方は、また大仰なことをいって、それがしをおどろかそうとする。それがしは、もう子供ではないのだ。自分のやりたいことは自分でやるのじゃ。あとのことは、みな自分が負えばよいのじゃ。そちは、それがしの下郎じゃ。下郎は下郎らしく、いわれたことをすればよいのじゃ」

呆気にとられたように房子は、夢竜をみあげた。そしてその表情は、憤りともかなしみともつかない色をみせた。何かいいたいことを我慢するように、一言もなく、うつむいたままでいたが、やがて、しきりと両手をもみながら、

「実は、あの娘は、この先の仙竹洞という村に住む退妓、月梅の娘で春香と申しますが、あの子の父親は、もと本府の判官であられた方でございます。妓生の腹から出たとは申せ、由緒ある両班《ヤンバン》の血筋をひいた娘でございますので、あの娘の母親も、娘を妓生にさせる考えはなく、両班の娘のように、文芸、裁縫、手芸など、あらゆるものを仕込んでおります。でありますから、この場で、すぐ呼ぶというわけには参りかねます」

その説明に、夢竜の顔は、目立って明るさをました。しかし、依然わがままさをみせて、

「たとえ両班の娘であろうと、それがしは逢ってみたいのじゃ。呼ぶまでは、この場を動かぬ」

狂熱をおびた眼の光であった。房子は、しぶしぶきざはしを降りていった。そして池のはたに出ると、まるで憑かれたもののようなはやさで石橋を渡り、池の向う側のぶらんこの傍までかけて行き、

「これ、春香!」

破鐘《われがね》のような声で、わめきあげた。

「アッ」

ぶらんこの上の佳人は、真っ青になって、しっかと綱をにぎりしめた。ぶらんこは小さく二、三回揺れてとまった。つれの娘がかけよって乙女を助けおろした。

「ああ、おどろいた! 誰かと思ったら、房子じゃないの? 憎い奴、わたし落ちるところだったわ」

「ああ、落ちたら面白かったのに」

「あんなひどいことといって、何しに来たの？」

「大変なことが起こったんだ」

「大変なことって? お前のいうことは、いつも大したことはないわ」

「そうじゃねえ。今日は俺、官家の道令ニムをお連れしてきたんだが、楼上でお前の舞い上がるのをみてるうちに、大分いかれたらしいんだ。それでお前に逢いたいから、呼んで来いってんだよ。鼻の下もかわかぬ小僧ッ子のくせによ」

「あら、いやだ」

春香は、浮わついた笑い声を立てたが、その上気した顔に、また朱がそそがれた。

「いやだなんて、まんざらでもあるまい？　で行くのか、行かないのか、返事をききたいもんだね」

「そうね、あたし行くのいやだわ」

「なるほど、そう来なくちゃならねえ、さすがは春香だ！　いくら使道の息子だからって、あんな若僧のいいなりに動いたんじゃ癪だからなァ」

「まァお前、さっきから無礼なことばかりいっているけれど……」

後ろに立っていた娘がおずおず言い出した。

「サンタニ、心配するなってことよ。お前はおとなしい、いい娘だ。それじゃ、春香、おらァ行って断ってやるから、お前は、サッサと家へ帰んなよ」

「ええ、でも、あたし心配だわ」

「何が？」

「道令ニムは御立腹なさらないかしら？」

「あんな下司野郎、怒りたけりゃ怒るがいいさ」

「お前、そんな強そうなこといって、そのくせ、道令ニムにどなられたら縮みあがるくせに」

「茶化すない。じゃ、アバよ」

「ちょっと待って」

「何だ、俺に用があるのか?」

「お前なんかに用はないよ。だけど、本当に大丈夫かい?」

「ハハアーン、さてはお前、行ってみたいんだな」

「いつ、あたしが行きたいっていったの?」

「どうも、そのような素振りじゃないか?」

「あたしは、お前が叱られたら、可愛想だと思ってきいてるんじゃないか」

「なるほどね。お前いつから、俺のことをそんなに気づかってくれるようになったんだい。ありがたいね」

「いやな房子、変な風に気を回すもんじゃないわよ」

「それは冗談として、本当は、俺だって、お前をつれて行った方が、上首尾さ」

「そんなら、あたしに行ってもらいたいんだろう?」

春香の顔には、また朱がさした。

「つれていった方がいいけど、おらァお前がハッキリ断ってほしいんだ」

「まァ、ずいぶん変なはなしね」

春香の表情に、失望の影がうかんだ。

「ねえお嬢さま、わたしは、お嬢さまが、お伺いした方がよいと思いますわ」

「お前、そう思うの？　どうして？」

春香の顔は、またはれやかに輝いた。

「別に、どうってわけはありませんけれど、ただなんとなくそんな気がします」

「そうねえ……」

春香は考えこんだ。

「どっちだ？　行きたけりゃ行くし、いやならいやで」

房子は、手で鼻をしゃくりながらせきたてた。

「まァ！　なんでしょう？　房子、お前が呼びに来たんじゃないの？　そんなことというんだったら、さっさとお帰り！」

春香のまるっこい眉毛が、すこしすりよった。

「帰れというんなら、帰るがね……」

房子は、手で頭を抱えるようにし、二、三歩あるきかけたが、

「あとで、呼びつけられて、叱られても、おらァ知らんよ」

「いやな奴、叱られるなりどうなり、好きなようにするがいいわ」

「そう怒るなよ……」

房子は、細めた小さな眼で、春香を仰ぎみるようにした。

「ねえ、お嬢さま、使道さまの御子息さまがお呼びになられるのに、それをむげに断って、あとで奥さまが官家に呼びつけられ、きついお叱りをうけるようになりましたら、それこそ……」

サンタニが、はばかるように小さい声でいった。

「いくら使道さまの息子だからって、知らない娘を、いきなり呼びつけるなんて、すこし不作法よ」

「いや、春香、おらァお前の口から、実はその言葉をききたかったんだ。実際、奴らと来た日にゃ、おれたちのことを鼠かみみずぐらいにしか思ってねえんだからな。俺も本当は帰って断ってしまいたいんだが、若僧を怒らせると、あとがまずいと思うんだ。それで、これは、俺からのお願いなんだが、顔だけを見せて、うまくあしらってほしいんだ」

「つまり、お前の顔を立てさせてくれというのね？」

「別に、そういうわけじゃないが……」

「お嬢さま、房子のいうように、やはり、お顔だけはお見せした方が……」

「あたしは、何も顔見世する道具じゃないわ。ただ、あたしは、人を勝手に呼びつけるような若い男が、一体どんな顔をしているのか、それが見てやりたいわ」

「それじゃ、行ってくれるか？　やれやれ、これで、俺も助かった」

房子は、とびあがるようにしてみせ、

「サンタニ、お前は、いい娘だ。そのうち俺が貰いに行ってやるからな。じゃ、アバよ」

まるで、はねるような格好で、戻っていった。

「まア、いやだ！」

サンタニの青白い顔に、ほんのり朱がさした。

「それではお前、ここでちょっと待っておいで」

春香は、ほつれた髪をなでつけ、サンタニのさし出す布で、もう一度顔をふきとった。それから、静かな足取りで、楼の方へ向かった。

呼びに行った房子が、立ち話に夢中になって、なかなか戻ってくる様子もないので、夢竜は、いよいよ苛立っていた。彼は、自分のもっているあらゆる権力をもって、この小生意気な連中に制裁を加えないではおかないという、はげしい怒りに燃え立った。しかし、一面では、自分のやっていることがあまりにも軽はずみのような気がして、妙に気が滅入ってならなかった。やはり、父の注意通り、新鮮な風でも吸い、景色をめでる美しい詩の二、三篇もつくって、はやく官家に戻ればよかったという後悔があった。それでいながら、あの冷徹そうに見える娘とは、どんなことがあっても一度逢って話してみたいという執念を抑えることはできなかった。

来ないものなら、自分で娘たちの立っているところへかけて行きたかった。だが、もしそんなことをすれば、両班として、あまりはしたないように思われ、楼を降りるわけにいかなかった。

……自分は、すこし、心を乱し過ぎている。これでは、どんな失敗をするかわからない。沈着にならねばならない……。

心にいいきかすように、口に出して呟きながら、彼は回廊をやたらにあるき回った。

ようやく、房子が戻ってくる様子に、彼は回廊の手すりから体を乗り出すようにしたが、来るのは房子一人だけとわかると、急に地底へめりこんで行くような失望感におそわれた。失望というより、絶望的な苦しさだった。たたき殺しても飽き足りないほど、ひょうきんな格好で戻ってくる房子が、憎らしかった。足音もかるく、きざはしをのぼってきた房子は、楼上の手すりにもたれて、ぐったりしている夢竜へ、

「道令ニム、古今未曽有の一大事でございます」

と、わめき出した。夢竜は、石になったつもりで、体を動かさなかった。勝手にしゃべらせておいて、

あとでそれだけの仕返しをしてやるんだと、りきんだ。

「春香といえば、南原一の美人で、その評判たるや、都にもとどかんばかりでございます。それだけに見識のたかいこと、うぬぼれの強いことも、おそらく南原一でございましょう。春香は、決して普通の娘でも、ただの妓生の娘でもありません。だから、手前は呼びには行っても、決して来るものとは思っていませんでした……」

そのとき、夢竜は、緑の木陰を縫って、白いチョゴリと黄色のチマが、石橋へさしかかるのをみた。

「くるか!?」

思わず立ちあがりながらさけんだ。

「ヘヘッヘッヘッ、もう誰がなんといっても来ないというのを、おどしたり、すかしたり、おがみ倒したり、それはそれは大へんな苦労でございました。おそらくそれほどの手練手管をつかえば、妓生の二十人や三十人はなびかせられたでございましょう」

「春香が来る……」

一瞬の間に、考えていたすべてのものが、かすみのように消えさった。そして、体は、宙に浮いていくような感じだった。

春香は、わき目もふらず、まっすぐ前方をみつめてあるいてきた。すこしのゆるみもないその体の動きが、悲壮な気概にあふれているような気がして、夢竜は、体のひきしまるものを感じた。かるい震えさえともなった。

彼は、房子のしつらえた席に正座して、きざはしをのぼってくる静かな足音をきいた。

「これはこれは、ようこそおいで下さいました。さあ、どうぞ、こちらへ」

房子は、いきなり、四つんばいになって、へいつくばってみせ、春香を、うやうやしく夢竜の傍へみちびき、また、あらためて、夢竜に向かって額をこすりつけて、

「道令ニム、申し上げます。ただいま、御召しによりまして、成春香さまが、おいでになりました。なにとぞ御目通りを願いとうございます」

無理につくった声色で、しまりのない声を、ただやたらにながくひっぱった。亀の首のように、のばしたり、ひっこめたり、横にふったりする、その頭を、いやおうなく見せつけられ、夢竜は、またやりきれない苛立たしさを感じさせられた。そのくせ、子供をあやすような房子の仕草が、つい滑稽で、かるく笑い声を立ててしまった。

二、三間前まできて、立ったままの春香も、誘われたような笑顔になった。

若い二人の眼と眼が、かち合った。春香は、かるいはじらいをみせ、眼を伏せた。そして、敷物もない、その楼上の板の上に正座して、うやうやしい女としての礼をした。夢竜は思わず腰を浮かした。すると、たちまち房子が袖をひいた。夢竜は、また、あわてて座り直した。

「お召しによって参りました成春香でございます」

すきとおるような、はればれした声であった。夢竜は、とまどって、言葉がつかえた。房子は、また、さかんに眼くばせをした。

「いや、御苦労であった。それがしは、府使の子李夢竜と申す」

できるだけ、そり身になって、荘重な声を出したが、あとがつづかなかった。

「御噂はよく承わって存じて居ります。高貴な若様におかせられましては、このような下賎の者に、どのような御用がおありでございましょう?」

まつ毛のたった、深いまぶたを、いっぱいにひらいて、春香は、たじろぎもせず、夢竜の顔をみつめた。筋のとおった鼻、ほどよくしまった口元、いくらか面長ではあるが、丸味をもった下顎、それより顔全体の整った調和が、つややかな光を放っているような感じである。

正視できないままに、夢竜は、あらぬ方をながめやりながら、さも弁解するような口振りになった。

「きけば、そなたは、詩文に長けているとのこと、遊山にきたつれづれに、ともに詩でも語り合いたかったのじゃ……」

「まァ、私のような、何もわかりませぬふつつかものが、どうして……」

「遠慮しなさんなァ、あんたの評判は、都にまで、とどろいてるんじゃないか。ねえ、道令ニム、そうでがしょう」

だしぬけに、房子のくだけた言葉をかけられ、二人は、虚をつかれたかたちで、顔を見合わせた。

「これァいけねえ。つい言葉めが、勝手にとび出してしまいましたので、御無礼を……」

また、首をちぢめてみせるその動作に、二人は、他愛なく、声をそろえて笑った。

「房子、その方がいると、歌もつくれなくなる、と、お叱りの出るまえに、房子めは、驢馬と睦言を交わしとうございます。では御免」

はねあがるような足取りで、降りていった。

「面白い房子」

春香は、ニッコリ微笑みながら呟いた。

「あなたには、面白く見えますか?」

思わず敬語になった。

「まァ、若様、お言葉をお下げくださいませ」

「どうして?」

「もったいのうございます」

夢竜は、しばらく黙りこんだ。

「あなたは、房子のやることを面白いと思いますか?」

「いつもひょうきんなことをして、面白いとお思いになりませんの?」

「わたしは退屈で仕方がない。いつも同じようなことばかりだ」

春香は、いぶかしげにみつめた。

「一人前の人間になっても、道化たお守役が要ると思っている。そんなくらしが、わたしには堪えられない」

「詩をおつくりになるのでは、ございませんの?」

「詩もつくりたい。だが、わたしは、心ゆくまで語り合える友人が、ほしい。いつもそりかえって、芝居の仕草のようなことを繰り返すより、思うことを思いのままにすることのできるくらしがしたい」

春香は、黙って夢竜の口元をながめた。

「詩をつくるといって、あなたを呼んで、これでは愚痴になりそうだ。退屈でしょう? こんな話では」

「いいえ、私には、はじめてきくお話でございます。退屈などいたしませんわ」

夢竜は、また黙りこんだ。春香は、ときどき夢竜の顔に眼をうつした。

「あのう?」

「なんですか?」

春香はかるく手を口にあてて笑った。そして、

「何故、お言葉をお下げになりませんの？」

「ときには、同じような気持ちで、同じ言葉で、たがいに気がねなくつき合いたい。わたしはそういう人がほしいのです」

「両班宅の若様方とおつき合いになられたらよろしいんじゃございません？」

「都にいるときは、親しい友達も幾人かいました。ところが、この南原にきて、わたしは一人ぼっちになった。両班の役人といえば判官と先生だけ、土地の両班たちは甲羅のように門をしめきって出て来ない。官家にいる両班の若い息子は、わたし一人だけだ」

「でも、若様、若様はすべての人たちにかしずかれて、おしあわせじゃございませんか？」

「わたしは、いつも笑ったり歌ったりして暮らす、通引《トンイン》たちの方が、わたしより楽しそうに思えてならない」

「通引たちは、よく歌ったり笑ったりはしますわ。それでも、あの子たちがみじめな目にあっていることはご存じないのでございましょう？」

「みじめな目に？」

「そうですわ。通引ばかりでなく、官家の両班をのぞいて、すべての人が受けている、可愛想なありさまのことですわ」

夢竜は、つやつやしい春香の眼元をみた。

「お前のような女の子に、何がわかるか？　と、おっしゃりたいのでございましょう？」

からかうように、細い眼になった。そして、小さい皺が、三筋、四筋、眼尻にうかんではきえた。吸い

ついていきたいような、あどけなさだった。

「いや、あなたはなんでも、わかっている人だ」

夢竜は、ぼんやりした声を出した。

「まァ、若様は、御冗談ばっかり……」

「いや、真実だ。わたしには、何もわからない。わたしは、ただ書籍だけ読んでいればよい人間だったのだ。私以外の、ほかの人たちが、どのような暮らしをしているのかを、わたしは、知ることもできなければ、いままで知る必要もなかったのだ。だから、わたしは、自分のことだけしかわからないし、自分のことだけしか考えない人間になったのだ」

「いいえ、若様、私が、あまり出すぎたことを申し上げました。私こそ」

「そなたに、謝られたら、わたしは心苦しくなる。それより、そなたの、そのうるわしい眼と心に映った、おろかなこの人間を、思うままにいってください。わたしは、うんと罵ってもらいたい。もっといろいろなことを教えてもらいたい。それが、どんなにうれしいかわからない」

言葉だけでなく、真実、この若者が、われとわが心をうちこんで、語っていることが、春香には、はっきりつかみとれた。うわついたものでなく、このような、ひたむきな若い誠心に、彼女は、かるいおそれと、尊敬の念を感ぜずにはいられなかった。

春香は、急に恥ずかしさをおぼえた。

「あのう、もう時がたちましたので、母が案じていると存じます。お暇をねがいとう存じます」

かるく、頭をさげ、春香は、つぶやくような細い声でいった。

夢竜の顔は、たちまち、青ざめた。

「そなたは、わたしが、おろかにみえるであろう……」

ふるえをおびた声だった。

「もったいないことを、どうして……」

春香は、燃えるような眼差しを向けた。夢竜の顔に、ほのかな朱がさした。

「それでは、また逢ってくれるか?」

息づまるようないい方である。

春香は、全身、火につつまれているようなほてりであった。そして、消え入りたいばかりに身をかがめた。

「わたしは、そなたと友達になりたい……」

「………」

「友達でおかしければ、兄か妹のように、したしい話しあいてになってはくれぬか?」

かすかに、ながい黒髪をたれたうなじが、うごいた。

歓喜の情が、若者に狂暴な力をかりたたせた。夢竜は、春香のなだらかな腕や肩や、腰を、骨も折れんばかりに、抱きしめてやりたかった。しかし、それができないかわりに彼は、獲物をみつけて立ちあがった猛獣のように、力をおさえて、あたりを、あるきまわった。

「どうすれば、そなたに、また逢えるだろう?」

うたうような声できいた。

「私のうちにおたずねくださいませ。いつでもうちにおります」

そういったかと思うと、

「御免あそばせ……」

にわかに立ちあがり、裾をひるがえして、かけるように、きざはしを降りて行ってしまった。

朱塗りの欄干に、黄色な色が、かげのように揺れて消えた。

夢竜は、魂の脱け殻のように、その後ろ姿をみつめた。

白い石のかささぎ橋を渡り、池のかなたにかけて行った春香は、ぶらんこの下にたたずんでいたサンタニをつれて、緑の柳の枝かげをかきわけ、だんだん小さくなっていった。

驢馬のいななきに、夢竜は我にかえった。

房子は、人もなげに、両手をいっぱいにひろげて、あくびをしながら、きざはしを上ってきた。

うしろを振り向いた夢竜の眼には、楼の裏側の山の裾に咲き乱れた、紅、紫、白とりどりのつつじの花が、さえざえとしてうつった。

遠く近くの木陰から、うぐいすの声が、ひときわ、さわやかに、ひびいてきた。

「……ああ　春は夢なれや　緑の木陰に　消えし君……」

口から、ついて出るままに、即興の句を口ずさみながら、夢竜は、回廊を、ひとしきりあるき回った。

その後ろ姿を、憎悪と、冷笑をこめて、房子の二つの眼が、執拗に追っていた。しかし、その眼は、徐々に、ふかいかなしみと、あきらめの色に、かわっていった。

第二章　桃李の誓い

恋する者には、すべてがその恋の対象としてしかうつらない。

夢竜は、机にもたれて、四角い文字の一つ一つをたぐっていた。みつめている間に、その一字一字は、力あるもののごとく、うきあがっていった。そして、それは、森となり、家となり、池となり、布となった。

咳払い一つない書房のなかが、鳥の鳴き声と花の香りとに、あふれて、それは、かの楼上のひとときのように、たのしさと、ゆたかさにみちあふれたものであった。

そして、その字の一つは、はれやかな白のチョゴリと黄のチマにかわり、たけなす黒髪となってうかんだ。

……春香、うるわしい春香……。

一枚、一枚、めくるたびに、眼は、無意識にこの二字をさぐっていた。

広寒楼で逢ったその日から、夢竜は、ただ彼女に逢いたいことのみに気をとられていた。書を読めば書が、字をかけばその字が、絵をみればその絵が、人をみればその人が、すべてが、春香にちなんだものにうつった。

……私のうちに、おたずねくださいませ。いつでも家におります。

うぐいすに似たその声が、いつでも鼓膜をかすめていた。

一刻もはやく、夢竜は、彼女の家をたずね、彼女に逢いたかった。彼女の家のありかも、ほぼ見当がついていた。城門をぬけて、広寒楼を通って、ほんのひととき歩けばよいのである。朝も、昼も、夜も、彼は、たずねていくことを考えていた。

だが、なんとなく彼は、ためらっていた。いまはもう、父の小言などは、こわいものではなかった。許可なしに、官家の大門を抜けることに躊躇はしなかった。事実、彼は、あの遊山から帰ってきて、日に一度は広寒楼までいってきた。彼は、それを房子《バンジャ》にもかくし、ひたすら目立たぬようにしていた。

広寒楼から、柳の並木をぬけて、彼女の住む村が、みえる。彼は、いくたびか、その柳をかきわけて、いってみようかと思った。そして、思いあぐねて、重い足を引きずるようにして戻ってくるのであった。

「どうなさいました。夢竜、この頃、顔色がわるい……」

食膳に向かい、気のすすまぬ食事をすませている息子に向かって、母は案じ顔にきくのである。

「いいえ、別に、なんとも……」

夢竜は、母の眼をおそれて、かがみこんだ。

「勉強につかれたのではありませんか?」

「この頃は、それほど勉強もしません」

息子は、突っぱねるように答えた。

「そういえば、以前のように、ひびきのよい読書の声もききませんね。きけば、毎日のように広寒楼へ行くとのこと、何か、わけがあるのでしょう？」

「誰がそんなことといいました？　毎日広寒楼へ行くなんて……」

「誰と行ったの？……そんなこと誰にきかなくっても、わたしにはわかります」

「別に何もありゃしません！　お母さん、余計な心配はやめてください！」

夢竜は席をけって、自分の部屋へ戻ってくるのである。わけもなく、涙があふれてならなかった。

「道令ニム、一大事でございます」

房子がさも大仰に、驚いてみせながら、部屋の戸をあけた。ひょうきんな、その眼や顔の動きをみても、彼は以前のように笑う気にはなれなかった。むしろ、この下郎の顔に、意地の悪い皮肉な笑みがこめられているようで、彼は、つとめて房子をさけるようにしていた。

「何だ？」

彼は、いそいで目頭をふき、怒ったような声で答えた。

「道令ニム、手前共は、今日、珍しい人に逢いました」

そういって、夢竜の顔を、まじまじとみつめた。

「珍しい人？」

胸にうずく、ある期待で、夢竜の青ざめた顔は、一時に、色めいてきた。房子は、また意地の悪い笑顔をした。

「それは誰だと、お思いになります？」

「誰だかわかるか！」

夢竜は、おこつて、そつぽを向いた。

「お気をわるくなさるようでございましたら、手前共は、早いとこ、消えてなくなりとうございます」

房子は、また首をひっこめ、片手で握っていた戸をしめようとした。

「これ！　房子！」

「へえ」

「一大事とは何だ！」

「それでございますよ……」

房子は、片手を振り、じゃれつく犬のように、はきものを脱いで、夢竜の傍へいざりよった。

「道令ニム、あの、きれいな娘っ子に、今朝逢ったのでございますよ」

「娘っ子？」

「あれ？　とぼけなさる。いくらおかくしになっても、逢いとうて死にそうだと、お顔に書いてございますよ。房子めに、かくせるものではございません」

房子は自信ありげにいった。

「無礼であろう」

しかし、それは、力のない、とがめ言であった。夢竜の顔は、またあかくなった。

「用足しに行っての帰り、あの村の前を通りましたるところ、春香が立っているではありませんか。ほんとに、あの娘は、いつみてもきれいでございますからね。手前共は、みとれて、ついうっかりどぶのなかに、足を突っこむところでございました。そしたら、あの娘は手前共をみて、にっこり笑いながら手招きするじゃありませんか。胸がドキンとしましてね、ヒヒッ！」

「それから？」

夢竜は息苦しさを覚えた。

「房子、この頃、若様はどうしておいでなのって、あの鈴のような可愛い声で、まずきくんでございますよ。それで、手前共は、こう答えてやりました。道令ニムは、日夜勉学につとめられている。いずれは大官高位にのぼられる方じゃ。お前らのような下賤の者になれなれしくきかれるような方ではないぞッ、てね」

科白もどきにいって、房子は、気持ちよさそうに笑った。夢竜の顔は、はげしくゆがんだ。房子は、夢竜の表情の動きを、しばらくみつめていたが、また笑って、

「いまのは冗談でございます。道令ニムは、そなたに逢いとうて、すっかり病人のようにおやつれになったと、申しやりました」

「たわけたことを！」

夢竜は、はげしくどなった。

「へへッ」

格好だけは、恐れいったように、房子は、その場にへいつくばった。

「いや、おこったのではない。それから、どうしたのじゃ」

「はあ、おどろいた。これはまたお仕置きになるのかと思いました。手前共は、いたって気の小さい者でございます故、何分お手やわらかにお願い致しとう存じます」

房子は、大仰に胸をなでおろしてみせ、

「春香のあの水晶のような眼に、みるみる涙がいっぱいにあふれて、ああおいたわしい、それでおやすみになっていらっしゃるのか？　って、それはそれは大変な心配のしようでございました」

「馬鹿を申せ」

「いいえ！　嘘偽りなんぞ！」

「それからどうした？」

「春香は、看病にあがりたいと申すのでございます。それで、それは出来ない相談だと申しましたところ、それでは、どんなことがあっても、きっと一度お連れ申してくれと、それはそれは、百万べんのたのみでございました」

「それで？」

「ああ安心するがいい。道令ニムは、このわしが、かならずお連れ申すから、まかしておきな、と、胸をとんとたたいて、約束して参りました。へえ」

房子を抱いて、部屋中、踊りあるきたいようなよろこびだった。しかし、

「房子、お前は、でたらめをいって、それがしを、からかっているのであろう？」

「とんでもねえ。いいえ、決して、そのようなことは、この細い首にかけましても」

「そうか？」

「ええ、それはもう」

「だが、房子、それがしは……」

行かない、と、夢竜はいおうとした。しかし、おのれの心を偽ることの心苦しさに、つい言いよどんでしまった。すぐいまから、とんで行きたい気持ちだった。

「では、行かないとおっしゃるので？」

房子は、またそっぽを向いた。

「やせ我慢は、損にこそなれ、得になるものではございません」

「損得を考えているのではないッ！」

「では？」

「その方には、わからぬことじゃ！」

「へへッ」

房子は、もう一度へいつくばってみせ、戸をあけて出て行った。そして外から戸をしめながら、

「驢馬の仕度は、いたしておきます」

と、一言いい、意地の悪い笑顔をみせた。

房子が、行ってしまうと、夢竜は、堪えがたい孤独を感じた。そのくせ、ひとりでに唇がほころびるほど浮き立った。座っていられないままに立ちあがり、部屋のなかをあるき回った。それだけでは我慢しきれなかった。街や野や山を駈けめぐって、猛獣のように、ほえわめきたかった。腹から、あふれる声を、思わず、力いっぱいに叫びあげた。

「うわーッ」

その声は、たちまち、官家のあちこちの部屋部屋に、こだました。

しばらくすると、府使のいる庁舎から通引《トンイン》が急ぎ足でやってきた。

「道令ニム、ただいまの声は、何事かきいてまいれとのことでございます」

夢竜は、座りこんで顔をしかめた。

「詩をつくっているうちに、適当な句節が思い当たらず、つい出た、うなり声、だと申せ」

「では、そのように申し上げます」

戻った通引は、ただちに、四書をかかえてきた。

「勉強が足らぬから、詩句がうかばぬのだ。明朝暁方まで、これを全部読めよ、との仰せでございます」

通引は、緊張した顔で大学、中庸、論語、孟子を、夢竜の前に差し出して行った。

夢竜は、突きのめされたような気持ちになった。ふるえる手で、まず大学をとってみた。父が普段、愛読しているもので、表紙は、手垢で光っていた。暇さえあれば、四書をひもといている父であった。

命令であってみれば、それをこばむすべがなかった。夢竜は声をあげて読み出した。しかし、その声は一行を読まぬうちに、あくびにかわった。すでに何回となく読まされ、その大部分は、暗記のできるものであった。しかし、それには、何一つとして、若々しい興味をひくものはなかった。何もかも、二千年前のほこりをかぶって、かびくさいものを強いていた。

ものの二、三枚を読みすすめたあと、夢竜は大学を投げ捨て、中庸をひろげた。しかし、これとて、五十歩百歩である。

「道令ニム」

房子が呼びにきた。

「驢馬の仕度ができました」

「みろ、その方のために、それがしは、徹夜して書を読まされるはめに陥ったぞ」

「これは、また、なんとおいたわしい……」

房子は、わざと泣きまねをしてみせた。そのくせ、その小さい眼は、笑っていた。

「それでは、春香の家どころではございませんね。驢馬はかたづけて参ります」

「父上が、おやすみになるまでは、脱け出せまい」

「夜になって、様子をうかがって参りましょう」

房子は、おどけた笑いを残して行った。

夢竜は、四書を読ませる、父の意志を考えてみた。儒学をもって身を立てた家に生まれ、ひたすら儒学を学び、科挙に登第した父は、その子にたいしても、迷うことなく、おのれの学んだ道を歩ませようとした。四書は、儒学のなかで、経書とともに、もっとも基本となるものである。夢竜の勉学の大半は、この儒学の基本書を読むことについやされている。夢竜は、そのなかの何処をさされても、一応の返答はできるくらいになっていた。にもかかわらず、父はまた四書を読めという。

科挙を目ざすことが、お前の全部の仕事だ、と、父はいっているのであろうか？　それとも、思い煩って、勉学をおろそかにしているこの頃の子の様子を、すでにさとった上での忠告であろうか？　いずれにせよ、父の配慮は子の身の上を案じてなされたものであろう。……夢竜は、そう考えたかった。しかし、父はただ子を書房のなかに縛りつけようとしているのだ、という考えを打ち消す程にはならなかった。

父の意が、いずれにあろうと、父の意を無視して、おのれの考えた通りのことを、そのままやり通してみたかった。

しかし、彼は読んだ。うわの空で、心はあらぬことを考えながら、眼だけは四角な字の上にそそがれていた。

「道令ニム」

窓の下から、はばかるような房子の声がした。

「もう使道さまは、おやすみのようでございます。ただいま内房の灯も消えました」

いつでも出かけられるように、衣服をととのえて、彼は、この声を待っていたのであった。

夢竜は、だまって縁側に出た。弦月が、空の真上にあった。

「驢馬は大門のそとにつないであります」

庭先に立って、房子は、あたりの様子をうかがいながら、細い声でいった。部屋部屋の戸は、かたくとざされ、灯のもれるところは一つもなかった。

夢竜は、足音をしのばせながら、房子のあとから、中門をぬけ、さらに大門を脱けた。

突如、犬が狂わんばかりになきほえた。

夢竜は、いつか、父の眼をぬすんで読んだ演義物語を思いうかべた。敵の囲いを脱け出す勇士の気持ちも、このようなものであったろうかと考えてみた。

「どなたさまでございますか?」

大門のわきから、門番の爺が、かすれた声できいた。

「なァンだ、とッさん。まだ寝ないのか?　おれだよ」

房子が、その方へ二、三歩よっていった。

「房子か、今時分、何処へ」

「酒代は、あとで出らァねえ、きくもんじゃないよ」

そういいながら、夢竜に、はやく外へ出るように手を振った。夢竜は、すべてを房子に、にぎられ、彼の命令通りに動いているような気がした。主人は自分ではなく、彼の方のような気持ちだ。

……これでよいのか？

心の何処かで、はげしく責めたてていた。しかし、彼は、月の光を受けて、くろくたたずんでいる驢馬の背に、いきなり、またがった。驢馬は、いななきをあげて、五、六歩とびあがった。

房子が、とんできて、驢馬をひきたてた。うしろで、大門のしまる音がした。

夢竜は、なにか言わねばならないような気がした。だが、房子は、かけ通しで、驢馬をはしらせた。たちまち街並をぬけ、城門をぬけ、広寒楼にさしかかり、石橋をわたり、柳の枝にぶつかりつつ、川の流れにそって走った。

描きつづけてきた道を、こうもたやすくかけ抜けていくことに、夢竜は、何か、ひとごとのような、よそよそしさを感じた。しかし、春香の家のある村に近づいていけばいくほど、彼は、あらたな息苦しさをおぼえた。

村にはいっても、驢馬は、足をゆるめなかった。家々から、犬たちが吠えたてた。

夢竜は恐怖さえ感じた。

房子は、急に驢馬をとめた。

「降りなさい」

夢竜は、ようやく降りた。股がいたくて、しっかり立っていられなかった。泣き出したい気持ちになり、いっそのこと、このまま帰ればよいと思った。

房子は、ゆっくり驢馬を、家の前の流れの岸の柳につなぎ、しまっている門を強くたたいた。

門のなかから、こまかい足音がし、門が内側からあいた。そして、若い女が、声もなく提灯をかかげて、門外の客をみた。

「サンタニ、おれだ。房子だ。官家の若様をおつれ申したのだ。春香さんは、起きているだろうな?」

「まァ、若様が、どうぞ、御案内申し上げて」

娘は、提灯を、房子に手渡し、自分はかけ足で中にはいっていった。

「道令ニム、何をためらっておいでです。気を大きく持たれて、思い切ったことをなさらないと」

房子は、低いが力のこもった声でいった。夢竜は、叱られているような気がした。若者はあらゆることを房子に教わりながら、房子の指図にしたがうほかないような、あきらめに似た感じだった。別段、傷つけられたような腹立たしさもなく、むしろすべてをまかしきったやすらかさと、これからおこるであろう、未知なことへの期待で、夢のなかをさまよっているような、たのしさがあった。

やがて、家のなかが騒がしくなり、足音が入りまじって、門の方へやってきた。

「房子、御苦労さんだったね……」

年配の女の声である。それが、南原一帯にとどろきわたったといわれる老妓月梅《ウォルメ》であった。

「若様、このようなむさくるしいところへ、ようこそお出で下さいました。どうぞ、御遠慮なくおあがり下さいませ」

地につくほどに、低く頭をたれ、夢竜の手をとらんばかりにして、案内した。

春香は、母の肩にかくれるようにして、かるく腰をかがめてみせただけである。おぼこ娘らしいその風情が、夢竜の情感を、はげしくかりたてた。彼は、月梅に手をひかれながら、春香の、たけなす下げ髪の揺れるのだけをみつめていた。

月梅は、まず夢竜を、自分の部屋に招じいれた。そして、炊口の方の上座にすわらせ、自分は下座の方に立って、本式の礼をはじめた。夢竜は、面くらった。彼はまだ、このような年配の婦人から、本式の礼を受けたことはなかった。

夢竜が、とまどっている間に、礼をさっさとすませた月梅は、やがて膝を立てて正座し、

「高貴なお生まれの上に、才に秀でた御方であられるとの若様のお噂は、始終承っておりました。手前共といたしましても、ご多忙中のところをお立ち寄り下さいまして、これ以上名誉なことはございません」

千軍万馬をくぐりぬけ、両班たちにもまれながら、一人娘を育てつつ、相当の財を蓄えたと伝えられるこの老妓には、一分のくずれもなく、挨拶の声に、情のこもった余韻はあっても、なにかしら、相手を威圧するようなものがあった。

夢竜は、奥の部屋に閉じこもったきり、終日、外へ出ることのない母を、この老妓と見比べて考えてみた。常上貴族の生れとして、あがめられている母ではあったが、体つきといい、挨拶の態度といい、この老妓の方が、はるかに立派にみえた。

「いや、ご丁寧な挨拶で、かえって痛み入ります。夢竜と申す、何かとよろしく頼む次第です」

夢竜は、ぎこちない調子で、挨拶をかえした。

「そのように、行儀よくしていらっしゃらずと、すこしおくずしになって、煙草なりともお吸いくださいませ」

相手の心を溶けこませずにはおかないようなゆとりのある微笑をうかべ、老妓は、たくみに煙草をすすめた。

勉学につとめる間は、一切余計なものに手出しをしてはならぬという、父の言いつけ通り、夢竜は、まだ、一度も煙草を口にしたことはなかった。吸ってみたい好奇心がないわけではなかったが、父の眼にかくれてまで吸いたくはなかった。

しかし、老妓から、つい差し出されると、その煙草を拒むのも、こころもとなく、そのまま受け取って、ひと口ふた口吸ってみた。

夢竜は、はげしく、むせび、

「たばこは、あまりやったことがない」

と、きせるを返した。月梅は、かるく手を腰にあてて、体をねじらせながら笑った。その笑い声に誘われたように、春香が、部屋にはいってきた。香料の匂いが、さわやかに、鼻についた。夢竜は、顔をあげて、春香をみた。鼻筋や頬のあたり、かすかに白粉のあとがういている。

春香は、眼で合図をするように、二度三度まばたきながら、笑みをうかべた。夢竜は、また顔を伏せた。笑えるだけ、笑ってしまいたいといわんばかりに、声たからかに笑いつづけた月梅は、ようやく笑いがとまると、

「若様の世なれぬこと、まるでお稚児さんのように、可愛らしゅうございます。さぞかし官家の女子供も、若様の噂で持ち切りでございましょうね？」

なでんばかりの眼つきで、いった。夢竜はまた顔をあかくし、春香の方をみた。春香はただ声のない笑顔をたもっている。

「冗談はさておき、若様には、どのような御用で、いらっしゃったのでございましょうか？」

月梅は、ふたたび正座して、緊張した表情をみせた。笑いころげていた、つい先刻の、しまりのなさとは、およそかけはなれたものである。夢竜は、思わず腹に手をあてた。そして、息を大きく吸い、また春香の方を、ちょっと見た。

「先日、読書につかれた頭を、いこわせるために、房子をつれて広寒楼の景色をめでにきた。そのとき春

香に逢ったのだ。それがしはまだ春香のように、思うことを率直にいってくれる人に逢ったことがない。それがしは、何でも思いのままに語ってくれる友がほしかった。何度も来たいと思いながら、なんだか来にくくて、たずねられなかったが、今宵は、思い切って、たずねてきたのだ……」

威厳をそこねることのないよう、腰をのばし、両手を膝の上において、夢竜は、はっきりした口調でいった。老妓のびんのなかに、白髪が二、三本光った。

「有難い御言葉、冥加につきましてございます。とは申せ、若様は、常上貴族の御曹司、春香は卑賤な妓《キー》生《セン》の娘でございます。それにこれが男でございましたら、若様の従者として、お相手も出来ましょうが、台所を守る女の子であってみればそれもできかねることでございます。御志《おこころざし》は、感謝のほかはございませんが、なにとぞ、縁なきものと御思召《おぼし》し下さいまして、今宵は、ゆっくりお遊びの上、お帰りを願いとう存じます」

落ち着いたひと言ひと言が、冷たい壁となって行手をふさぐような感じだった。夢竜は、母の肩のうしろにかしこまっている春香をみた。その可憐な横顔が、かすかに震えるようにみえた。その震えは、そのまま夢竜にのりうつったようであった。彼は、震えのために、どもりながら、

「それがしは、たしかに府使の子だ。いかに府使の子といえ、自分の語りたい人と、思うままに語れないようでは、どうして人として楽しい暮らしができよう。それがしは、春香を立派な娘だと思っている。たとえその親がどのような身分の人であろうと、立派な人になれば、その人は、それで仕合わせになるのではないか。誰が何といおうと、お互い同志が立派なつき合いをすれば、おのずと人にも認められるのではないか……」

夢竜は口をつぐんだ。たぎり立つものを、そのまま口に出せば、もっと違った言葉になりそうであった。

「若様、あなたさまは、どれほど深くお考えになっていられますか？」

老妓は、すこし感情をむき出しにしてきいた。夢竜は、問われた意味が、すぐつかみとれず、返答にまごついた。

「若様は、まだお若いのです。眼につくものは何でもきれいに見える年頃でございます。いまに若様が、もっと学問をなさって、高いお位につき、いろいろなところを見て回られたら、きっと、お考えもかわります。目移りもします。もっと、きれいなものも眼につきましょう。でも、女というものは、殿方のようには参りません。高嶺《たかね》に咲いた花でも、一度手折られてしまえば、それっきりでございます。ましてや、道ばたに咲いた花のようなものは、一度つまれて捨てられてしまったら、もう一生浮かぶ瀬はございません」

「それがしは、そのような男ではない」

夢竜は、だしぬけに、わめいた。

「世間の両班たちが、思いのままのことをやっているという話を、きいたことはある。それがしは、それを憎まずにはいられないのだ」

「それでは、若様は、いつまでも、お見捨てなく……」

「それがしの気持ちを、わかってくれたら、信じてくれるであろう。それがしは、決して、浮いた気持ちで、春香のことを考えているのではないのだ」

「そうおっしゃっていただければ、この老いぼれも、気がやすまります。女の細い腕一つで、この娘をかかえ、手前共は随分苦労も致しました。若様は、まだ、よく御存知ないことと存じますが、妓生の子として生まれた者が、どのようにいやしめられ、しいたげられるか……。それを考えると、この娘が可哀想でなりません。この子が男でありましたなら、この子の父親の判官のもとにひきとられ、立派に両班の子として育ったのでございましょうが、女と生まれたばかりに、両班の血を受けながら、しがない妓生の娘でございます。人に後ろ指をさされないように、両班の娘にも、ひけをとらぬように、朝となく、夜となく、苦しい修行をさせました。そのおかげで、どうやらこの娘は、誰にもひけをとらぬほどの、お針もできれば、料理もできる、書も読めば、詩もつくれる、芸事も一通りは身につけたのでございます。妓生の娘は、妓生にしかなれないような世間の、しきたりではございましょうが、手前は、この子を妓生に出したくはありません。たとえ平凡ではあっても、適当な町家の嫁にさせて、世間並みの女として一生を送らせたいと考えておりました。娘が、可愛いばっかりに、どのような恥にも堪えしのんで、今日まで苦労をしながら生きてきたのでございます……」

おのれの言葉に感動したのか、それとも過ぎし日の労苦を思いうかべてか、老妓はのどをつまらせてむせんだ。春香は、オンドルの床の油紙の上に、惜しげもなく顔をおしあてて、さめざめと泣いた。黒髪は、部屋に波打った。

夢竜は、あたたかいぬくもりを感じた。鼻があつくなり、目頭がうるんだが、それはいままで感じたことのないゆたかさであった。

老妓は、気を取り直すように、身をおこし、

「年寄りは、すぐ愚痴っぽくてなりません。御気に召さぬところは、なにとぞ御許し下さい。すこし御酒でも召し上がったら、気も晴れることと存じます。ただいま、仕度をさせますから、どうぞ、ごゆっくりなさいますよう……」

「これ、春香、そなたが泣いては、若様も、心が曇ります。顔を直して、お話の相手をなさい……」

かるく背に手をあてて、娘をおこし、月梅は、いそいそと座を立っていった。

蠟の芯が、音を立てて燃え、部屋のなかはひときわ明るさをました。

春香は、きまりわるげに夢竜をみた。まつ毛の露が、灯の光にきらめいた。

「春香!」

あのとき逢ってから、はじめて呼びかける言葉であった。

「はい」

強いて笑顔をつくろうとすればするほど、頬はくずれて、あらたな涙が、玉をなして転がり落ちた。

「わたしは、逢いたかった……」

つかえて、言葉にならず、夢竜は、もどかしげに両手をさしのべた。

「若様」

春香は、膝を、すり寄せ、夢竜の手にもたれかかるようにした。強い匂いが、夢竜を、あらたな夢のなかに誘った。

「わたしは、気が弱かった。そなたを訪ねることが、こわかった……」

「お待ち致しておりました……」

言うべき言葉がなかった。夢竜はただ、やわらかく小さい春香のしなやかな手を、強くにぎりしめ、春香の、きらめく眼をみつめた。たがいの息の音や、たがいの胸の鼓動が、ききとれた。

「エヘン」

窓の下で、大きな咳払いの音がした。弾かれたように、若い二人は、手をはなし、一間ばかり間をおいて、とびはなれた。

「道令ニム、月梅さんの指図で、手前は、あちらの方で、休むことにしました。ご心配なく、ごゆっくりお休みのほどを……」

夢竜は、小窓をあけた。月の光をあびて立っている房子は、意味ありげな笑顔で告げると、向こうへあるいていった。

気分があらたまると、二人の間には、よそよそしいものが、さえぎっていた。夢竜は姿をくずさずに端座しているほかなく、春香は、頭をあげて、しずかに蠟の光をながめていた。

「春香」

「はい」

「そなたは、よいお母さんをもって仕合わせだねえ……」

「ええ……」

しばらく声がとだえた。

「若様」

「え？」

「府使さまは、情け深い方だと申します。きっと若様にも、おやさしゅうございましょうねえ？」

「父は名君という評判だとのことだが、家では、いかめしい方だ。絶えず叱られてばかりいる」

「まァ、お母さまは？」

「母上は、ただやさしい。でも、わたしの気持ちをわかってはくださらない……」

また、しばらく沈黙がながれた。

「春香」

「はい」

「わたしが、ここへたずねてきたことを、そなたは、どう思う？」

「それはもう……。おわかりではございませんか？」

うるんだ春香の眼に、ひとしおつやが輝いた。

「いや、それがわからない」

「私には……ただ、うれしゅうございます」

「それだけ？」

「いくらお待ちしても、お出でにならないので、私はあきらめていました。若様は、あのとき、きっと冗談をおっしゃって、すぐ、お忘れになられたものと思っておりました」

「それは、ひどい。わたしは、毎日思いあぐねていたのだ」

「まァ」

「そなたが、こんなに待っていてくれたことがわかっていたら、わたしは、どんな無理をしてでも、きっと訪ねてきたにちがいない」

「でも、心のどこかには、若様が、きっと、おいでになられると信じておりました。はじめてお逢いしたとき、若様は、出まかせの戯言《ざれごと》をおっしゃる方ではないように思えました」

「私の気持ちが、どんな風であったか、そなたに、はっきりわかってもらえたら、二度と誤解もしないであろうのに……」

「私、若様のお言葉を信じます」

部屋のそとから、にぎやかな話し声がして、月梅とサンタニが、大きな食膳を運びこんできた。

「早急なことでございましたので、ほんの有り合わせでございます。御口にはあいますまいけれど……」

さまざまな料理を、食膳にならべながら、月梅は愛想をいった。春香は、いつの間にか立ち上がって、甲斐がいしく手伝いはじめた。

この夜半に、しかもあまり時間もかけずに、これだけの御馳走がしつらえられるとは、夢竜にはちょっと信じかねた。都にいるころ、親戚やあるいは父の友人になる貴族の家へ、よく招かれたことがあった。そういうときの盛宴の食膳にも、ひけをとらぬほど皿の数は、すぐには数え切れないほどである。

夢竜は、質素な暮らしを理想とする父の訓育の下にはぐくまれ、粗食に甘んずる風を植えつけられていた。それだけに、どんな物でもよく食べたが、こういろいろなものが出されたのには、なんだか気おくれがした。

まず、好きな肉類は、焼肉、煮こみ、つくだに、それに肉汁と、そろい、しかも、そのうちの焼肉だけでも、牛のあばら骨焼、心臓焼や、そのほかに、夢竜はまだ食べたことのない焼肉が二、三種類あり、煮こみにいたっては、牛肉、豚肉、鴨、鶏、猪肉、山羊、雉など、あらゆる獣や鳥類の肉が、それぞれ別々に煮てある。つくだにも牛肉をはじめ、四、五種類にのぼった。汁も、二通り出ている。

魚は魚で、煮たもの、焼いたもの、酢のもの等、指折り数えても、数えられぬほどで、とくに珍しいとされている東萊蔚山の大鮑《あわび》や、銀魚(鮎)の焼いたのもならべてある。

野菜は野菜で、煮たもの、漬物など、これまた十数種もある。食後の果実としては、栗、松の実、胡桃、大棗《なつめ》、桜桃、柚子《ゆず》、干柿、林檎などが出ている。

おそらく数十種になろうと思われる、これらの品々が、それぞれ、古めかしい由緒ありげな白磁器に、格好よく盛られていた。

夢竜は、感嘆の声を放たずにはいられなかった。しかし、両班の子は、食べるものに驚いた素振りをみせてはならない、という父の教えを思いうかべ、さも動じないように、悠然とかまえた。だが、いくら眼をそらしてもいつの間にか、皿に盛られた珍奇な美味の上に、眼は走っていた。

「若様は、酒は、かなりお召しになるとうけたまわりましたが？」

月梅は、にこやかな笑顔を向けながら、いろいろな酒瓶をもちこんだ。陶磁器をみわけるほどの観賞眼はなかったが、夢竜は、父の趣味の相手をさせられ、かなりの陶器をみていた。それだけに、月梅が、さりげなく持ちこんでくる容器が、普通の町家などにあるものではないという直感がした。古いものでないとしても、よほどの名工とうたわれている工人たちの手になるものに違いなかった。

「まァ若様、この老いぼれの手に何かついてございますか？」

「いや、そなたの持ってきた容器が、よほどの名器とみえたので……」

「まァ、お目がたかい。さすがは使道さまの御曹子、まだお若いのに、よくも……手前共は、なんということなく、このような器物をあつめるのが好きでございますので……あとで、あちらで、ゆっくりお目にかけるといたしましょう」

月梅は、なおのこと、親しみをこめ、

「別に種類もございませんが、家にあるだけの酒をもって参りました。どれでも、お口に合うものをお召し上がりなさいませ。これは葡萄酒、これは松葉酒、これは過夏酒、これは千日酒、これは百日酒、これは禁老酒、これは稀酒、これは薬酒、これは蓮葉酒でございます」

夢竜は、かるい眼まいを感じた。人間の住む家でなく、稗官《はいかん》小説などにでてくる神仙の遊ぶ家へ、迷いこんできたのではないかという錯覚だった。

これだけのものを飲み、これだけの物を食べて、この人たちは生きているのであろうか？　額には皺はよっても、若々しいつやを失わないこの老妓も、これだけの珍味を飽食するために、このように脂ぎった顔をしているのであろう。

そして、春香の、この世の人とも思われぬろうたけた顔や姿も、この珍味によって養われたものではなかろうか？

とすれば、この人たちの暮らしは、霞の彼方の、自分でさえ、とても手のとどきそうにない、はるかなところにあるような気がした。

「おひとつ、いかがでございます。まず葡萄酒をお注ぎいたしましょうか」

「いや、それがしは、あまりのめぬのだ。今宵は、ほしくない」

「どうしてでございますの？　そういえばお顔の色も……」

月梅は、気になるように、覗きこんだが、やがて、ハタと膝をうち、

「まァ、なんて、月梅ともあろうものが……しばらくお待ち下さい。うっかり致しました。皺くちゃ婆の酌では、美酒もまずくなるというものです」

そういって、にぎやかに笑いながら、手をうって、

「これ春香、春香、はやくきて、若様に、お酌をいたさぬか！」

と、呼びたてた。

「いや、そんなわけではないのだ！」

夢竜は、まっかになって弁解したが、声とともに、すぐ、春香がはいってきた。また粧いをあらためてきたらしく、灯の光にうつる顔は、なお白く、あまい香料の匂いが、食膳から湧き立つ珍味の香りととも

に、夢竜の嗅覚をはげしくゆすぶった。

夢竜は、自分の体も心も、眼に見えぬ大きな力で、思いのままに引きずられるような気がした。

「はやく、若様にお酌をしてあげなさい」

母の声とともに、春香は、にっこり微笑んで、酒瓶を持ち上げ、首をかしげた。

つりこまれたように、夢竜は盃を手にした。血の色のような赤い酒が、なみなみとつがれた。口にすると、甘ずっぱい味である。


そのとき、下男部屋に座っていた房子は、サンタニを相手に、さかんに、まくし立てていた。

「え、考えてみな、こんな馬鹿な、もてなし方ってのがあるかってんだ。え！　おい、お前も、そんな、こわいふくれっ面をしてねえで、一つ俺の言い訳をきいてほしいんだ。え、なにも俺ァ伊達や酔狂で、あの若僧をつれてきたんじゃねえんだ。ほかならぬ春香やお前の切なる願いだから、俺ァお前たちをよろこばせようとして、無理算段をして連れてきてやったんだ。そしたらどうだ？　春香やお袋は、眼を三角につりあげて、あの小僧っ子に夢中になっている。春香は、あんなに俺に頼んどきながら、一言の挨拶すらしねえ。それもよかろう。小僧っ子は使道さまの子で、どうせ俺は衙前《アジョン》(地方官庁の下役人)の子でも、下の下の賤奴だ。用が済みゃ、俺なんかに、見向きもしねえのも無理はねえ。しかし、それにしても、サンタニ、お前までが、俺をないがしろにして見向きもしねえというのは、一体どうしたわけなんだ？　え？　お前までが、何もあの小僧っ子にのぼせあがるって手はねえじゃねえかよ？　なに、御馳走つくりに忙しかったたって？　ふん、それも言い訳だ。なら、その御馳走ってのを、俺にも一皿ぐらいは、もってきてくれたってよさそうなもんじゃねえか。腹の空いてるのは、あの小僧っ子じゃなく俺の方なんだ。ええか。

奴は、驢馬の上で居眠りかたわら揺られてきやがったが、俺ァ、明るいうちから、あっちこっち飛び回って、腹はペコペコだ。何？　おとなしく待ってりゃ残り物を持ってくるって？　ふん、ふざけるねえ、俺だって人間さまだ。豚や鶏じゃあるめえし、そんな残り物ばかり貰って食えるかってんだ。何？　お前みたいな、下郎はそれで沢山だって？　じゃ一体お前はなんだ。お前は妓生の下婢じゃねえか？　お前と俺とは、同じたぐいの人間だ。誰からも見下げられ、誰からも構われねえ人間なんだ。え？　よ！　そうじゃねえか？

それでもお前は女で、きりょうよしだから、たまにゃ、俺みたいな若い男からお世辞の一つもきかれるって手がある。だが俺なんざァ、一体誰が構ってくれるんだ。せめてお前ぐらい、俺にすこしは心をくばってくれたってええじゃないか？　何？　はやく台所にいかねえと手伝いにきた近所の女たちが盗み食いをするって？　けち臭いことというねえ、どうせろくなものは食えねえ百姓の女共だ。たまには、美味しいものをつまみ食いさせてやるんだ。どっちみち、お前の物がへるわけじゃねえし、どうせ、この家のものだって、両班や金持の、のらくら野郎たちからしぼり取ったもんじゃねえか。ところで、一体俺にはどうするんだい？　俺は何も、あの小僧っ子に持っていったような大膳をもって来いといいやしねえ。漬物にドブロクでもかまわねえんだ。せめてお前の情のこもった酌の一杯ぐらい飲みほしてえもんだ。え？　よ、俺に構ってくれるなァお前だけじゃねえか？　チェッ！　あま、とうとう逃げやがった。売女共！　奴ら、どうせ、古草履のように捨てられるくせに、両班の子だとぬかせば、眼の色がねえ。へん、なにが両班に、なにが使道だ、なにが若様だ。俺だって、両班の家に生まれてれァ、立派な両班の子なんだ。へん、同じ人間さまでねえかよ」

「もう、いいかげんに、口にふたをしたらどう？　おとなしくしていたら、ドブロクばかりでなく、大膳の下り物だって、薬酒だって貰えるのに、そんなに、にくまれ口をたたいていると、米のとぎ汁も貰えやしないわ。ねえ、これは、奥さまに内緒で持ってきたものよ。あんまりがならないで、おとなしく飲んでなさいよ」

サンタニは、酒瓶と煮こみの皿をもってきた。

「ありがてえ！　さすがお前は、おいらの仲間だ。なあ、お前はいい娘だってことよ。ああ、もうお前のそのやさしさで、おらァ、すっかり酔っぱらいそうだ。ところで、せっかく、親切に持ってきてくれたんだから、ついでに一杯ついでくれたってええじゃねえか？」

「まァ、なんでしょう！　図々しいわねえ、ぜいたくいうもんじゃないわ。あたしは忙しいんだから」

「どうせ、お前、あの若僧の飲んでるところへ、御馳走を運ぶ役目なんだろう？」

「なんでもいいじゃないの、お前さんは酒でも飲んで酔っぱらってれァいいのさ」

「そうはいかねえ、なんにしろ、俺ァ、あの小僧っ子を、明朝までに連れて帰らにゃならんのだからな。ところでどうだい？　奴さんは飲んでいるかい？」

「お前さんみたいに、かつえているわけじゃあるまいし。それは上品なものよ。ちょっと、こう、すましてさ。ほんとにいい顔ね。飲んでるのは、うちの奥さまよ。すっかりいい気持ちになってさ。あたし心配だわ。あんなにいい気持ちで、飲んでいたのでは、きっとまた酔いつぶれて、暴れ出すわ。奥さまが酔っぱらったら、それは、もう、男も顔負けする程、あばれるんだから」

「奥さま、奥さまって、月梅のことかい？」

「そうよ」

「な、なるほど。妓生も金ができれば奥さまか。こりゃ悪くねえもんだ。奥さまになっても、妓生は妓生、酔えば大いにあばれるか、大いにそうあってほしいもんだ」

「あんた意地悪ねえ！　あたし嫌いよ、そんなひと」

「お前に嫌われたんじゃ俺は立つ瀬がねえ、まァ、そうあっさりいわずに俺のいうことを、きいてみねえ。第一、いくら使道のせがれだろうが、道令ニムだろうが、あんな小僧っ子が、女をつくろうなんて、とんでもねえ話じゃねえか？」

「妬いてるよ、この人、あんまり笑わせるんじゃないわ。あんなきれいな貴公子さまだもの、家の春香さんとは、ほんとうに似合だわ。二人がならんでいるところは、まるで絵のなかの花嫁花婿のようだわ。二人が一緒になるのは、いいことだね」

「ははは。月とすっぽんていうが、若僧はなんといっても府使の御曹子、両班でも飛び切り上の部だ。それが妓生の娘なんかと一緒になれるもんかどうか、いくらお前が世間知らずだって、考えてみれァ、わかりそうなもんじゃねえか？」

「どうしてなれない？　なにも正式の奥さんにならなくたって、旦那さまに可愛がってもらえる人になれば、それで沢山じゃないか」

「すると、妾になればいいってんだなァ」

「あたり前さ。野暮だよ、お前さんは」

「ふざけるない！　いくら妓生の娘だからって、玩具にされてまで、両班にくっつかなけれァならねえなんて、そんなふざけた話があるかってんだ！」

「じゃ、どうするのよ？」

「あんな若僧なんか、肘鉄をくらわしてやりゃいいんだ。そして、分に相応したお婿さんをみつけて、嫁に行きゃいいんだ」

「うちの春香さんにふさわしい、分に相応したお婿さんがあると思って？　おそらくこの南原の町家の息子なんか、ろくなものはなくてよ。やはり、あの若様とが似合だわ」

「じゃ、どうしても妾になりてえってんだな。一体、手前は、どうなんだい？」

「何が……」

「あの若僧の妾になってもいいと思ってるんだろう？」

サンタニは、虚をつかれたように、顔をあからめた。

「馬鹿なこと、いうもんじゃないわ。お前さんなんか、やきもちやきで、意地悪だから、誰も相手にしないんだわ」

そういって、にげるように台所へかけこんでいった。

「サンタナァー　サンタナー」

ろれつの回らぬ月梅の呼び声に、サンタニは、いそいでかけて行った。

「もうお済みだよ。片づけておくれ」

だらしなく、体を投げ出して、月梅は手をふった。酔いのため、顔は柿色になり、眼はどんより曇っている。

「もう、お母さん、いいわ。あちらでおやすみになったら……」

春香は、母の背をさするようにしながら、夢竜に気兼ねして、はやく母を隣室につれて行こうとした。

「若い、いい男が来たからって、そう急にお母さんを邪険に扱うんでないよ。なんだい、わたしゃね、まだ、若様とやらに話があるんだからね」

酒臭い息が、あたりに漂った。春香は、いまにも泣き出さんばかりの顔になり、サンタニの片づけるのを、手伝うでもなく、おろおろして落ち着きがなかった。

「いいから、あたしにまかせて、お前は、はやくサンタニと片づけてしまいなさい」

月梅は、二度三度大きく手を振った。春香は、しぶしぶ立ち上がった。紅いチョゴリと、藍のチマが、うす明るい灯の色と調和して、姿全体に、一種の哀感をただよわせている。

ほんのり眼のふちをあからめた夢竜は、さも疲れ切った様子で、壁にもたれていた。

春香とサンタニの手で、食膳が片づけられた。

「春香、お前は、あちらにいってお出でなさい」

月梅は、身体を、シャンとおこし、娘をにらみつけるようにした。春香は、無言のまま夢竜の方に向かって、深く頭をたれ、静かに部屋を出ていった。

差し向いになると、月梅は、また体をくずしながら、

「一体、若様は、うちの娘を、どうするつもりなんでございますか？」

と、冗談とも真面目ともつかない調子でいい出した。

「丹誠こめて育てた、ただ一人の子でございます。あれはわたしの宝です。いのちです……」

そのはては、散々苦労の思い出ばなしに、ひとしきり泣きわめいたあげく、

「若様、春香は、約束なしにまかせるわけにはいきません。あなたさまが、まこと家の娘に気があるのなら、男らしく誓文《せいもん》を書きなさい。ええ書かさずにおくものですか！　両班の口ほど信用できないものはない。わたしは、散々だまされてきました。でも、自分で書いた誓書《せいしょ》なら、偽物だというわけにもいきますまい。ちゃんと誓書を書いてもらわないことには承知できません」

「誓書を？」

「心変りしないで、いつまでも一緒に暮らすという約束の誓書ですよ」

「あなたはすこし酔っている。このはなしはいずれ正気のとき……」

「わたしが酔ってるって？　へん、酒の席でこの年になるまでくらしてきた月梅さまだ。正気を失うほど、もうろくはしていないつもりですよ。人間は酔ってるときに一番正気になってるんですよ。さあ、はやく書いてください」

「それでは、あんまり、それがしを疑うというもの、家門の名誉にかけても、それがしは正道を歩むつもりだ。春香への、それがしの気持ちも、決して一時の出来心ではない……」

「家門の名誉ですって？　そんな古めかしい言葉なら、耳にたこができるほどきいています。書くのがいやならいやで結構でございます。それならこのままさっさと御引取り下さい」

夢竜は、助けをもとめるように、あたりを見回した。額に汗がにじんだ。

「何故、信じてはくれぬのだ？」

「だから言ってるじゃありませんか！　両班は、自分の都合がわるくなれば、賤民たちとの口約束なんか、きれいさっぱり忘れてしまうんですからね」

「余の人は知らず、それがしは……」

「あなただって、れッきとした両班ではありませんか。両班は、みな同じです」

「それほどいうなら、書きもしよう。だが、それがしの、春香を思う気持ちを、そなたがわかってくれたなら……」

「わかっていますよ。わかっていればこそ、その熱がさめたときのことが心配ですからね」

月梅は、勝ち誇ったように、はげしく手をたたいた。

「サンタニ、紙と筆箱を持っておいで」

サンタニは、すぐ持ってきた。そして、なお何か用ありげにたたずんでいた。

「もういい、あちらへ行っておいで」

月梅に追われるようにして、サンタニはしぶしぶ部屋を出た。

夢竜は、紙をとるや、筆をふくませ、一気に書きつづった。

「これでよろしいか？」

「ええ、わたしは老眼になって、眼鏡がないと、夜はよく読めません。若様一つ読んできかせて下さい」

夢竜は、しばらく自分の筆跡を楽しむようにみつめていたが、やがて、若々しい力をこめて読んだ。

「春香を思うこの身の心は、たとえ陽が西の空からのぼるようなことがあろうとも、この桑田が大海にかわるようなことがあろうとも、かの流れが逆流してさざれ石が巌になろうとも、終りなく尽きることなきものであろう。今宵、この席、天地神明にかけてこれを誓い、わが生命をかけて、春香とのちぎりをかためんとするものなり。李夢竜」

月梅も、ひきこまれたように、うっとりしてきいた。だが、つぎの瞬間、眼をきらめかして、いきなり書いたものを、ひったくるようにして、ていねいに、一字一字をたどりはじめたが、急に気抜けしたもののように紙を投げ出した。そして声をあげて泣き出した。

春香とサンタニとが、あわただしくはいってきた。

「春香、可愛い娘や、お前は仕合わせだ。心配するでないよ。わたしはつかれた。若様をお前の部屋におつれ申して、ゆっくり休ませてお上げ。若様、あなたは、立派な男になる。この年になるまでわたしは、あなたのような人に逢ったことがない。わたしは不幸な女でした。可哀想な女でした」

月梅は、うたうように泣きつづけた。


縁側をつたって、夢竜は、春香のあとから彼女の部屋へいった。弦月は、西に傾いていた。夜露にぬれた庭から、冷えびえした冷気がただよってきた。夢竜は、ふかく息を吸った。働きつかれたあとのように、身を投げ出したいような感じだった。

春香は静かに戸をあけた。両開きの格子である。

「どうぞ……」

春香は、ふかく頭をたれた。夢竜は、ゆったりした足取りで部屋にはいった。ふき清めてあるオンドルのすべっこい油紙が、ボシン(足袋)の裏をとおして、なめらかな感じをあたえた。こころよい香りが、部屋のなかに溢れていた。夢竜は、ふかい夢の世界に、誘いこまれたもののように、もう一度、大きな息をした。

音もたてずに戸をしめ、春香は、夢竜のすぐ前に座った。ほつれ毛が、四、五本、かすかに揺れた。

「母のこと、お気になさらないで下さいませ……」

消え入るような細い声である。

「そなたの母は強い」

夢竜は、あらためて部屋を見回した。竜蔵鳳蔵、ケヤキヤスウリ(いずれも箪笥類)の飾具の金が、灯の光りに、まばゆいほどきらめき、さまざまの調度品が、ところせましとならべられている。

名工の手によって精魂こめてつくられたようなそれらの品々は生命あるもののごとく、おのれの姿態を誇示するように、みるものの眼をひいた。

官家にある母の部屋の調度品とを思い比べ、夢竜は、あらたな気おされを感じた。家こそ官家のような、目立つ高い瓦葺きではないが、部屋の飾りといい、調度品といい、また食膳の豪華さといい、官家のなかの府使の暮らしとは、くらべものにならなかった。

「これはみな、そなたのものか？」

「ええ、みな、お母さまが、つくらせて下さったものです」

遊びにきた子供のように、おろかしい問いを発せずにはいられなかった。

春香の頬に、ほこらしげな笑みがうかんだ。

「そなたの家は金持だ」

「若様、ご冗談ばっかり……」

「いや、都でも、このような立派な家具をみたことがない」

「いいえ、都には、どんなものでもあると申します。この鏡台も、母の知っている方が、都からの帰りに、土産に買ってきて下さったものです」

そういって、春香は、夢竜のまだ一度もみたことのないきらびやかな鏡台をしめした。夢竜は、なんとなく、暗いかなしみをともなった重苦しさを感じた。そして、自分は貧しく何の力もないもののような気後れがした。

「若様、どうなさいましたの？」

「なんでもない」

「母のこと、怒っておいでございましょう？」

「いや、そうではない。自分がこれまで、井戸の中の蛙のように思い上がっていたような気がしてならないのだ……」

「まァ、どういうことでございましょう？」

春香は、一膝すり寄って、覗きこむようにした。

「春香、そなたは、それほど、わたしのことが気になるか？」

「ええ、それは心配で……」

春香は、明るく笑った。

「どんなことがあっても？」

「ええ……」

「いつまでも？」

「若様の、お心が変わりさえしなければ……」

「さきほど、わたしは、そなたの母に誓書を書いた」

「ええ存じています。あんな御無礼なこと申して……」

「いや、わたしも、はじめは随分ひどいと思った。だが、わたしも書いているうちに、自分の心を、はっきりつかむことができた、やはり書いてよかったと思った」

春香は、だまって夢竜の顔をみあげた。

「……川の流れが、たとえさかさになろうと、わたしは、自分の心を、最後まで、いや限りなくのばしていきたい」

「若様、あたしも……」

「春香、わたしは、まだ何もわからない、世間知らずだ。科挙を受けること以外に、何も考えたことがない。だけど、そなたの母には、何もかもよくわかっているのだ。わたしたちの間には、きっと、つらいことや苦しいこともおこるにちがいない。たとえどんなことがあっても、わたしは、生命をかけて、そなたを守っていきたい」

「あたしは、若様を信じています」

激情が、夢竜をかりたてた。彼は、春香のなめらかな手をつかんだ。あつい手であった。思わずにぎりしめ、荒々しくたぐりよせた。春香は、小さく声をあげて、夢竜の膝にもたれかかった。

第三章　愛の囁き

「え、おい！　サンタニ、お前んとこにゃ、この頃、蜜ができるってはなしじゃねえか？」

「いやな房子《バンジャ》、なに寝言をいってるの？」

「寝言かどうか知らねえが、この頃、夢竜ときた日にゃ、まるで夢遊病だよ。朝となく、ひるとなく、夜となく、暇さえあると、ここの家へ、かけつけてくるんだから、どうも、いやはや……」

「あたり前じゃないか。好いて好かれて、できた仲だもの、余計な心配するんじゃなくてよ」

「心配になることァないが、見張番をするのがこちとらの商売であってみれば、知らん顔もできないというもの、若僧の姿がみえないと、大監さまだか、使道さまだか、知らねえが、とにかく、おっかねえおッさんが、これ房子！　夢竜はいずこへ参った。すぐさがして参れッ！　と、どなられる。俺ア若僧をさがしそこねて、毎日お目玉さ」

「いいじゃないか。そのかわり、お前さん、毎日うちの奥さんや春香さんから、たんまり酒代をもらってるんだろう？」

「それをいうな。もらった弱身で、俺ら頭があがらねえ。たまには、お前が気をきかして追い立ててくれないか」

「いやなことだよ。人の恋路を邪魔する奴はって、いうじゃないの？　にくまれるだけ野暮なはなしさ」

「そうつれないことをいうもんじゃねえ。なあ、お前はいい娘だ。すこしは俺の身にもなってみてくれ」

「そんな馬鹿ばかしい使い走りなんかやめてしまえばいいじゃないの？」

「やめたい気持ちはやまやまさ。だけどよ。生まれながら衙前《アジョン》だよ、俺ア。やめさせてもくれなけりゃ、やめても、おまんまを食べさせてくれるところは、ありゃしない」

「そんなら、おとなしく我慢してなよ。そのうちいいことだって、あるだろうよ」

「待ってたら、お前、嫁にきてくれるか？」

「ほほほほ、笑わせるもんじゃないわ。水にうつる手前の面とよく相談してみるんだね？」

「俺を、なぶりものにする気か？　おこるぞ、俺は。それはとにかく、この頃、どうなんだい？」

「なにが？」

「乳くり合っているお雛さまたちだよ」

「それはもう……」

サンタニは、両手をひろげてみせた。

「ああ、いったってはじまらないけれど、あたしだって、すこしは、あんな目に遭ってみたい……」

「どんな目に？」

「きれいにかざって、うまいものを食べて、好きな人と好きなだけあそんで……」

「ふん。つまらねえことをのぞむなよ。そんなことア、金と暇のある奴らがする、たわ言だ」

「だけどさ、おなじ人間だもの、あたしたちだって、そのくらいの面白さがあっていいじゃないの？」

「おとなしくしてたら、いまに貰いにくる男がでてくるよ。嫁にいったら、手前の亭主と面白い遊びをすりゃいいじゃねえか」

「嫁にいって？　とんでもない。亭主は、せいぜい女房の頭をひっぱたくくらいがおちさ。あたしたちのまわりの男は、どいつもこいつも、飲んだくれで、乱暴者で、甲斐性なしで、おまけにしみったれでさ、女房を可愛がろうなんてけなげな男がいたらねえ……」

「へん、そんなら、両班なら、女房を可愛がるとでも思うのかい？　野郎らは、なまけ者のくせに威張ることばかり知ってて、けちなことといったら話にならねえ。金もないくせにある風をみせて、きれいな女はみな自分たちのものだと思ってやがる。妾をもたねえ者は恥だとばかり、四人も五人も妾をつくって、野郎らの面をみてみねえ、どいつもこいつも欲の皮でつっぱってやがるから」

「お前、そんなに出まかせをいってあるいて、いまに誰かの両班の耳にはいったが最後、しばり首になるよ」

「心配するなってことよ。それはそうと、一体、若僧は、今日も帰らねえつもりなのかな？」

「どうれ、あたし、ちょっとみてくるわ」

サンタニは、ばたばた春香の部屋の前にかけていった。

すっかり戸を開けはなち、縁側にならんで腰かけ、脚をぶらりぶらり揺らしながら、春香と夢竜は、鼻と鼻とをふれ合わんばかりにして語り合っていた。

気をのまれて、立ち止ったサンタニは、大きく息をついた。

「あのう、春香さま、房子が、待ちかねてございます」

夢竜は、はっとして立ちあがった。

「ああ、もう帰らねばならぬ。きっと父上が……」

「まァ、若様、いつも、父上、父上とばかり、私のことなど、もう心にありませんのね」

「なにをいうのだ？　春香、ここへ来るために、わたしがどんな苦労をしているか、そなたには、よくわかっていないのだ」

「いいえ、よくわかっております。あなたさまは、父上ばかりが、おそろしいのでございます」

「たわけたことを……」

「いいえ、はやくお帰りあそばせ、また父上のお叱りを受ければ大変でございましょうから」

「春香、なにをいうのだ。わたしにとって、そなた以上のものがないことを、そなたも……」

「いいえ、そんな言葉は、ききあきたほどでございます」

「いや、わたしは帰らぬ。父上の、どんな御立腹があろうとも、わたしはここにとどまっていよう」

夢竜は、腰をおろした。

「あのう、それでは、房子にそういって、引き取らせましてもよろしゅうございましょうか？」

サンタニは、おそるおそるうかがいをたてた。

「サンタニ、お待ち、若様は、お帰りなさるのだよ」

「春香、わたしは帰らぬ」

春香は、にわかに笑い出した。そして、いきなり、夢竜の肩に手をかけ、はげしくゆすぶりはじめた。

サンタニは、顔をそむけて、房子の待っている方へ戻ってきた。

「駄目、駄目、あつい最中よ、今日は、房子一人で帰った方がいいわ」

「仕様のねえ連中だ、じゃサンタニ、また明日逢おうぜ」

房子は、驢馬の背にまたがって出ていった。その後ろ姿を見送っているうちに、サンタニは、ふと得体のしれないかなしみにとらわれた。

しばらくして、夢竜と春香は、手をつないで出てきた。

「あら、もう房子はいないわ」

春香はうれしそうに笑った。

「今しがた、帰りました」

サンタニは、そういって、奥へひっこんでしまった。

「もう、お歩きになるほかないわ」

春香は、また笑った。

「じゃ、広寒楼まで一緒にあるこう」

二人は手をつないだまま、柳の枝をかきわけて、流れに沿うてあるいた。

「ねえ若様」

「なに？」

「いつまでも、こうして暮らしていたいわ」

夢竜は、遠い前方をみつめた。

「私、ときどき夢をみているような気がしてならないわ……。ふっと、何もかも消えてなくなりそうな気がしてならないのよ」

「わたしは、再来年になったら、都へ出て科挙に受かるのだ。なに、どんなむずかしい問題がでようとも、わたしは、かならず及第する。自信があるのだ。そしたら、わたしは何処かの都へ、お役をいただいて赴任する。そうなれば、どんなことでも、自分の思いのままにできるのだ。父上や母上に話して、そなたを迎えにくるよ」

「でも、あなたは貴公子、ましてお役につけば、都の御親戚方が、そのままには致しますまい。由緒ある両班の家から、お嫁さんをもらうようになるのね……。きっと、きれいな人を……」

「そんなことがあるものか！　そなた以上に美しい女が、どこにあろう。わたしの妻は、そなた以外にはないのだ」

夢竜は、片手で、春香を強く、抱きしめた。

「いいえ、私には、はっきりわかります。あの晩、母が、あなたに誓書を書かせたことも、そして泣いたことも、この頃になって、私ははっきりわかるような気がするわ。私、あなたは信じます。どんなことがあっても、若様の気持ちがかわることがないということを、それだけは信じています。でも、若様、あなたの家柄が、あなたの心をしばってしまうようになるわ。どんなに、わたしの前で強いことをいっても、あなたはあなたの父上をおそれています。あなたが出世すれば出世するほど、私たちの間は、だんだん遠のいていくのねえ……」

「そんなことがあってたまるものか」

「いいえ、私、仕合せになればなるほど、いろいろ気づかなかったことがわかってきたのよ。そして、人の仕合せには、かならず大きな不安がつきまとうこともわかったわ。ねえ、若様、自分で仕合せだと思ったとき、どうすれば、かわらぬ気持ちで、その仕合せを、たもちつづけることができるでしょうか？」

「ねえ、春香、案ずればきりがないのだ。仕合せは、その人の努力と力だというではないか。わたしたちが、たとえかなわぬ力の前に立たされても、おたがいの仕合せのために力を惜しまなかったら、きっといつまでも仕合せに暮らせると思うよ」

柳の並木がつきて、広寒楼の池のはたに出た。二人は白いかささぎ橋を渡った。

「みてごらん、このかささぎ橋を。牽牛と織女姫は、半年あるいて、ようやくこのかささぎ橋にたどりついて、手をとり合うことができるというのだ。逢う日までの半年間の苦労も、二人にとっては、決して不幸ではないと思うのだ」

「逢えたとき、二人は、橋が流れるほど泣くといいます。そのとき織女姫は、きっと死んでしまいたいと思うに違いないわ。逢えたときの仕合せをそのままに、死んでも悔いない、いいえむしろ仕合せにつつまれて死んだ方が、どんなにましかしれないと思うわ」

「死ねば、二人の仕合せはその場限りで終ってしまうではないか？　また逢える。あたらしいよろこびをかかえて、また逢える日のために生きているのが、もっと仕合せだよ」

橋の上にかがみこんで、二人は池の面をのぞきこんだ。静かな水面に、二人の若々しい顔や姿がただよった。二人は思わず顔を見合わせた。

大きな鯉が、橋の下を泳いでいった。黙ったまま、二人は、その鯉の行方をみつめた。

二人は楼上にのぼって、はてしない見晴らしをながめた。

「どうして、こんなに自分がたよりないのか、私には、わからない……」

春香は、うつたえるように夢竜をみた。

「あなたは、遠い未来のことばかり考えている。科挙に受かることや、立派な位につくことや、国家の大事をすることなど……。それなのに、私は、あなたのことばかり考えている……。つまらないわ」

夢竜は、だまって、春香の肩を抱いた。

「春香、そなたも、遠い先のことを考えてみないか。あるいは遠い昔のことを思い返さないか。わたしたちのよろこびやかなしみも、長い時の流れのなかの、ほんの小さなことだということを、そなたも気づくであろうのに……」

「いいえ、私には、今が一番大事です。遠い昔のことも、のちのことも、今の私には、何のよろこびにもならないわ」

肩を組み合わせ、二人はきざはしを降りて楼の裏の山にのぼった。山の中腹に小さい祠《はこら》があり、こけむした碑石が立っていた。

「まア、随分古い石だこと」

春香は、かすかに驚きの声をあげた。風雨にさらされ、かどが砕けて、碑面の字も、ほとんどうすれてしまっていた。

「ねえ、この辺に烈女を祀る墓があることを、母からきいたことがあったわ。この碑がそうじゃないかしら?」

「そうかもしれない」

夢竜は、近寄って、碑面の字をさぐったが、読みとれない風であった。

「むかしむかし、この南原の南を求礼といっていた百済時代のこと、智異山のふもとに、顔のきれいな姿の美しい女の人がいたんですって。とても貧しい家に生まれたけれど、親には孝行をつくし、嫁にいっては、夫のためにひたすらまことを尽くしたんですって。そしたら、その人の評判が四方にひろがり、郡内の人々は誇りにしていたくらいですって。そのうち国が乱れて戦《いくさ》がはじまり、その人の夫も戦にかり出されたけれど、結局つかまえられて、百済の王さまの前にひき出されたんですって。王様は捕虜を一人ひとり調べ、金のある者には金を出させ、物のある者には物を出させて放してやり、なにもないものは奴隷にして働かすことにしたんですって。いよいよその人の夫の調べられる番になり、王様はその名をきいて、有名なその人の妻のことを思い出し、お前の妻は、天下一の美女だという評判だが、その妻を差し出したら、お前を放してやろうといったんですって。夫は歯をくいしばって返事をしないでいたら、王様は、その妻を捕らえて来させたんですって。つれてきてみると評判に違わない美女なので、王様はますます欲が出て、どうしてもその妻を自分の思いのままにしようとしたんですって。夫の方は命惜しさに、妻を王様の意に従わせる約束をしてしまったけれど、妻の方は、殺されるまで節を守り、ついに王様に殺されてしまったんですって。後の人たちが、その節徳を慕い、祠を立ててまつったということよ」

「その人も、そなたのように、きれいな人だったに違いない」

夢竜は、感動して、そういった。

「随分ひどい王様だわ。そのような烈女を殺してしまうなんて……」

春香は、興奮がしずまらないらしく、あらい息づかいで、きいた。

「一体、そのひとは仕合せだったでしょうか？」

夢竜は、答えかねて、春香の眼をみた。

「操を立てた夫は、意気地なく王様の命令にしたがってしまったのよ。その人は、何を信じて、誰をたよりに、死ぬまで操を立てたのでしょうか？」

「おそらく、それが女の正しい道だと信じたからであろう……」

「女の道だけは、あきらかになっているのね。女は夫のために、いのちをかけて道を守るのに、男は妻のために、どのような道を守っているのでしょうか?」

「春香、わたしにもわからないことが多い。いのちをかけて婦道を守ってきた妻や母にたいして、夫は、どのように、それにこたえたのか、わたしにはわからない。だけど、なんといっても、女の人の方が、はるかに苦労が多かったことであろうし、涙の多い日も多かったに違いない」

「私、小さいときから、この話をきくたびに泣いたわ。可愛想なひとだと思って、殺した王様は、八つ裂きにしても飽き足りないし、意気地のない夫は、たたき殺してしまいたいくらいよ」

春香の眼には露がきらめいた。

「春香、あちらへ行こう」

夢竜は、とまどうようにして、春香を誘った。

あるきながら、夢竜は語った。

「むかし、新羅に嘉実という若者がいたというのだ。貧しい作男だったが、きわめて真面目な働き者だった。ところが、その頃新羅の辺境には戦が絶えないので、王様は、国中の家々から男を選び出して、三年ずつ守備兵として、国境にやっていたのだ。嘉実の村へもその布令が出て、沢山の男がつれて行かれることになった。たまたま同じ村に薛《ソル》という家があったが、父と娘と二人暮しのところへ、やはり守備兵を出せという命令がきた。老いた父と娘は相抱いて泣いた。老人がそんなところへ行ったら、三年も経たないうちに死んでしまうに違いない。といって、若い娘が、どうして代りに行くことができよう。そこへひそかに薛娘を恋していた嘉実がたずねてきたのだ。嘉実は、恋する人の苦しみをみるに忍びず、自分で薛老のかわりになって守備兵に行くことを申し出たのだ。老人は感激して、三年たって帰ってきたら、娘と婚礼をさすことを約束したのだ。嘉実は薛娘に見送られて守備兵になっていった。ところが三年経ったのに嘉実は戻らない。その次の年も戻らないのだ。薛老は、若者がきっと死んでしまったものと思い、娘によそへ嫁にいくようにすすめた。それでも娘は許婚の帰ってくるのを待っていた。六年経った。もう、娘は、嫁に行くには遅すぎる年頃だ。父親は心配したあげく、娘には内緒で隣の村の人と縁談をきめてしまったのだ。いくら断っても、どうしても嫁に行かねばならないようになってしまった。いよいよ婚礼の当日、戻って来ない恋人のことを思って泣いている薛娘のところへ、やせ衰えた見るかげもない一人の旅人が訪ねてきた。誰あろう。それこそ待ちあぐねた嘉実だったのだ！　三年の期間を六年にのばされ、ただ恋人との約束だけをたよりに、嘉実は、飢えと寒さに堪えながら、六年間を戦い通してきたのだ。二人は抱き合って泣いた。そしてその日の婚礼は、あらためて嘉実と薛娘との祝儀にかわったとのことだ」

春香は、夢竜の肩にもたれるようにしながら、この話をきいた。

「好きな人のためになら、生命をかけて戦う男は、いくらでもいるのだ。嘉実は、恋人のために三年、いや六年も苦しい戦いをつづけてきたのだ」

「ねえ、若様、なんだって、王様は、貧しい百姓たちに、そのような無理な布令を出すのでしょう。その薛娘や嘉実の悲しみも、みな、王様のむごい命令のためじゃありませんか？　王様は、何故、なんの罪もない人たちを、そんなに苦しめるのでしょう」

「それは、わるい王様のことだ。でも王様は百姓たちのための、いろいろなことを考えてくださるのだよ。おそれ多いことではないか」

「私には、わかりません。王様が、私たちのことを考えて下さっているのなら、一体どんなよいことをしてくれたのでしょう？」

「春香、お前は、あまり考え過ぎる、私たちの仕合せは、信じてたよることなのだ」

「私は信じています。どんなことがあっても若様が、私のことを思ってくれることだけは信じます。でも、それと、仕合せとは別のことのような気がするわ……」

雉が、突如、強いはばたきの音をのこして飛び立った。

その音におびえた春香は、夢竜の胸に顔をうずめた。

「もう大丈夫、雉だよ」

春香は、力のない眼で、あたりを見回した。

「若様、もうおそくなるわ。帰りましょうよ」

二人は手をとり合って、山を下りた。

靄がたちこめはじめた。夕焼けの空の色も、徐々に色あせて、遠く近くの村々から、たなびく夕げの白い煙が、山の裾をとりまいた。

年寄った一人の百姓が、山なすような草束を背負って、あえぎあえぎ二人の前を通り過ぎた。通り過ぎながら、夢竜の姿をみると、苦しい息づかいの下から、せいいっぱいの鄭重な挨拶の意をあらわした。

二人は、ぼんやりそれを見送った。

……何故、あの人たちだけが、あんなに息を切らしながら、働いているのだろう？

ふと、そんな疑いが、夢竜の頭をかすめた。夢竜は、春香をみた。春香の眼には、また涙がいっぱいたまっていた。

「私は、この夕景色をみると、たまらなくかなしくなるのよ。それに、あのような年寄が、あんなに苦しそうにして帰っていくのをみると、身を切られるようにつらい気がするわ。私は家に帰れば、肉も魚も思いのままに食べられ、何も仕事をしないで絹の蒲団のなかで楽々と寝ているのに、はたらきつかれたあのお爺さんは、帰れば、とげのさす麦御飯と味噌しかないのよ。そして夜は、ふとんもなしに、かたいオンドルの上にそのまま横になるのだわ。ねえ、若様、どうしてでしょう。私にはわからないわ。あの人たちは、一生仕合せというものを考えたこともなしに過ごすのでしょうか？」

「春香、わたしもいま、そのことを考えてみたのだ。そなたの話に、この胸が、かきむしられるような気がする。こうして、ぼんやり立っているのも、ひどく悪いことのような気がするのだ……」

手をとり合ったまま、二人は、しばらく歩いた。

「春香、もう、家にお帰り。暗くなると、お母さんが心配するよ」

「いいえ、私はかまいません。それより、若様、一日もはやく、気がねをしないで、来て下さるようになっていただきたいわ……」

明日は、また逢えると思っても、わかれはつらかった。このまま二度と逢えなくなるのではないかという不安のために、眼と眼を見合わせ、たがいに、相手の瞳にうつる、おのが顔を見出して、ようやく気をおちつけた。

夢竜は、春香の母に渡した誓いの言葉のとおり、天地神明にかけて、おのが愛情を恥ずるところはないと思っていた。それでいながら、もしや父に知られやすまいかという不安がつきまとった。そのため、春香のところへ遊びに来るようになってからは、つとめて父に逢わないようにした。さすが、母にはかくし切れず、春香の話をしたことがあった。母は別に何もいわないで、ただ、かなしげな顔できいていた。

……一度、つれてきて、母上に、お見せしたいくらいです。春香は、こんな、きれいな詩もつくれるのですよ……そういって、若い息子が差出した春香の美しい筆跡を、母はしずかに見守るばかりであった。

……夢竜、そなたの気持ちはわかります。でも、父上はこの頃、そなたが、勉強に精を出さないといって、案じておられますよ、なるべく気をつけてください……ただ、その一言をいっただけであった。

夢竜は、官家を脱け出すとき、いつでも大きな罪を犯すような、うしろめたさを感じた。誰かが、絶えず、自分のことを嘲っているような気がした。だが、春香の顔を思い描くと、それらの不安は、かげもなく消え散った。

そして、酔いしれたような、はげしいよろこびに我と我が身を打ちこんで、かるい疲れがきたとき、また、靄の彼方から、ぼんやりしたかげがうかんできた。

そのような夢竜の想いは、たちまち春香の胸につたわらずにはいなかった。

……若様、私は、若様が全部です。私のもっているものは、身も心も、何もかも捧げつくしました。ただ若様に可愛がってもらいたいばっかりに……でも、若様は、私以外のことを、片時も忘れてはいません。あんまりです。若様は、私のことなど、さほど、思ってはくださらないのね……

爪を立てて、胸をかきむしるようにしながら、春香は、夢竜を責め立てた。そして、はげしく泣いた。またしても興奮のあとの、息づまるような抱擁が、ながくつづくのである。

しかし、夢竜は、また官家に戻らねばならない。

「若様は、高貴なお方です。私は、下賤な妓生の娘です」

夢竜にとっては、胸を突きさされるような春香の皮肉を交えたなげきが、あらたなかなしみと不安の念をかきたてた。

「そなたが、どのような者の娘であろうと、わたしの心に変わりはないのだ。そなたのみがわたしの望みなのだ……」

何百回となく繰り返した誓いの言葉であった。だが、その言葉が、ひとたび風に吹かれると、宙に浮いてしまうように心もとなかった。

……春香のような強さが、自分にはない。

夢竜は、おのれの寂漠とした心のなかをのぞくようにして、そう呟いてみることもあった。

ある日、夢竜は、父の府使に呼ばれて、漢書をひもといている前に、かしこまって座った。

滅多に話し合うことがないだけに、夢竜は、なんとなく父の前に出るのが窮屈であった。

「どうだな？　近頃は、本が読めるかな」

いたわるようなやさしみのこもった声である。夢竜は、父の顔を仰いだ。

額や眼尻あたり、皺が目立ってふえている。父は、無言のうちに、自分のことで心を痛めているのではなかろうか？……夢竜の頭は、次第に深くたれていった。

「わしも年をとったものだ。この頃は、若い頃のことが、しのばれてならない」

夢竜は、また顔をあげた。

「科挙に受かることなど、何の価値もないものと思いこんで、本も読まずに、さかんに歩き回ったものだ……」

そういう述懐するような父の言葉を聴いたのは、はじめてのことであった。夢竜は、すがりつきたい父への愛情を感じた。

「家を出て堤川の叔父のところへ行って、何もせずに、遊び回っていたときだ。あるとき、官家の若い役人と宴席につらなり酒の勢いをかりて、たがいに勝手なことを言い合った。うんと放蕩をしないことには、一人前の人間になれない。ひとつ、ここにいる美妓を誘って、思い切り遊び回ろうではないか、などといってな。そして、貴重な時を、無駄につぶしてしまった。相手になってくれた女の人たちにとっても気の毒で堪えられない。何故、あのとき、もっと真剣になって勉強をしなかったのかと、いまでも後悔せずにはいられないのだ。丁度、お前より一つ二つ多い年頃のことだ……」

夢竜は、父が、自分に何を言うつもりかを察した。父上は、何もかも御存知なのだ……そう思うと、気が楽になる反面、面映い感じに捉われた。

「お前が、此の頃、始終部屋をあけていることを、皆が心配しているのだ。わしも、気にならないことはない。しかし、わしは、お前の聡明さを信じている。お前は、王室の流れをくむ、この李家を継がねばならない人間だ。祖先の、幾多の功労を、お前は、お前の肩に担って立たねばならない。わしも、亡くなった父上から、それをきいたとき、自分の責務を感じないではいられなかった。真面目な学友たちは、皆、登第して、立派なお役についているとき、わしは、後悔でおのが身を鞭打ちながら、科挙のための勉強をした……」

夢竜は、なんとか、自分の考えていることを、いいたかった。しかし、顔をあげる気力もなく、うつむいていた。

「科挙に登第して、お役につくことだけが、つとめではないことを、わしは考えていた。よい役人になり、君王に忠義をつくす道は、つまりは、民百姓のために、よいまつりごとをやることだとも考えた。わしは、この二十年間、役人としての仕事をつづけながら、いろいろ苦しいこと、わからないことにも、ぶつかってきた。そういったとき、わしは、つねに、由緒正しいわが家門のことを考えるのだ。家門に恥じないことをする。それが、結局は、もっともよい考えだということを、わしは、年とともに強く信ずるようになった。つまり、若い頃の、浮わついた考えは、すっかり洗い流されてしまったのだ……」

父の言葉が、かならずしも正しいものだとは、信じたくなかった。自分が、春香に逢いに行くのは、決して、若さや、浮わついた気持ちからでないことを、強くいいたかった。しかし、夢竜は、ひた押しに抑える、父の強い力を感じた。それは、ただ単に父としての一人の人間の父ではなく、代々の系譜を担った、たくさんの祖先の意志を代表した、重く強い力であった。

一言もなく、夢竜は、父の言葉に聞き入っていた。父は、また、やわらげた笑みをうかべた。

「聡明なお前には、父の気持ちがわかってもらえるだろう……」

父の眼は、そのように語っていた。夢竜は、いままで、まだ一度も、父のこのような理解ある態度に接したことはなかった。きびしい言葉で、一つ一つの動きを、きめつけるようなことしか聞いていなかった。むしろ、そのような強い態度に出てくれた方が、夢竜としては、思い切った、さからいかたもできたのである。しかし、この思いがけぬ、いたわりをこめたやさしさが、決定的な強い力をもって、春香に逢うのをこばんでいるものであることを、よくわかっているにもかかわらず、言葉をもってたてつくことができなかった。

「わしが、この南原へ赴任してきて、もう二年になる。もう、都では、転任させたがよいという噂も出ているであろう。いずれは判書殿あたりで定めることであろうが、勅令となって出るからには、それに従わねばならない。お前も、そのことを含んでいてもらいたいのだ」

最後まで、うち融けようとしない息子の重苦しい態度に、父は、さびしげな顔つきになった。夢竜は、静かに礼をして、自分の部屋へ戻った。

春香と、いつまでも遊んではいられない……いずれは、何処かへ移っていかねばならない……。考えられないことだった。一刻も、一人で思い煩ってはいられなかった。

「房子！」

苛立たしさに、部屋をとび出して、どなった。

「へーえ」

房子は、ながたらしく、言葉尻をひっぱりながら、夢竜の前に、のろのろと出てきた。わざとらしく、鼻の穴を、空の方へ向け、大きな、くしゃみをした。

「出かける。驢馬の用意をいたせ」

「へーえ？　これから、どちらへ？」

「いいから、はやく用意をせい」

房子は、いきなり、自分の尻をたたいた。

「大きな蚊でございますよ。道令ニム。こやつは、人間共の血を吸わねば、生きていられない代物でございます」

「また、つまらぬことばかりいっている。早くせぬか！」

「驢馬は、いつでも待ちかねてございますよ。奴も、表に出れば、たくさんの牝に逢えますから……」

そういって、房子は、大きな眼玉をむいて夢竜をにらみ回した。

「無礼であろうぞ」

夢竜は、あかくなりながら叱った。

「へーえ、これは、平に、御容赦の程を……」

房子は、また、大袈裟に、身をかがめた。

下郎が……と、思いながら、夢竜は、絶えず、この房子に嘲笑されている自分を、なさけなく思わずにはいられなかった。

自分と房子とのかかり合いで、つねに遠慮しているのは夢竜自身であり、勝手気ままなことをいっているのは房子であった。

しかし、房子の刺すような嘲笑に、かまっていられるときではなかった。夢竜は、ただ春香恋しさに、夢中になって驢馬を走らせた。

第四章　別　離

「一番、仕合せな暮らし方ってどんなものでしょう？」

揃った歯並みをみせながら、春香は、小さい口を、うごかしている。

かじりつきたい衝動を、男に与えずにはおかない、ふくよかな頬の肉が、口を動かすたびに、いくつかの小さいくぼみをつくった。

……そなたと向かい合っているのが、私にとっては、一番、仕合せな暮らし方だ……。

夢竜は、そういいたかった。だが、そういう言葉を口に出せば、自分の心を傷つけるような気持ちで、
夢竜は、わざと、そしらぬ風をしめした。

「まあ、なんでしょう？　憎らしい」

春香は、はげしく、夢竜の髪の毛を、かきむしった。その痛さが、しびれるような刺激をあたえた。

「春香」

「なんですの?」

「私たちは、いつまでも、こうして遊んではいられないと思うのだ」

「まあ、どうしてでしょう?」

春香の瞳は、はげしく揺れた。

「別になんともいえないけれど、私たちの行方は、決して単調ではないと思うのだ」

「若様は、こんなことが、我慢できないとおっしゃるのでしょう? ひどいわ」

夢竜は、自分の不安を、そのまま打ち明けて、春香に、その不安を慰めてもらいたかった。だが、春香は、夢竜と自分との、はるかなる距離におびやかされて、いつ、谷底に突き落とされるようなことがあるかもしれないという不安のために、おののいた。

おたがいに信じ合い、愛し合えば、何も疑ったり、おののいたりすることはないではないか……?

そうは、思っているものの、夢竜と春香は、顔と顔を、見合わせているとき以外には、なにかしら、不安と寂しさと、苛立たしさに襲われた。

人を愛することが、どのようなものであるかを、まるで自覚していないために、若い二人は、ただ自分の苦しみだけが、大きな犠牲であり、また哀れなものと思いこんでいた。

「若様、私は、もう生きるあてはありませぬ」

夢竜に抱かれていながら、春香は、ながい溜息とともに呟くのであった。

「そなたは、まるで、わたしを苦しめるために生まれてきたような人間だ」

夢竜は、熱にうかれたような、あかい眼で、春香に、かき口説くのである。

「まあ、この鼻!」

いきなり、春香は、夢竜の、たかい鼻筋をつかんだ。

「なにをするのだ」

春香は、ひとしきり笑ったのち、

「顔の美しさは、鼻の格好によって、きまるといいます。若様の鼻の骨、随分かたいこと」

「それは、わたしの意志のかたさを現わしているのだ」

夢竜は、春香の、眼のくぼみから、一直線に、筋をひいて、たかまっている鼻を、美しいと思わずにはいられなかった。か細い、その鼻筋は、両側の頬の肉を、ほどよくひきしめて、小さい唇へ通ずる細いくぼみとの間に、なめらかな艶を出している。

……このような美しさが、……どうして人間の姿にあり得るだろうか?……夢竜は息をのんだ。いつも襲われる、かじりつきたい衝動を堪えながら、笑いさざめく春香の表情の動きを追うた。

春香は、しずかに眼をつむった。まつ毛が、きれいにそろってかげをおとしている。夢竜の膝にもたれて、春香は、よく、このようなあどけない格好をした。そして、はてしない、甘い追憶の夢にひたっているのであった。

……若様、私たちは、竜宮に手をつないで参りましょう……。

唇だけを、かすかに、ゆりうごかして、春香は、小さく呟いた。

花びらのような、紅い唇の動きに、夢竜は、魂までがとろけていくような、快いしびれを感じた。

……竜宮へ。

煩わしいことも、物憂いことも、なにもかも忘れはてて、誰もいない竜宮の世界へ。

……飽きることのない悦び。

時のたつのを忘れていた。

夢竜の来ているとき、春香の母は、滅多に姿をみせなかった。サンタニも、春香が呼びたてないときは、よほどの急用がない限り、このはなれにやって来ようとはしなかった。

二人きりの世界で、ときには、童心にかえった二人が、鬼ごっこをしたり、腕相撲をしたり、体の押し合いをしたりした。さんざん遊び戯れて、疲れはてると、二人は、はてしない幻想の世界を描きつづけるのであった。

灼熱の頃は過ぎて、野は、黄一色に彩られ、楓の葉が、紅く色づいてきていた。庭の柿の木には、枝もたわわに、真っ赤な実がなり下り、紅い葉が、音もなく、風にゆれ落ちていた。

しみるような虫の声が、二人の夢を、なおはるかなものにした。

突如、騒がしい足音がして、房子《バンジャ》が、あわただしくかけこんできた。

「道令ニム、たた大変でございます」

夢を破られ、春香は、いそいで身を起こした。

「何事だ? 騒々しい」

夢竜は、不愉快な声を出した。しかし、いつもと違う、房子の緊張した態度から、何かしら、大きな不安を感じた。

「そんな、暢気なことをいっていられる場合ではございません。つい先刻、都から、急使が見えまして、官家は、もう、それは引っくりかえったような騒ぎでございます。大監さまは、道令ニムの姿が見えないといって、それは大変な御立腹でございます。手前は、もう何がなんだか見当もつきませんでしたが、とにかく道令ニムに知らせねばならないと思ってかけつけたのでございます。ハァ、苦しい。春香さん。すまねえが、サンタニにそういって、水をいっぱいもらって下さらんかね」

房子は、汗をふきふき、縁側に、どっと体を投げ出すようにした。

……都からの急使？　それでは、きっと何かの変事があるに違いない……。

夢竜は、だんだんつのっていく不安のために、じっとしていられなくなった。春香は、房子から水をたのまれたことも忘れて、青ざめていく夢竜の顔ばかりみつめた。

「ねえ、若様、何事でございましょう？」

すがりつくようにして、ふるえ声を出した。

夢竜は、庭先の塀の上にのびた、つる草の枯葉をみつめた。そして、ようやく苛立たしさを抑えた。

「房子、それでは、すぐ帰る」

そういって春香をみた。春香は、もう、涙をいっぱいためていた。

「なに、案ずることはあるまい」

我と我身を落ち着かせるように、夢竜は、こともなげにいった。

「春香サン、わしの咽喉《のど》は、どうしてくれるんだね？」

房子は、また、大きな声を出した。

「まあ、にくらしい房子、お前が、余計な知らせを持ってきたばっかりに、若様が、心配していらっしゃるじゃないか！」

「はあ、こりゃおどろいた……」

房子は、一度立ち上がって、また腰をおろした。そして、わざとらしく、大きな眼玉を、くるくる動かしながら、

「俺ァ、お前の若様のためを思って、息を切らしながら、かけつけてきてやったんだぜ、それなのに、悪口の御返礼とは、おそれいったな……」

そして、さも、余計にくまれてやろうとでもいいたげに、縁側の上に両脚を投げ出して、ながながと寝そべってしまった。

春香は、舌打ちをしながら、サンタニを呼んだ。サンタニは、前だれで手をふきながら、やってきた。

「サンタニ、この寝そべっている馬に、ドブロクをのませておやり。息が切れているらしいよ」

春香にそういわれるや、房子は、また、むくっと起き上がった。

「さすがは、月梅さんの娘だけある。ツッていえばカッとくらあ。サンタニ、いわれた通りだ。ひとつよろしくたのむぜ」

「いけすかない人だよ、ほんとに」

サンタニは、笑いながら、房子を連れていった。

「春香、わたしは、すぐ、家に戻ってくる」

「でも、いまお帰りになると、明日までは、お出でになれませんわねえ」

「いや、何か変わったことがあれば、すぐまた知らせる」

ふと、春香は、夢竜が、大きな決心をしているような疑いにとりつかれた。

「若様!」

夢竜は、あらたまった春香の呼び声に、びっくりして、振りかえった。

「若様は、なにか、お一人で、考えていらっしゃることが、おありでございませんか?」

「いや……」

虚をつかれたように、とまどった。

「春香は、若様のなんでございましょう？　もし何か、御心配事がおありでしたら、何故私に打ち明けてはくださいませんのでしょう？」

「いや、その方が、それほど案ずるようなことは何もないのだ。ただ、わたしは、そなたのことが、いつも一番大事なのだ。たとえ、どんなことがあっても、わたしは、そなたに心配はかけぬつもりだ」

「いいえ、それが、いけません。なさけのうございます。若様お一人が、心配なさって、私だけが、どうして平気でいられましょうか？　私はいつでも、若様のために、いろいろ考えたり案じたりしたいと思います」

夢竜は、黙って春香の手をとった。そして立ち上がった。

感謝しきれない、いくら礼をいっても、それで充分とはいえない、充ち足りた気持ちで一杯だった。

「どんなときでも、わたしの心にはそなたのことが一杯なのだ」

何も言うことがなかった。言葉では、おたがいの気持ちを、充分伝え合うことができそうになかった。

「さあ、道令ニム、仕度はできております」

あかい顔になった房子が、ひどく浮き浮きしながら、夢竜をつれにきた。

房子と一緒のとき、いつもは、縁先で見送る春香であったが、門口まで送って出た。そして、門口に立ったまま、驢馬にまたがっている夢竜の姿が、はるかな並木の陰に消えるまで、春香は見送っていた。

官家にはいると、すでに、ただならぬ気配がただよっていた。級唱《クプチャン》や通引《トンイン》たちや、女中たちまでが、なにかこわばった顔で、忙し気に動き回っている。それでいながら、府使のいる部屋あたりは、いつもとかわらぬ静けさと、落ち着きがあった。

夢竜は、自分の部屋へはいった。出かけるとき、広げたままの、読みかけの本が、そのまま卓の上にのっていた。

しかし、不思議なほど、通引たちの笑い声がきこえなかった。昼となく夜となく、笑い声をためてはおかれない少年たちが、絶えず、そのにぎやかな笑い声を、この部屋にも送りこんでいた。それなのに、まるで潮がひいたような静けさである。

夢竜は、一歩、一歩、踏みしめるようにして、父の部屋の前に立った。

「夢竜か？　おはいり……」

いつもとかわらぬ、静かな、ゆとりのある声であった。

しかし、部屋の様子は、大分かわっている。整頓好きな父は、余分なものは、何一つとして、部屋には置かなかった。幾冊かの書籍と、硯箱とが、卓にのせられ、行灯《あんどん》と、煙草盆だけが、置かれているくらいのものであった。ところが今、夢竜の眼の前には、おびただしい書籍が、所狭いまでに、秩序なく積み重ねられていた。

「びっくりしたろう。まあ、そのあいてるところへお座り」

父は、にこやかな笑みをうかべた。それがきわめて上機嫌なときの表情であることを、夢竜は、わかっていたので、楽な気持ちで座ることができた。

「都から、急使が見えられたのだ。都では、このたび、大きな政変があったとのことだ。それで、五年前の政変のとき、南海に流されていた幾人かの儒士を、あらたに国の大官として迎えに行く急使だったのだ。それで、小一刻ここに休んだだけで、すぐまた出かけていったが、お前がいれば、御挨拶ができたものを……残念だった」

夢竜は、顔をあからめて、低く頭をたれた。

「ところが、その急使は、わしのところへも大きな報せをもたらしたのだ」

そういって、父は、居ずまいを正した。そして、傍にある手文庫から、うやうやしく奉書紙に巻かれたものを取り出した。習慣から、夢竜は、それが容易ならぬものであることを感じとった。そして、思わず膝を正した。

「畏《かしこ》くも、陛下から賜わった綸旨《りんじ》なのだ」

父は、うやうやしく、奉書紙をひろげた。ひろい白い厚い紙に、達者な筆跡で、まず父の名が書かれ、そして、右の者、忠誠厚き家系に生れ、地方官に封されるや、よく聖旨を体して人民を愛護し、村民を富ましめ、かつ租税の徴収によき成果を収めた。よって特旨により、宮内官に任ずるということが書かれ、大きな四角い印章が二つ押されてあった。

それが、どんなに重大な意味を含んだものであるかを、夢竜はよく知っていた。しかし、文字は白々しく書かれてある。意味のない科挙のための書籍を読むように、なんの感興もわかなかった。

しかし、夢竜は、重々しい手つきで、奉書紙をていねいに巻いて、うやうやしく父に返した。父の顔には、包みきれないよろこびが輝いていた。

「これで、念願通り、都へ帰れるのだ。しかも特旨による宮内官なのだ。家門の栄誉、この上ないことではないか……」

めずらしく、父の声は、感激に震えていた。しかし夢竜は、素直に父の感情についていけなかった。なにかしら、空々しいものにふれた。

「お前は、小さいときから、都をはなれて、転々と地方を回って育ったから、都のことなど、忘れているであろうが、お前の母は、ようやくなつかしい都へ帰れるというので、もう涙を流してよろこんでいるぞ」

父にいわれた通り、夢竜の、都に対する記憶はうすれかけていた。ただ、大きな朱塗の建物と、きらびやかに着飾った人の行列、ひどく年とったお爺さんに抱かれたことなどが、断片となって、浮かんでくるだけであった。

「子供の頃は、お前は、よく都へ帰ろうといい出して、わしたちを困らせたものだ。お前の念願も、ようやくかなったぞ。都へ帰れたら、何もかも好都合だ。こんな田舎と違って、都には偉い学者や先生が沢山あつまっている。お前の学問のためにも、どんなによいかわからない。科挙を受けるためにも、都にいた方が、はるかによいのだ。それに、お前の従兄弟たちも大勢いることだし、友だちも沢山できるだろう」

父はひどくおしゃべりになっていた。

……だが、春香は、どうすればよいのであろう？

できれば、連れて行きたかった。もし、それができないならば、自分だけ、この南原にとどまって勉強をしていたかった。

……だが、それを、どういう風にいえばよいだろうか……？

とりとめもなく話しつづけていた父は、息子の浮かぬ顔色や、重く沈んでいる様子に気づいて、急に、気むずかしい顔になった。

「お前、どこか具合が悪いのか？」

「いいえ……」

父は、しばらく夢竜の顔をみつめた。

「お前は、都に帰れることが、うれしくないのか？」

夢竜は、すぐ答えられなかった。

「どうなのだ？　帰りたくないのか？」

父の言葉には、はげしい苛立たしさがこもっていた。

「父上……」

ようやく、夢竜は、顔をあげた。いってはならないような気がしたが、いわなければならないと思った。

息子の強い眼の色に、父は顔をそむけた。

「何か不服があるのか？」

こみあげる怒りを抑えつけるようにしながら、父はきいた。

「いいえ、不服はございません。ただ、父上に申し上げなければならないことがございます」

夢竜は、落ち着いて話ができるような気がした。

だが、父の顔には、みるみる狼狽のかげがうかんだ。

「うん、どんなことだ」

なるべく話してもらいたくないというような風だった。

夢竜は、春香の話をした。

「たわけもの！　そのようなことを、ずけずけ父の前でいうやつが、何処にある。この不埒者めが！」

父は、息子がこのような愚か者だとは考えていなかった。かなり、よからぬ噂はきいていたが、それは若者にありがちのことであり、とくに才気にあふれた自分の子が、郷内で一番の美人だといわれる娘に好かれているという便りは、ひそかに、この父を満足させていた。しかし、それらのことは、自分の眼のとどかぬところで、隠れてやっていることにしてほしかった。ひとたび、父なる自分の命令があれば、すべてを打ち切るようにしてほしかった。ましてや、都へ帰るという、この大事な時期に、たわけた情事を憶面もなく、この父の前にさらけ出すとは、ついぞ考えたこともなく、また考えられることではなかった。

誇りにしていた息子が、そのすぐれた才智を、どこへ置き忘れてしまったのであろうか？　宮内官に栄転する自分の父の前で、賤しい妓女の娘を妻にめとるつもりだなどと、どうして、そんなばかげたことが平気でいえるような人間になりさがってしまったのであろうか……？

だが、父の嘆きをよそに、夢竜は、いよいよ頑固な態度をみせた。落ち着きを通り越して、それは不敵な面魂にさえみえた。

「夢竜は、天地神明にかけて誓いました。春香は、非のうちどころのない気品のたかい娘です。あのような、清らかな心を裏切るような、情け無い人間になりたくはありません。いいえ、それはできないことです」

……なんということだ！

「これ、夢竜！　そちは、気でも狂ったのか？　よいか、そちは、畏くも王室の流れをくむ貴族の家門に生れた者だ。普通の両班ともわけが違うのだ。それが、八賤のなかでも、とくに賤しめられる妓生の娘などと……口にするだけでも汚らわしいことだ」

「いいえ、夢竜は、そうは考えません。たとえ妓生の娘であろうとも、春香は、すぐれた立派な……」

「おろか者！　黙れ！」

父は破裂したような声を出した。

「そのような、たわけたことを、二度と口にしたら、その方はもう、わしの息子ではない。賤女に魂を売るような汚れた息子を、そのままにして置いては、先祖の霊に対して申し訳が立たない。その方が、もし、その賤女と共にいたいのなら、家門から追放し、族譜から、その方の名を消すまでのことだ。両班ではなく、無頼の徒となって、好きなように致すがよい。もう、これ以上、口をきいてはならぬ。みだりに口をきくと、取り返しのつかぬことになるぞ」

そういって、追いはらってしまった。

夢竜は、蒼白な顔になって、自分の部屋に戻った。大地が音を立てて、崩れ落ちるような悲しさであった。

……なんだって、貴族の、両班の子などに生まれたのだ……？

春香とは、許されない立場が、呪わしかった。

……それにしても、何故、妓生は賤しく、賤民は何故汚らわしいのだ？　一体、誰が、そんな掟をつくったのだ……？

なさけなく、やりばのない怒りのために、夢竜は、むせび泣いた。

「……夢竜」

戸のそとで、しずかな母の声がした。夢竜は涙をふいた。

絹ずれの音とともに、母は戸をあけて、はいってきた。

「母上……」

あらたな涙がほとばしった。

「父上は、たいそう、なげいていられます。もう一度、行って、あやまりなさい」

やわらかな声ではあったが、母の言葉には、力がこもっていた。

「でも、母上、私は、何も父上に悪いことは申しませんでした」

「そなたは、春香のことを、父上に申したとのことではないか?」

「私は、申しました。私は、春香を裏切って、一人で都に帰ることはできません」

「春香が、どのように美しい娘であるかは、母もよくわかっています。官家の女中たちも、そなたたちの噂で、もちきりです。いつか、そなたは、春香を、わたしのところへ連れてきてみせたいといいましたね。わたしも、評判のたかい春香に、一度は逢いたいと思います。でも、夢竜、わたしたちは、きびしい掟に従って、その掟のなかで生きています。所詮、春香と、お前は、別々の立場にあるのです。なんといっても、お前は、たった一人の息子ではありませぬか? お前は、両班の息子として、父上の後を継がねばなりません」

母のいうことが、わからないわけではなかった。だが、春香と別れることは、とても、堪えられることではなかった。夢竜は、また泣いた。

息子の涙にほだされて、母も一緒に泣いた。そして、母は、息子にこのように愛されている春香という美しい娘にたいして、淡い嫉妬と羨望の念を感ぜずにはいられなかった。だが、もともと気立てのやさしいこの母は、息子と、その娘の恋が、うまく結ばれることを願ってやまなかった。しかし、このような立場に立ったとき、どうすればよいかという思案もうかばないままに、ただ息子がかわいそうで一緒に泣くばかりであった。

「ねえ、夢竜、そんなに泣いては、体にさわります。それより、すぐ都へたつための用意をしなくてはなりません」

「用意を?……」

夢竜は、泣きはらした眼をあげた。

「あと、五日もすれば、ここをたたねばならないとのことです」

「五日？　そんなにはやく？……」

「ですから、はやく仕度をしないと。そなたも、泣いていないで、はやく、持ち物を整理しなさい」

夢竜は、つかれたように立ちあがった。

「母上、房子は、何処へか参ったのでしょうか？」

「どうして？　また、急に？」

母のとめるのもきかず、夢竜は、ふらふらと表へとび出した。

雲一つなく、はるかに、すきとおった空の色である。ただ、うすら寒い、夕暮れの風が着物の裾をひるがえした。夢竜は歩いているのが自分の体とは思えなかった。見慣れている景色も、まるで知らぬ世界のように映った。

涙だけが、あとからあとからと、ひきもきらずに流れた。

どのくらい、何処をどういう風にして歩いていたのか……春香の家の門の前に立った時は、もうあたりが暗くなっていた。ねぐらに帰るかささぎの鳴き声が、さわがしく枯葉をゆすぶった。

夢竜は、はいりそびれて、ぼんやり、春香の家の主屋の藁葺きの屋根を見上げた。二三日前に、あたらしい藁で、葺きかえたばかりで、薄暗い闇のなかにも、ひときわ目立って鮮やかにみえた。

何故か、自分が、大きな罪を背負っているようなひけ目で、夢竜は、ただ消え入りたい思いでいっぱいだった。しかし、春香に逢わずにはいられなかった。いまは、ただ、春香に逢うことだけが、ただ一つの望みであった。

と、突然、門内で、にぎやかな笑い声が起こり、二、三人の足音が、門の方へ近づいてくるような気配だった。夢竜は、罪人のようにうろたえて、身を隠すところをさがした。しかし適当な場所もなく、おろおろする間に、門の開く音がして、人々は外へあらわれた。

春香の母の、いつもかわらぬ愛嬌にとんだ皮肉まじりの挨拶の声である。それに答えているのは、かなりの年配の落ち着いた声であった。きき耳を立てているうちに、その声の主が、南原で一番の商人だということに気づいた。しかし、その男も、春香の母も、塀に体をくっつけている夢竜には、気づかなかったらしく、やがて、男は足早に歩き去った。門はすぐしまらず、門口に二人の女が立って、男の去った方を見送っていた。

「ああ、寒くなったこと。春香、はやく、門をしめて家へはいろう、風邪をひきそうだよ」

「ええ、お母さん、さきにはいったら? あたし、ここにすこし立っていたいわ」

「まあ、まあ、あきれた風流だよ。もう暗くて、何も見えやしないじゃないか?」

「ううん、見えなくてもいいの……」

「好きなようにするがいいさ。だけど、お前の若様は、おひるに帰ったばかりなんだろう。いくらなんでも、明日にならなければ来やしないよ」

春香の母だけが、そういいながら、家のなかにはいってしまった。

ほのかに白くただずんでいる春香の姿をみるにつけ、夢竜は、あらたな胸苦しさを覚えた。

「……春香……」

夢竜は、かすかな声で呼びかけた。

「まあ、若様!」

春香は、夢竜の傍へかけよった。

そして、二人は、しっかり抱き合った。

「若様、いついらっしゃいましたの？　どうして、お入りにならないで、こんなところで……」

春香は、歌うような鼻声で、それでも、うれしげに呟いた。

「ああうれしい。あたし、なんだか、若様が来てくれそうな気がして、ここに立っていたのよ。お母さんたら、もう来やしないといったでしょう。ねえ、若様、こっそり、家の中へはいって、あとで、お母さんを、おどろかしてやりましょうよ」

春香は、浮き立って、庭の中を、足音を立てぬようにしながら、夢竜の手をひっぱって行った。その悪戯っ子らしいはしゃぎ方が、なお鋭い針先になって夢竜の心を突きさした。

「若様、あとでサンタニもおどろかしてやりましょうよ。あたし自分で灯をもって来るわ。その間、暗くても、我慢してくださいね」

春香は、踊るように、主屋の方へ、かけ出そうとした。夢竜は、その春香の手を、しっかりにぎった。

「灯がなくてもよいではないか。今宵は、そなたに顔色をみられたくないのだ。暗いところで、顔色でなく、心と心で、そなたと語りたいのだ」

「まあ、それも、素晴らしい思いつきだわ。でも、もうすぐ、サンタニが灯を持ってきますわ」

春香は、くすっと笑って、ぶつかるように、夢竜の胸に顔をうずめた。そして、両手で、夢竜の顔をなでた。

「あら？　若様の顔に、なにか、ついているようよ。やっぱり明るくないと、みえないわ」

春香は、身をひるがえして、主屋の方へかけていった。

夢竜は、暗い春香の部屋に身を横たえて、思い煩った。

待つ間もなく、春香は行灯《あんどん》を提げてきた。そして、行灯を部屋の隅に置き、夢竜の傍にかがみこんで顔をのぞきこんだ。

「まあ、若様、泣いていらしたの？」

「いや、泣きはしない」

夢竜は、顔をそむけるようにして起き上がった。

「でも、若様の、そのお顔、ただごとではないわ。ねえ、話して下さい。どんなことがありましたの？」

「うん、なんでもないのだ」

「都からの急使があったとのこと、何か、変事でも伝えて来たのでしょうか？　どなたか、身内に不幸でも、おありではございませんか？　そのように、顔中、涙で汚れて……」

「身内の者が、死んだからとて、何を、そんなに悲しむことがあろう……」

「それでは、幼なじみでも……」

「幼なじみが、いるはずもないではないか。あったとしても、そのようなことを、急使が知らせてよこすものではない」

「それでは、何でしょう？　かくさないで、はやく教えて下さい。あたしもなんだか、不安で、たまらなくなりました」

「春香、そなたは、何をきいても、驚かないと約束してくれるか？」

「まあ、どんなことでしょう？　あたし、我慢できることであったら、どんなことでも我慢してききます」

「実は、父上が、宮内官になって、都へ栄転なさるのだ」

「まあ、おどかしてばかり……。そんなおめでたいことは、ないではありませんか？　何も悲しんだりすることなんか……」

「五日以内に、一家は、都へたたねばならないのだ」

「都へ……なんて素晴らしいんでしょう。若様が都へいらっしゃれば、あたしも都へ行かれる。あたし、都を見物することが、それは、一番大きなあこがれでしたのよ。いよいよ望みがかなうのだわ」

「いや、そなたと一緒に行かれるのだったら、何も泣いたり、悲しんだりはしない」

「それは、いま、直ぐたたれる若様たちと一緒に行くことはできなくても、あたしは、お母さんと相談して、一人で先に行くなり、あるいは、お母さんと一緒に行くなり、いずれ、すぐ後から、都へ参りますわ。その間、わずかばかり、お会いできないだけではありませんか？」

「ああ、そなたは、何もわからない！　わたしたちは、別れなければならないというのだ……」

「え？　別れる……？　どうしてでしょう？　何故、別れなければならないのでしょう？」

「父上の申すには、賤しい妓女の娘と一緒にいたいのなら、勘当して、家門から追放し、族譜から名を消して、祖先の祭祀にも参列させないというのだ……」

「何故でしょう！　それは、あんまりひどいではありませんか！　賤しい妓女の娘は、人間ではないとおっしゃるのでしょうか？　それでは若様は……」

「母上は、わたしが、家門を継ぐ、ただ一人の息子だといって、泣かれるのだ。わたしは父上に従って、都に帰らねばならないというのだ……」

「それでは、若様は、あたしを振り捨てて行っておしまいになると、おっしゃるのですか？　あんまりです！」

「いや、春香、どんなことがあっても、そなたと別れるなんて、そんなことはできない！」

「それでは、連れていって下さいますか?」

「それができるくらいであったら……」

「では、やはり、あたしを捨てて行かれるとおっしゃるのでしょう。おなじことです。あんなに誓いを立てながら、若様は、やはり、あたしを捨てる気なのでしょう。もう飽きて、都に帰ったら、貴族の両班の娘を嫁に迎えたいのでございましょう。ひどうございます。春香は、若様に、身も心も、ありとあらゆるものを、捧げつくしました。そのお返しが、このようなむごい言葉でしょうか? あたしは、死にます。いいえ、殺して下さい。むしろ若様の手で殺して下さい。あたしは決してはなしません。いいえ、殺してしまって、好きなようにして下さい!」

春香は、夢竜の胸をかきむしって、泣きわめいた。

「春香、そなたは、わたしの気持ちがわからないのだ。わたしは、決して、そなたを振り捨てはしない! 父上にも、そなたを捨てて、ついて行くとはいっていないのだ。いや、母上にも、まだ返答をしてないのだ。わたしは、そなたと、どうすればよいか、ゆっくり話し合いたかったのだ。わたしも、そなたと別れて、生きていくあてはない。この胸が、張り裂けるほど苦しいのだ」

「いいえ、それは、若様の弁解の言葉です。若様の心は、もうここを去って都にいっているのです。若様は、決して、あたしのことなど考えてはいないのです。御自分のことだけしか考えないのです。卑怯です。あんまりです」

「春香、すこし、落ち着いてくれ、そなたが、そのように興奮してしまったのでは、わたしも、どうしてよいか、わからなくなるのだ。わたしは、父上や母上に言われたとき、ただ気が狂いそうになったのだ。そして、まっすぐそなたのところへやってきたのだ。ねえ、どうすれば、わたしたちが、別れないで生きていかれるか、それを、そなたと相談したかったのだ」

「そんなことをおっしゃるのは、若様が、あたしを捨てて都へ帰ることばかり考えているからです。もし、そうでなかったら、たとえどんな目に遭わされても、若様は、あたしを連れていくか、さもなければ、都へ行かないで、一人で、ここにとどまればよいのです」

「そなたは、わたしの苦しい立場がわからないのだ。わたしは、父上や母上の、ただ一つの望みなのだ。そして家門を継がねばならないただ一人の人間なのだ」

「その通りです。あなたさまは貴族の息子です。賤しい妓生の娘などを相手にする人ではないのです。あたしは妓生の娘です。賤しい女です。あなたは、賤しい娘をさんざんなぶりものにして、急に、都合がわるくなると、自分が、貴族の息子だということを思い出したのです。それが勝手でなくてなんでしょうか？ばかなあたしは、賤しい根性のために、あなたにだまされたのです。あなたは嘘つきです。自分勝手です」

狂ったように、泣きわめき、春香は、あたりかまわず、ひきちぎっては投げつけた。夢竜は、力のかぎり、抑えようとしたが、たちまちはねつけられた。箪笥も鏡台も、琴も、さまざまの物が投げつけられて、みじめな悲鳴をあげて壊れていった。

夢竜の着ているものは、あたりかまわず、ひきちぎられ、春香自身の着物も、形をなさぬほどにむしりとられた。

この、狂おしい泣き声と、物の壊れる音と、引き裂く音は、主屋の方にきこえないはずはなかった。

「これ、サンタニ、はなれの騒ぎは何事だい？　まるで、家が流れるような騒ぎじゃないか？」

言われるまでもなく、サンタニは、はやくから気づいておろおろしていた。

「一人で気が狂ったのではあるまいね？」

「いいえ、さきほど、若様がお見えになった様子でございます」

「それでは、二人して、あの騒ぎなのかい？　なんだろうね、年端も行かぬ子供たちのくせに」

名のきこえた放蕩者や浮気者を相手にして、派手な喧嘩をし、それがまた浮名となり、人気のもとになった、おのが若かりし豊艶な妓生時代を思い返し、月梅は、ながい煙管に火をつけながら、苦笑を浮かべずにはいられなかった。それにしても、自分に似ず、ついぞはしたない格好をみせたことのない、姫君のような娘が、あの騒ぎは、一体どうしたものであろう？　月梅は、かるい不安を感じた。そして、足音をしのばせ、はなれの娘の部屋の前に立って様子をうかがった。なかからもれる二人の若い、たかぶった声をきいているうちに、月梅は容易ならぬ内容をくみとった。絶えず、心の底に巣食っていた不安の影が、いまや動かすことのできない力となって、目の前を覆ってしまった。彼女は、かるい目まいを感じた。はげしい後悔の念が襲ってきた。いかに娘が可愛いとはいえ、あのとき自分がはげしく拒んでしまえば、このような悲劇は起こらず、娘はあのように狂い泣きをしないでもよかったであろう。……それにしても、彼女は、娘の言葉の通り両班の勝手さに、腹を立てずにはいられなかった。殺しても飽き足りないような怒りが突きあがった。それは、ただ娘をだました小僧への怒りだけではなく、自分の身にこの娘を産ませ、古草履のように捨てて顧みなかった、かつての日の判官にたいする怒りでもあった。古傷が、あたらしい傷となって痛みが倍加した。

月梅は、大きく、咳払いをした。そして、自らの感情を抑制するように、唱劇の歌い手のような抑揚で、わざとらしい大きな声を出した。

「歯もまだそろわぬ奴らが、一人前の痴話喧嘩とは、すこしは近所隣への体面も考えるものだよ。これ春香、お前も、あんまりだぞい。何が不服で、そんな騒ぎをするんだい？」

そして、からりと戸を開けた。

さすがに、二人は、ひたと、座りなおして、身をつくろおうとした。だが、身につけているものは、みな、細かく引き裂かれて、町をさまよう乞食の格好のようになっていた。そして、二人の髪の毛は、天井にとどかんばかりにかきむしられ、逆立って、まるで、密林のなかから這い出した獣たちのような格好になっていた。

そして、部屋中、雑多なものが、投げ出され、壊れた物のかけらが、散らかって、気負い立った若い女の、勇ましい活躍の跡をみせていたが、行灯《あんどん》の灯だけが、ほのかにゆれて、二人の、はげしい息づかいをする生き物たちの影を、大きく壁に、ゆらめかしているのが不思議な静けさを思わせた。

腹をゆすぶって、思い切り、笑っても、笑いきれないような滑稽な場面であった。

しかし、老妓は、身を焦がす怒りのために、その、生理的な笑いの発作を、かたく抑えた。

「まあ、これは、一体どうしたことだい」

息苦しさのために、大きな溜息をついた。

「……若様が、都へお帰りになるそうです……」

訴える春香の声は、嗚咽になって、かき消えた。

「それは、結構なことではないか。ねえ、若様、きっと、大監さまが、出世なさったのでございましょう。まことにおめでたいことでございます。春香、お前、なにを泣くことがあるのだ？　わたしがお前を都へやらないとでも思うのかい？　そんなわからないお袋ではないよ。遠慮することはない。お前も若様について行き」

「お母さん……それが、別れてくれというのです。つれていかれないと……」

「なんだって？　つれていかれない？　若様、それは、ほんとうでございますか？」

骨をも刺さずにはおかない、鋭い口調であった。夢竜は恐怖を感じておののいた。

「えっ、何故、返事をなさらないのです？　一体、つれていくのですか？　いかないのですか？」

「それが……」

「それがどうしたんです？　つれていくんでしょう。ただ冗談をいって、この娘を、おどかしてみたのでしょう？　若い男の人は、誰でも悪戯が好きですからね……」

「いや、なんといってよいかわからないが、それが、思うようには……」

「それじゃ、やっぱり？　えい、この嘘つき野郎！　さあ、どうしてくれよう！」

いきなり部屋に、とびあがった月梅は、持っていた煙管を二つに折って投げ捨て、おののいている夢竜の胸ぐらをつかんだ。

「若様だか、乞食の子だか、知らねえが、お前は、二枚舌は使わねえと約束をしたはずだ。あの誓約書に何と書いた？　さあ、手前のその手で書いたんだから、ちゃんと覚えているはずだ。え？　何と書いた？」

胸ぐらをつかまえているだけでは、気が済まぬといわんばかりに、老妓は、片方の拳ではげしく小突いた。夢竜は、生まれて以来、まだこのような折檻を受けたことがなかった。はじめは、恐怖のために息も絶えそうであったが、ひっかかれたり、押しまくられたり、小突かれたりするうちに、痛さを越えて、不思議な気のやすまりを感じた。

夢竜は、されるままになっていた。そうされることが、自分の負い目を、すこしでも、へらしてくれるような気がした。

「え？　そうじゃないか！　お前は、天地神明にかけて、この娘を守り通すといったではないか？　お前は、あの晩、読みあげたね、わたしゃ、いまでも、ちゃんと覚えている。お前の口でいえなけりゃ、わたしがいってやろうか？　春香を思うこの身の心は、へん、もったいぶったことをいいやがって、たとえ、陽が西の空からのぼるようなことがあろうとも、それをいったのは、この口じゃなかったのかい！」

いきり立った猛牛が、身をすり切らすまではとどまることを知らぬように、月梅は、口と手とを、同じ速度で動かしながら、ひっかいた。

このままでは、殺されないとも限らない……あらたな恐怖の念がわきおこった。

「すこし落ち着いてはくれぬか？　そなたに、この気持ちを、よくきいてもらいたいのだ。あの誓いの通り、わたしは、天地神明にかけて春香とのちぎりを全うしたいのだ。ただ、私は弱い人間だった。だから、そなたたちに力をつけてもらいたいのだ」

「へん、しゃらくさい口をきき出したな、また出まかせの、うまいことをいって、わたしたちを、だまそうというんだろう。もう、そんな手にのるもんか！」

「いや、落ち着いて、わたしのいうことを、きいてくれ。わたしは、決して、春香をおいて一人で行く気持ちはないのだ」

「それじゃ、つれてお行き。かごのなかだろうと、驢馬の背中だろうと、好きなところへのせて、つれてお行き。もし、つれて行かないようだったら、わたしはただじゃすまさない。春香も生かしちゃおかないかわり、お前もただじゃ行かしゃしない」

「よくきいてくれ。どう考えても、春香をつれて一緒に行くことはできない。そのかわり、わたしはここにとどまって、春香と一緒に暮らすつもりだ。もとより勘当や族譜からの除名を覚悟の上だ。両班でなく、わたしも、そなたたちと同じような賤しめられる人間になって畑を耕すのだ。その方が、わたしも仕合せだ。わたしが家門から追放されたら、わたしは身寄りのないただの乞食となるのだ。そのとき、そなたたちは、この乞食をいたわってくれぬか……」

思いつめた言い方に、月梅の手は、力なくたれ下がった。多年、男の心をみつめていただけに、彼女は、相手の言葉の、虚実をはっきり見分けることができた。おそらく、いま、この若者の言葉に偽りはないであろう。たとえ苦しまぎれではあっても、この純情な、娘のために泣いてきた若者は、乞食となって百姓をすることとさえ考えているのだ……。だが、そんなことが、できるものではない。若者は貴族の一人息子ではないか？　おそらくこの若者も、自分の娘を捨て去るつもりではないに違いない。それを無惨にひきちぎるものは何か……？

老妓は、絶望に、頭をぶつけたような気がした。運命にたいする、あきらめ切れない憤りが、かなしみなどという、なまやさしい気持ちでなく、なにもかも呪いつぶしたい、狂おしさにかり立てた。

馬のいななきに似た、ひっぱるような、かすれた嗚咽が、老妓の口からもれた。それは、枯れ木の間を吹きすさぶ、冬の風の音のように、きく者の肺腑をえぐるものであった。

母の嗚咽につれ、春香の泣き声は、ひときわ高まった。そして、いつのまにか、戸の外で、様子をうかがっていたサンタニの泣き声が、これに加わった。三人の女の、それぞれの、悲しみを越えた、絶望のうめき声が、哀れな虫の音をかき消して、寒々とした、余韻をのこしていった。

夢竜の涙は涸れていた。ただ放心して、この三人の、女の泣き声を、きくほかなかった。あらたまった考えは、何一つとしておこらなかった。

「春香……」

老妓は、涙をかみしめて娘を呼んだ。春香は、しゃくり上げながら、母の顔をみた。

「お前も生きてはいまい。わたしも、お前だけを死なせはしないよ。これ以上、生きながらえて、賤しめられたり、恥ずかしい思いをするよりは、いっそ、今夜ここで、この若様のみている前で、首をくり合ってしまおう」

春香は、また、身を伏せて、はげしく泣いた。

「許してくれ。わたしは、そなたたちを、こんなに苦しめるつもりはなかったのだ。ただ、自分の考えの足りなさと、力の弱さが、残念でならないのだ。嘆かないで、気を落ち着けてくれ。そして、わたしを信じてくれ」

月梅は、ぼんやり、若者の顔をみつめた。骨を削って思いあぐねている心が、その蒼ざめた顔に、あらわにうきあがっていた。

遠い記憶が、老妓の胸を、ゆすぶった。彼女が、娘の春香より一つ二つ若いとき、はじめて妓案に名をつらねて、府妓の席についた。そして初の点呼の日、府使のうしろに座って、じっと自分をみつめている若い男の視線に、はげしく胸を騒がせた。そして、点呼のあとの宴席で、その若者は、小さな声で、彼女の名を呼んだ。彼女は、その傍に座りはしたもののほてりのために顔もあげられなかった。上席の府使が、赤い顔で、面白そうに、若い二人を見比べて笑った。その夜、彼女は、その若者にすべてを捧げたのであった。若者は、府使の友人の息子で孤児だった。幾日か経ったのち、孤児の青年は、科挙の試験を受けるべく、都にのぼっていった。自分を思う誠が顔ばかりでなく、体中に、にじみ出ていたのであったが、若者は、それっきり、二度と彼女のところへは戻って来なかった。幾年か経ったのち、風の便りに、その若者は登第もできずに放浪してあるき、はるか北国で病死したということだった。彼女は、その頃、すでに南原の府妓の姐御株であった。幾人もの男と浮名を立てていた。だが、この便りに、彼女は、こっそりお寺参りをして、眼を泣きはらした。

ただ一つの清らかな恋の思い出であった。その恋をいとしく思っていればこそ、彼女は、娘の初恋を、清らかに育ててやりたかった。だが、それは、やはり、はかない夢に過ぎなかったのであろうか……？

彼女は、煙管をさがした。折れた竹が手にさわった。それを、取り上げて、力なく見つめているうちに、老妓の眼には、あつい涙が、湯のようにあふれた。

妓生としての、自分と同じように、娘も、また、妓生の運命をたどらねばならないであろうという、あきらめが、せつなく、胸をしめつけた。

「……夢竜殿」

彼女は、若様という、卑下した呼び方をしたくなかった。今宵だけは、娘の婿らしく扱いたかった。もう二度と、娘のところへは帰って来ないであろうと、思えば思うほどに、せめて、この一晩だけでも、静かな夜を持たせる方が娘のためにもせめてものよい思い出を残すような気がした。

「夢竜殿、はしたない振舞いをしました。女の浅はかさだと笑ってやってください。春香は可哀想な娘です。あなたが、都に帰れば、これがどんなに不仕合せになるかは、あなたにも察しがつくと思います。どうか、娘に元気をつけてやってください……」

それ以上はいえなかった。彼女は、折れた竹を持ったまま、急いで立ち上がった。そして表へ出るなり、軒下に立ってむせび泣いているサンタニの手をとって、主屋の方へ行ってしまった。

とり残された二人の間には、空洞のようなうつろさがただよった。虫の音が、部屋いっぱいにひびいていた。

「春香……」

「はい」

素直な返答であった。その素直さが、夢竜に、あらたな涙を誘った。

「その方の考えを、きかせてくれ。もし、そなたが夢竜で、わたしのような立場にいたら、そなたは、どうしたらよいと思うのだ？」

「あたしには、考えも及ばぬことです……」

「わたしも、そなたと別れて、とても堪えられそうにないのだ。それより、たとえ乞食になっても、そなたの傍で暮らしたい……」

「いいえ、若様、あなたはやはり、お家を継がねばならない、大事なお体でございます。貴族の若様ではございませんか？　いくら百姓をやりたいと申しても、それは許されることではございません。それに、あなたはそんな苦しい仕事が、できるお方ではありません。若様は、やはり、都へお帰りになった方が仕合せでございます……」

「春香、そのような悲しいことをいわないでくれ……。そなたと離れて、どうして、わたしに仕合せがあり得よう」

「都にお帰りになられましたら、どうか勉強に精を出して、科挙に登第して下さい。そして気立てのやさしい、貴族の姫さまを、お嫁さんに貰って下さい。そして、時々は、可哀想な春香のことを思い出して下さい……」

「何故、そのようなことばかりいうのだ。このわたしに、夢竜に、そなたのほかに、誰が妻となるのだ？　たとえ苦しくても、明日の日のために堪えてくれ。わたしが科挙に登第さえすれば、もう、父上も、そんなに叱りはしないであろう。わたしは、そなたをかならず迎えにくる。きっと来る。そなたは、わたしの妻となるのだ」

「いいえ、春香の命は、若様のおたちになる日までございます。若様のたたれたあと、とても春香は生きていく気力はありません」

「気を強く持ってくれ、そして、わたしを、この夢竜を信じてくれ。わたしも、そなたを迎える日をたのしみに、歯を食いしばって、勉強をしよう。そなたも、苦しかろうが、迎えにくるのを待ってくれ。なあ、春香、夢竜の気持ちに偽りのないことを、そなたは信じてはくれぬか?」

「若様、夢竜様、それでは春香を妻と呼んでくださいますか?」

「ああ、そなたは、わたしの妻でなくてなんだ。春香よ、そなたは永遠にかわらぬ、わたしの妻なのだ」

ふたたび放すまいとする、かたい抱擁のなかで、若い、泣き疲れた魂と魂とは、たがいに真実のほとばしりを、さがし求め、そして心深く刻みこんだ。


長い行列が、南原の官家を出る朝、村内の人々は、府使を見送るべく、先を争って街路筋の方へ駆けていった。

与えることすくなく、奪うことのみを、業とする守領たちのなかで、この李翰林だけは、民のために、惜しみなく与え、その反面、民より、取り上げることを最少限度にとどめていた。善政碑を立てようという建議が、はやくから持ちあがっていた。だが、李翰林は、ひたすらそれを拒んだ。

李翰林が、どのような人間であるか? 府使が何をしているか? みたこともない連中までが、人の噂を、そのままにのみこんで、李翰林を近来にない名府使だとほめそやした。事実、その名声のために、李翰林は、自分の行いを、ある程度以上につつしんだものであった。

このたびの府使の栄転は、この村民にとっては、あまりよろこぶべきことではなかった。それは、李翰林個人にとっては、めでたい出世であろうが、府民は、また不安におののきながら、あたらしい府使を迎えねばならないからである。

「ほら、あの駕籠だよ。きっと、大監さまの乗っているのは……」

物知り顔がいう。

「どれ、どれ、いや、あたしゃ、その次のだと思うね」

「あれはお前、大監夫人のじゃないか」

おそらく、生涯をかけて、そのような駕籠に乗ることのない人々は、ただ好奇心ゆえに駕籠にゆられている人間の品定めをやるのである。

行李や箱を負わされた驢馬が、幾十頭となく、人々の前を通り過ぎた。

先頭の駕籠は、見送りの判官であった。その次の駕龍の窓がすこし開けられ、李翰林の顔が、微笑をたたえて、人々の前を過ぎていった。群衆は、その微笑につられて、興奮し、自分たちの興奮のために、さらに熱狂した。ただわけもなく、この駕龍の中の人物が、自分たちの救い主であった錯覚にとらわれ、この人物を失うことが、親や恋人を失うように悲しいことであると思った。

一人の男が、興奮したあまり、声をあげて泣いた。その声は、たちまち群衆に伝染し、まるで葬式の合唱のようになってしまった。

李翰林のあとの駕籠に乗っていた夫人は、その泣き声に感動して泣いた。泣きながら、彼女は、群衆の泣いている様子をみたいという好奇心に打ち勝てず、細く窓をあげて覗いた。

街路に並んでいる男や女たちは、ぼろぼろ涙をこぼしながら、しゃくりあげていた。

彼女は、幼い嫁入りの日に、こうして駕籠のなかで泣いたことを思い出した。そして、あわてて窓をしめると、うしろの壁板に、身を投げるようにした。その拍子に、二人並んでいる後ろのかつぎ手は肩がめいるような重味を感じて、危うく腰がくだけそうになった。

「くそッ！　おとなしくしてやがりゃいいんだァ！」

いまいましい呟きが、ほとんど口まで出かかったのであるが、二人は泣き笑いの顔を見合わせ、また気をとり直して、厳粛な表情に返った。

駕籠が大きく揺れた。

夫人は、我が息子のことを考えていた。そして、息子の可愛い恋人のことを考えた。春香という、その娘に、一度逢っておくんだったという後悔の念で、彼女は、また涙をこぼさずにはいられなかった。

行列の最後に、驢馬にまたがって、うなだれている夢竜の姿は、群衆の感情を、爆発の極点にまで押しやった。群衆たちは、この眉目秀麗な美少年が、賤家の妓女と、恋の誓約書を交わしたことを知っていた。そして、そのことが、この貴公子にたいする親しみを倍加させた。そして、この貴公子が、恋人との別離を悲しんで、連日泣き濡れていたという噂をきいていた。

力のない、蒼白な、うなだれた顔は、群衆の想像と一致した表情であった。群衆は、この愛すべき貴公子の悲恋のために、同情の溜息を吐くのが、欠かしてならない礼儀のように思えた。わけても、女たちは、大袈裟な同情の言葉を、この貴公子にきこえるようにわめき立てずにいられなかった。

「可哀想な若様」

「どんなにおつらいことでしょう？　道令ニム」

「春香が可哀想です」

「春香のことを忘れないで下さい」

「若様、きっと迎えにきて下さい」

「はやく科挙に受かって、春香をつれにきて下さい」

「若様、春香を忘れないで……」

感傷をこめたそれらの叫びや、わめき声が、夢竜の胸をしめつけた。泣くまいと思いながら、溢れる涙をせきとめることもできなかった。

行列は、騒々しい町の中を抜け出た。

驢馬たちの首につないである鈴の音が、並木を抜け、林を抜け、山にこだました。

夢竜は、町外れから、行列を脱け出て、驢馬を急がせた。

南原の城内から、ちょうど五里(およそ二十町)の、街路筋から少しはいった五里亭に、見送りに出た春香が待ちわびているはずだった。

五里亭には、朝はやくから、サンタニをつれた春香が、夢竜のくるのを待ちあぐねていた。多年の花柳生活の経験から、恋は別離が美しくなくてはならないという信条を、月梅はつかみとっていた。そして、娘の初恋の最後を飾ってやるべく、その母は、用意万端をととのえて、この紅葉にかこまれた渓谷の亭上に別離の席を設けさせたのであった。

春香は、母の愛情に感謝せずにはいられなかった。その日、まだ夜も明けぬ、暗いうちから、サンタニを急き立てて、ここへきて待っていたのであった。

鈴の音がきこえたとき、春香は、我を忘れて立ちあがった。

「お嬢さま、いらっしゃいました」

街路筋に、見張りに出ていたサンタニが、亭に駆け込んできて注進した。やがて、夢竜が、息を切らしながら、亭上に駆けあがってきた。

春香は、ただ我と我が身を投げつけるようにした。

夢竜は、春の頃、はじめて広寒楼で逢ったときのように、きりりとした正装をしていた。そして春香も、今日は、母の着つけで、一番の気に入りの晴れ着を着てきたのであった。

これが二人の婚礼の装いであったなら……そう思うと、春香は、声をあげて泣き出した。

「あなたは、いよいよ行っておしまいになるのね、あたしを、こんな山の中に、一人、置いてきぼりにして……」

亭下ではサンタニが、春香のために泣いていた。美しい女たちの泣き顔をみて、夢竜の驢馬をひいてきた中年の使令も、あまりいい気持ちはせず、枯れた芝草の上に座りこんで、下の渓流をみつめていた。

「母は、いい思い出になるように、涙をみせてはならないと申しました。あたしもそのつもりでした。でも、泣かずにはいられません。どうしても、わかれるのはいやです。いいえ、いくら考えても、わかれて生きていかれそうにはありません」

「そなたばかりではない。夢竜とて、都へ帰る気持ちなどありはしないのだ。でも、どうにもならないではないか。いまのわたしたちには、これだけの力しかないのだ。おそくとも三年たったら、夢竜は、もういまの夢竜ではない。科挙に登第したら、そのときこそ、思いのままに、そなたをつれに来られるのだ」

春香は、しばらく夢竜に抱かれたまま、顔を、夢竜の胸に押し当てていた。だが、やがて気をとり直したように、小さい瓶をとりあげ、白い盃に酒をついだ。

ふくよかな肉づきの、白い手に持たされた盃を、夢竜は、無言のまま受け取って、眼をつむり、のみほした。

そして、その盃を、春香の胸のあたりにつき出した。ついでやる夢竜の手は、かすかなふるえをともなった。

春香は、口へもっていった。だが、のめないというように、力なく盃をおいた。

落葉が、二、三枚、音もなく、二人の間にはさまれた膳の上に散った。

「若様、お体に気をつけて、しっかり勉強して……」

いいかけて、そのまま口をかみしめ、春香はうつむいた。あかい絹の上布に映えて、その顔は、すきとおるような色合いであった。

「……でも、あたしには、若様がこのまま行っておしまいになるものとは、とても思われません」

「わたしだって、都へ帰るのが、自分の体のようには思えない。わたしの心は、いつまでも、いつも、そなたと一緒に、ここにとどまっているだろう。ああ、できることなら、このまま、そなたと二人きりで、誰もいない遠いところへ行って、二人きりで暮らしたい」

「どうして、あたしたちは、こんな運命を背負って生まれたのでしょう？　二人が同じようにつきあえる家に生まれていたら、こんな悲しい別れをしないでも、よいでしょうに……」

「わたしも、そう思うのだ。ああ、両班なんて、怨めしい！」

「山は、あのように、紅く色づいています。ありのままの姿は、あんなに美しいのに、どうして、あたしたちは、こんな悲しい目に遭わねばならないのでしょうか？」

つきない愚痴であることは、よくわかっているつもりであった。そのようなことは、いくら言ってみても、何の足しにもならず、かえって見苦しい格好になることも承知していた。しかし、どう考えても、自分が賤しい生まれだということだけで不当な扱いを受けていることに、ただ運命のさだめだと、従順についていく気持ちになれなかった。どうにもならない口惜しさと、いきどおりであった。そして、その憤りを夢竜が、自分ほどに感じていないことにも、とけきれない腹立たしさと、なさけなさを感じた。

泣くまいと思いつつも、涙は、ひとりでに筋をひいて溢れた。

「……春香、もう泣かないでくれ、わたしの胸は張り裂けそうだ」

ありったけの力をこめて、夢竜は、春香の手を握りしめ、そしてゆすぶった。

「道令ニム、行列は、よほど先へ行ったと思います。お急ぎにならないと、間に合いません！」

愁嘆場を、みせつけられ、すっかり苛立って気をくさらせていた供の使令が、亭下から、じれったそうな声をはりあげた。

虚をつかれ、夢竜は、あわてながら、

「いましばらく待ってくれ……」

と、なさけない声を出した。そして、あわただしく、懐中から、小さい鏡を取り出した。

「これは、幼いとき、父からもらったものだ。いつもこの鏡のように、清らかな人間になれといわれて、大事にしてきたものだ。私は、この鏡のような人間になりたいと思って、つとめてきた。……だが、いまとなって、そなたにあげるようなものがない。ただ、今日まで大事に、自分の心のようにしてきた、この鏡を、また逢う日までの、わたしの形見として、そなたにあげたいのだ。わたしは、この鏡のように清らかな心で、そなたを思いつづけていきたいのだ。そなたも、この鏡を、わたしの心と思って信じてくれ」

なぜか、春香は、顔を赤らめて、その鏡を受けとった。きらきら光る磨きすまされた、掌に隠れるような小さな鏡であった。春香は、その鏡に、自分の姿をうつすのを怖れるように、いそいで乳房のあたりの肌深く、しまいこんだ。そして、指にはめられている銀の指環をぬきとった。

「あたしは、肌身はなさなかったこの指環をあげます。これは、お母さんが、私の生まれたとき、お祝いとして、特別につくらせたものだそうです。指環の丸さは、女の操のかたさをあらわしたものだといいます。女の心は、この指環の丸さのように、自分の思いをかけた人に、はてしなく、心を捧げるものだといいます。そして、女は、その環の中から、ぬけ出すことができないといいます。何故だか、あたしにはわかりません。でも、あたしは、母の愛情のこもったこの指環が好きでした。この指環にこもる、かなしい女心を、肌身につけて、時々、忘れないで、思い出して下さい」

「そなたに、逢えるときまで、この指環を放すまい。いつも身につけて、そなたを思いながら勉強をつづけよう」

「道令ニム！」

また亭下から、使令の、どら声がひびいた。丁度そのとき、街路筋から、房子が、かけ降りてきた。

「道令ニム！　道令ニム！　大変でございます。行列の先は、もう契樹駅(南原の北およそ四里ばかり)に着いたとのことでございます。それなのに、道令ニムの姿が見えず、大監さまは、おつむから湯気を立てておいででございます。それに奥方様は、心配のあまり熱を出しました。一刻もはやく追い付きませぬことには、また何事が起こるやら、はかり知れませぬ！」

房子は、亭の階段に、どかっと腰をおろしながら、わめき立てた。

その声に、せきたてられ、夢竜と春香は、あわただしく立ち上がった。

「それでは、春香……達者で、暮らせよ」

「若様」

二人は、抱き合った。そして、一瞬でも、時をかせがねばならぬもののように、みじろぎもせず、眼と眼を見合わせた。

涸れたはずの水玉が、またたがいの顔をかすめていった。

「てえ！　なんという格好です。そんな意気地のないことをするくらいなら、春香を行李のなかにでも詰めこんでいけばよいじゃありませんか！　まったく、いやはや、どうも」

房子は、大きく舌打ちした。

その皮肉をこめた嘲笑に、また二人は我に返った。だが、夢竜は腹を立てるほどの気力もおこらなかった。

「お前、あんまり、無礼な振舞いをするものでないよ！　お二人のつらさが、お前みたいな下司野郎に、わかるもんかね」

サンタニが、房子に、くってかかった。

「おっとっと、お前が、おこるこたあ、ないじゃねえか？　まったくよ、お前は、ほんとうにいい娘だからな……だけどよ、あの、甘ったるいところを、みてみなよ、いい気なものじゃねえかよ」

わざと、おどけて、相手を、無理にでも笑わせようとする房子の仕草をみていつもは他愛なく笑う夢竜であったが、いまは笑えぬものを感じた。嘲られても仕方のない、おのれの弱さが、あまりにも強く、身にしみた。

敗けたような、あらたな、さびしさが、せつないほどに、身をしめつけた。

「では、春香、元気を出してな……」

夢竜は、酔ったような足取りで、階段を降りた。

「サンタニ、お前も、達者でなァ……」

サンタニは、はげしい泣き声を出した。

春香は、ようやく、亭の柱にもたれて、驢馬にのる夢竜を、みやった。

待ちかまえたように、二人の男は、荒々しい手つきで、夢竜を鞍上にのせ、すばやく、驢馬をひきたてた。驢馬は大きく長いくびをふり、一度に鈴の音をかき立てて、街路筋へひっぱりあげられた。

とらわれた囚人のように、夢竜は、されるままに引き立てられながら、涙にぬれた顔を振り向け、振り向け、やがて視界から消えていった。

そして、鈴の音は、遠く細く消え去った。春香は、音もなく、崩折れるように、座りこんだ。サンタニは、驚いて、亭上をみあげ、そして、その傍へかけ上った。あたかも、これからが、自分の役目の、はじまりであるといわんばかりに、力のこもった、しっかりした足どりで……。

足速の秋の陽ざしは、この、あわれな娘たちの影を、ながくながく、渓谷の方へ、のばしていった。

第五章　暴風雨

南原府使の更迭は、猟官運動にうきみをやつしている両班《ヤンバン》たちに、大きな話題を提供せずにはおかなかった。

穀倉といわれる湖南一帯は、仕官する者にとって、あこがれの的であった。何故なら、そこは全国で一番凶作がすくなく、物産は豊富で、しかも民は従順であり、したがって、治めやすく、また余禄の多いところだったからである。だから、湖南の諸郷の守領になるには、科挙に登第したときの成績だけではどうにもならず、その時、その時の、権勢をにぎっている党派の、なにかの係累でなければならなかった。なかでも、道監司のいる全州府、それから古村として名高い羅州牧、それに山水の秀麗な美人の多い南原府は、湖南の三村として、つねに争奪の的であり、その守領官をとりまいて、かけひきが絶えなかった。

謹厳な李翰林が、宮内官に栄転して以来、南原府使の新任者に対する噂は、都にいる両班たちの神経をかき立てたが、結局その金的を射落としたのは、当時の政界を独占している党派のなかで、横車押しで評判の「卞学徒《ベヨンバクト》」であった。

性来、豪毅なたちで武勇伝を好み、なによりも、英雄になることをあこがれた卞学徒は、机に向って書をひもとくよりは、山野をかけめぐって兎やのろを追うことの方が好きであった。長年書を読みながら、まるで学識というものをそなえなかった彼が、科挙に登第するなどとは想像もされないことであったが、しかし彼の叔父にあたる人が、試験官の頭であったというただそれだけのことから、彼も、はれて仕官がかなうこととなった。

そして、彼は、身内の高官たちから、どんどん抜擢されて、県監から郡守、郡守から府使、府使から牧使へと、一直線に、出世街道をつき進んだ。

もとより、彼のような種類の両班に、政策も抱負もあろうはずはなく、一切の政務は、属官や衙前《アジョン》(地方官庁の下役)たちにまかせ、ただ、やたらに大きな印章をおし、官妓たちを伴って遊山に明け暮れることが、仕事であった。

そして、彼は退屈した。なにをやっても張り合いがなく、彼の望んでやまない奇想天外な出来事などこへ行っても、起こるあてがなかった。彼は、その任地である黄海黄州から、外賊の襲来するという辺境に転任させてもらうべく、命令もないのに、任務をほうり出して都へやってきたのであった。

領議政(首相)という大官の彼の叔父は、甥の愚かさを、よくよく承知しているだけに、容易に、甥の希望を叶えてはやらなかった。なるほど、彼のような人間は、ただ武装をかためて戦野を駆けめぐれば、あるいは思いがけぬ功労をたてるかもわからないが、辺境で行われている外賊との戦いは、決して、軍記物語のなかに出てくるような、はなやかなものではなかった。官家を襲う賊徒は、平常は、いつも一般住民と同じような格好をしていた。そして、彼らは、守領や属官たちの隙をうかがっては、機を逸せずに、攻めこんできた。衙前たちも大半は、賊徒と通じていた。いや、住民がほとんど賊徒を応援していた。辺境の守領は、戦《いくさ》が強い人であるより、真実民を心服させるような高潔な人格者でなければならなかった。そして、真の勇気の持ち主でなければならなかった。おそらく卞学徒が、その希望する辺境へ赴任したら、旬日を出ない間に寝首をかかれるくらいがおちであろう。

領議政は、声を荒立てて甥を叱った。だが、叱られた豪傑は、まっすぐ任地に帰ろうとはせず、仕官できないで都をうろついている悪友たちを誘って、遊里の巷へ入り浸っていた。

遊興の最中に彼は、悪友連が物欲しげに噂する南原府の話をきいた。そして、そこが天下の絶色(美人)の産地であることもきいた。また、悪友たちは、前府使李翰林の息子李夢竜の恋の話もした。

そして、この美少年と美少女の悲しい別離のことを、眼をきらめかしながら語り合った。そのような話をきいているうちに、絶倫の精力の持ち主である卞学徒は、是が非でも、南原に行かねばならないという決意をかためた。

彼は、あっけにとられている友人たちを、捨て置いて、その席から叔父の屋敷へかけつけた。自分で払ってやらねばならないはずの料理代のことも忘れ果てたのである。

南原府使は、既に内定されていた。執拗な仕官運動をつづけ、数万金の資金をつぎこんだ男が、近日中に赴任して行く手筈になっていた。

領議政は困惑した。いくら言っても、この鈍牛のような甥は、ききわけがなかった。そして、その強情さに負け、領議政は、おのれの権勢をたてに、南原に赴任すべき男を呼びつけ、自分の、ばかな甥の任地と取り替えることを強制した。その男は、表面、渋ってみせたが、最後は、恩に着せるような風をして承諾した。その実、内心は、まんざら、損でもないと思い、ひそかに会心の笑みをもらしたものであった。

それは、まず、領議政と、特別の関係を結んだことに対する将来の希望への打算と、黄州牧使の地位の方が、南原府使より、一段、格が上であることだった。ただ、黄州が南原ほど裕福でないことが残念だったが、結局、差し引き勘定は、いくらか得になると判断したからである。

念願がかなった卞は、自分が既に随の陽帝になったつもりで、早速、南原からの都使令（都との通信使）を呼びつけた。

「その方の郷は、何が名物じゃ？」

「はい、南原の名物は、蜂蜜、胡桃、柿、松茸、石榴《ざくろ》、鮎などでございますが、ほかにも桃、箭竹《やだけ》……」

「たわけもの！　そのようなものをきいているのではない！」

雷鳴のような怒声であった。都使令は震えあがった。

「ははッ……おそれいりましてございます。手前共が勘違いを致しまして、なんとも申し訳ないことで…」

「はやく申せッ！」

「はい。なんと申しましても広寒楼は天下の絶景でございます。それに恋国楼、丑川亭、鳳棲楼なども見逃せぬところで……」

「そんなことでないッ！　このしれ者めが！」

平伏した都使令の貧しい丁髷《ちょんまげ》が、小刻みにゆれた。この風流に通じていると自負している都使令は、この豪壮な声の主が、何をきいているのか、皆目見当がつかなかった。

「その……」

彼は、顔をあげることができなかった。

「近くの智異山は天下にきこえた名山でございまして、宝連山や蚊竜山なども……」

「それではないッ！」

都使令は声もなく、ただ伏して震えた。

突如、猛犬が吠えるような声を出して、卞両班は、ふくれあがった腹をゆすぶりながら笑った。

都使令は、顔を皺くちゃにして、このおどろくべき両班の消え入るような細長い眼尻や、まるで密生した林のような眉毛や、突拍子もない大きな鼻の穴などをみつめた。呵々と、いっぱいにひらいている口は、どんな物でも呑みこみそうに、おそろしくひろく大きいものであった。

永年、都と郷村とを往復して、さまざまの厚顔無恥な両班に逢った経歴をもっている都使令は、この奇怪な両班が、きわめて礼に欠けた男であり、淫楽をよろこぶ種類の男であることを察した。彼は、南原に帰ってから、自己の知人や衙前《アジョン》の仲間に伝えるべき多くの物語のつくり主である生きた材料を眼の前に置いて、ひそかに深く溜息をついた。

しばらく哄笑していた両班は、ようやく口をつぐんで、眼玉をむき出しにした。

しかし、今度は、都使令はおどろかなかった。

「申しあげます。南原の名物は、天下の絶色として名高い美姫たちでございます」

「うむ。そうであろう。余はそれをききたかったのじゃ」

両班は、また、ひどく気にいったように、ひとしきり笑いつづけた。そして、彼は、友人たちからきいた、天下一の美人だという、前官の息子の恋人のことをきこうとした。ところが記憶力のよくない彼は、その名を、すっかり忘れてしまっていた。

「これ、そなたの郷に、なんとかヒャン(香)というものがあろう?」

「は、ヤン(羊)はございませんが、山羊なら七十頭ばかりございます」

「人間のヒャンのことだ」

「ハルヤン（酒落者）たちが、大分おりましたが、前官のきついお達しで、いまは善良な男たちになりました」

「そのヒャンではない。なんでもその前官の息子のなんとかいう」

「……ああ、春香《チユンヒヤン》のことでございますか？」

「そうじゃ、その春香じゃ、春香は美人か？」

「それはもう、あんな美人はございません」

「春香は妓生《キーセン》の娘だというが、その通りか」

「さようでございます」

「余は、その春香とやらにすぐ逢ってみたい。早速、明日赴任するから、そのように用意をいたせ。明後日は逢えるようにな」

「ここから南原までは六百余里（三三〇キロメートルくらい）もございます。なんといたしましても半月はかかるものと存じます」

「夜を日についでぶっとばせ！　なまけると容赦せぬぞ！」

任地に赴く資料の調査も、心構えも、およそ守領として心得べき何物もなく、卞学徒は、ただ美人に逢うことのみを描いて、出発の用意をした。

前日、彼に肩すかしを食わされた悪友連は、卞学徒の南原府使赴任説をきくや、大挙して彼の宿所を襲った。俗にいう冥加銭の請求である。どんな守領でも、任官すれば数百両を散財するならわしである。まして豪傑の卞学徒ともあろうものを、黙って送り出す手はない。

卞学徒は、五百両の大金をまきあげられた。そうなると、卞学徒は、軽々しく出向くわけにはいかなくなった。壮厳な儀式をよろこぶ彼は、最高の四百両の赴任の旅費ではあき足らず、出迎えにきた使者たちをつかつて、千両の仕度金を調えてこさせた。

それで彼は、豪奢な行列をつくらせた。十数人の駅卒たちに歓迎の旗幟をもたせ、彼の乗っている青翼の帳のついた駕籠の前後には、名人と名のつく楽匠たちからなる風楽隊をならばせた。

行列は、勢い遅々として進まなかった。彼は一人の冊客(会計などを受持つ秘書役)を伴っていた。この器用な冊客は、沿道の宿舎へ御機嫌伺いにくる連中から、たくみに寄附金を巻きあげた。行列が南原に近づくにしたがって、人数は増え、集めた金を入れる箱の数は、雪だるまのようにふくれていった。

郡境にさしかかるや、卞府使は、一段と、風楽をさかんにした。級唱たちが、楽の音に合わせて、みごとな発声をつづけた。

南原には、絶えて久しい、にぎやかな、そしてはなやかな行列であった。節倹を重んずる李翰林の任期中には、このような派手な行列も、風楽も、大袈裟な旗幟の行列も、ついぞ見たことがなかった。民は安んじてはいたが、このような行列に付き添い、それを口実に羽振りをきかしていた無頼の徒らは、李翰林の政策を怨んでいた。

いまや、彼らの、のぞんでやまない愚物が守領となってきたのである。彼らの年期をつんだ自慢の咽喉《のど》も、笛も、鉦も、鼓も、思う存分、見せられるというものである。

沿道で仕事をしていた百姓も、家のなかで針仕事をしていた女たちも、爺さんも、婆さんも、そして子供たちも、この珍しい行列を見ておかないことには、恥もはなはだしいといわんばかり、たがいに先を争って、街路筋へかけつけていった。

下につき添っている冊客は、これらの物見高い群衆のなかから、たくみに金をもっていそうな顔を見分け、そして呼びつけた。いやおうなく、彼らは、翌日の新任祝いの宴席までに、それぞれの寄附すべき金子や物品を持参すべく言いつけられた。

あとの結果が、どのようなものであるかを考えようとしない群衆たちは、この新任府使の壮麗な行列に感嘆し、その人物の豪壮な風貌に敬服した。これはたしかに英雄に違いないと彼らは思った。前の李府使は、痩せさらばえたすこし神経質な顔であった。そして、李府使は、絶えず、駕籠の窓から顔を出してあたりを見回し、お辞儀をする百姓たちにいちいち微笑を含んだ答礼をしたものであった。ところが、この新府使は、群衆たちに見向きもせず、端然としているのである。大人物は、あのように悠然としていなくてはならない……人々はそう囁きあって、この英雄らしき大人物を、新府使に迎えたことをよろこびあった。

だが、その下学徒は、駕籠のなかで眠っていたのであった。長道中の旅に彼は疲れていた。そして自分の治めるべき区域に住む百姓たちが、さかんに自分にむかって敬意を表したがっているのに気づかず、快い夢をむさぼっていたのであった。

彼の意を体した都使令の急進により、官家は、隅々まで修築され、眼もさめるような、鮮やかな色彩に塗りかえられていた。下学徒は、官家につくと、ようやく深い眠りからさめて、窮屈な駕籠からぬけ出た。そして、郷吏たちは、府民たちが、うやうやしく腰をかがめているところで、ながながと腕をのばし、背伸びをし、その怪物めいた大口をあけてあくびをした。人々はあっけにとられた。しかし、そこが英雄の英雄らしき振る舞いだと思って、みんなあらためて敬服した。

英雄は、まず、新任官が行うべき、宮闕《きゆうけつ》礼拝を度忘れしてしまった。彼は、とまどっている郷吏たちを尻目に、泰然として、しつらえた宴席の上座に座りこんでしまった。

新任の府使なら、宴席につくまえに、多くの仕事があるはずなのに、彼は、一切頓着しなかった。まず、座首（郷吏のなかの上役）を呼んで何かの言葉をかけるべきであり、出官（執務開始は普通赴任三日後）のことや、執務時間（朝仕、参謁、放衙、閉門、退令）のことを告げて、一般に布告すべきであり、前官解任後の遅滞した政務をきくべきであるのに、すべてをはぶいて、悠々としているのである。

郡使令の噂で、ある程度、見当はつけていたものの、郷吏たちは、この怪物の出現に、うろたえないではいられなかった。大抵の守領たちが、金に目がくらんで、淫楽をよろこぶ、ということだけはわかっていたが、前任の李府使のとき、郷吏たちはそのつもりで扱って、ひどく面目をなくしたものであった。ところが、今度は、まるで儀式というものを無視するという、いままでは、まったく見たことのない府使ぶりである。どんなに金にきたない守領でも、この儀式だけは両班らしく、やかましかったからである。

吏房（郷吏中の庶務主任格）は、おそるおそる、ふところから府総をたてまつった。

「ふむ、これはなんじゃ？」

まず、口ひげを、ねじっておいて、府使は重々しく口をあけた。

「はい。これは、この郷の俸禄の明細表でございまして、どのように徴収をすれば利益になるかという計画をもりこんだものでございます。今後の収税に、これを用いますれば、まことに御利益があることと存じまして……」

「ほほう。調法なものを、つくりおったな。では、これは余があずかるとしよう。ところで、戸房（戸籍主任）、そちには何か申すことはないか？」

戸房は、あわてて、いざりよった。

「はい。まず、妓生点呼《キーセン》をいたせば、いかがかと存じます」

「ほう。妓生点呼か！　そちは、なかなか気がきいているのう。余もそれがのぞましいのじゃ。急いでやれ」

「ははッ。御意《ぎょい》にござります」

都使令の忠告に従って、戸房は、ひそかに用意をして待っていたのであった。第一番にほめられ、戸房はすっかり自信を得た。妓生点呼は、彼の郷吏生活のなかで、もっともやり甲斐のある派手な儀事だった。彼の名調子によって呼び立てられると、どんな妓生でも天女のように見えるとは、村内の酒落者たちの定評であった。彼は、その素晴らしき特技を、前任李府使の前では、一度も発揮する機会をあたえられなかった。李府使は、妓生点呼など全く無用のことだといってやらせなかったのである。

戸房は、妓生都案(名簿)をひらいた。次の間には、八十名の府妓が、妍《けん》を競うて待機しているのである。府使は、ガラス窓越しに、その端麗な妓生の群を覗いた。彼は思わず座り直した。粘液が、だらりと口外に溢れた。

「では、呼び名いたしましてございます」

一礼すると、戸房は、節をつけて、たからかに歌いあげた。

「楚なる国の三都の玉ときいて久しかりしに、そなたこそは、よくぞ受けたり、なつかしの楚玉よ」

「はい、見参いたしましてございます」

うぐいすならねば、ほととぎすの音こそ、わが声とばかり、とぎすました声で答え、一人の美女は、しずしずと府使の前にあらわれ一礼して、また次の間へさがった。

「青山にたわむれし蝶姫よ、春は何処にかある。そなたこそは、わがあこがれの探ね人、蓮心よ」

次の美姫も、楚玉と同様の仕草を演じ、媚びをふくんだ笑顔を残して次の間へさがった。府使は、あるいは眼を皿のようにひらき、あるいは糸のように細めて、尻をうずうずさせながら現れては消える花たちの顔をみつめた。

「往十里にます国宝の誇りよ、古今を通じて輝けるそのたから、そなたこそは、あきらけき名月」

「青山に埋もれしそのたから、誰が手にてほられ磨かれしか、ああその光り輝ける、そなたは名玉」

戸房の名調子は、ますます冴えていった。人々は、うっとりしてこの景物を飽かずながめた。わけても卞学徒は、これぞ、自分がより高位の黄州牧使を、ふりすててきた甲斐あったものと、すっかり悦に入っていた。これらの府妓は、すべて彼の思いのままに、彼の欲する場所にはべるのである。だが、それにしても、噂にきいた春香の現われぬのは、気がかりであった。

ようやく八十名の点呼が、とどこおりなく終わった。そのなかの誰を選ぼうと、彼の心次第であったが、彼は、是が非でも、春香という美女を見ずにはいられなかった。

「これ、その方たちのなかに、春香なる妓生がいるであろう」

郷首妓生(妓生の長老格)が、つと一歩すすみ出て、はっきりした口調でいった。

「春香は、旧官使遣の御子息、李道令ニムと百年のちぎりを結びましたのちは、金石のように節を守っており、妓案にも名をのせてはおりませぬ」

卞学徒は、腹をゆすって大笑した。

「妓生が守節(スウゼル)するとは、おそれいったことだ。これではわしの女房が気絶（キゼル）するというものだ。至急、呼んで参れ！」

戸房は、あわてて級唱《クプチャン》を呼んだ。

「春香をつれて参れ」

級唱は、門外にとび出して軍奴使令を呼び立てた。使令は、腰につけた鈴の音をたてながらかけつけた。

「春香を捕らえて来い」

使令は、仰天して命を受けた。そして自分たちの溜まり場へかけこんだ。

「これ、金番主(太郎兵衛くらいの名)、李番主、ひっかかったぞい」

「何が、かかったんだい?」

「春香が、かかったんだよ」

その声に、一度に雑音がわき立った。

「ふん、お袋もお袋だが、娘も娘、使道の息子とくっついたとて、ふんぞり返って、すましやがったが、ざまみろってんだい。うまくひっかかりやがったもんだ」

使令たちは、ひとしきり騒ぎたてた。口をそろえて、勝手に、春香の悪口をならべたてはしたが、たがいに尻込みして、その役を買って出るものはなかった。結局、ぼんやり屋の崔がおしつけられてしまった。使令たちのなかでも、気のきかないことで評判の崔は、も一人の仲間を伴って、春香の家にかけつけた。


その頃、春香は、ずっと病床にあった。母の月梅は、いろいろの薬を煎じてのませたが、病いは一向にはかばかしくなく、ただ、うっとうしい顔で寝ていた。もとより、これは身体の弱さからきた病いではなく、受けた打撃の大きさからきたものであった。

その日も、月梅は、薬をもとめにいって家をあけていた。春香は、ぼんやり壁をみつめていた。別離とともにおとずれた冬も、ようやく峠をこして、春めいた和やかな陽当たりのよい昼下がりである。

夢竜の面影が、絵のように、白い壁に描かれた。その幻にむかって、おのが恋い慕う心を、しずかに物語るのが、彼女のただ一つのなぐさめであった。

けたたましい乱打の音が大門からきこえた。彼女は、はねおきた。サンタニが真っ青になってとんできた。

「どうしたのでしょう?」

「きっと官家からよ」

春香は、かすかに鈴の音をきいたのである。サンタニは、ふるえながら大門の戸をあけた。軍服をまとった牌頭《ペトゥ》(使令)が二人、眼をみはり、肩をいからしてつっ立っているのである。

「新官使道さまのお召しによって、春香を捕らえに参ったのじゃ」

ありったけの声を出し、崔牌頭は、腹をつき出して見栄を切った。

その声に、春香は、大門のところへかけ出して行った。

「まあ、ようこそ、お兄さま方、ちっともお出でにならないので案じていましたわ。この間は、新官さまをお迎えに、都へ行っていらっしゃったんですって? きっと旧官さまのお邸にもお伺いしたのでしょうね。大監さまや奥方さまもお変わりもございませんでしたの? あの若様から、なにかお便りはありませんでしたの? きっと持ってきてくだすったんでしょう。ね、はやく見せていただきたいわ」

男という男を、この微笑によって、ひきつけずにはおかないという自信にみちた笑顔である。二人の牌頭は、すっかり口をふさがれ、日照りをうけた飴ん棒のようにとろけた。

「それが、困ったことに、新官使道が、妓生点呼をおっ始めやがって、お前の名がないといって烈火のようになってるんだ。厄介だろうが一緒に行ってくれないか?」

牌頭は、おずおずしていった。

春香は、つと雀の傍に身を寄せ、その軍服をいじりながら、

「まあ、それで、わざわざいらっして下さったの、御苦労さまでしたわね。毎日追い立てられて大変でしょう。こんなときでないと、お暇はないことよ。さあ、お入りになって。決して手間をとらせないわ。ねえ、いいでしょう」

牌頭たちは、押され、ひっぱられるままに入りこんだ。そして春香みずからの酌ですすめられるままに、のみほした。

「ね、お願い。使道さまに、春香は、大病で命旦夕《たんせき》に迫っていると申し上げて。いま母は薬を買いにいったのよ。ねえ、お願い、一生のたのみよ。悪いのは重々お詫び申し上げますが、なにせ瀕死の病人ですから、御許しを願いとう存じますって……ねえ」

軍奴使令は、すっかりのどをつまらせた。

「そういわれると、とてもこの酒はのどを、とおらねえ」

春香は、すばやく、二人の軍奴たちに五両の金をにぎらせた。

「ね、これで、帰りに、濁酒でも一ぱいあがってくださいね。お願い」

金を、もらってしまったからには、もう何もいうことはないといわんばかり、

「心配するな。使道にはなんとかうまくいってやろう。まあ、冷えないように養生しろよ。まだ冷たい風だからな」

いい気持ちになって出てきたものの、捕らえにいった牌頭が、手ぶらで戻ったのでは、言い訳にならない。ええ、どうにでもなれとばかり、もらった金のうちから、酔えるだけ飲みほして、たがいに丁髷《ちょんまげ》をつ

かまえ合って官家にまかり出た。

「春香を捕らえて参りました」

春香の声に、待ちくたびれていた下学徒は、

「早速、これへ」

と命じた。

「ところが、その春香ではございません」

「なんと申す？　その方ら、余を愚弄いたす気か！」

その怒声に、酔っぱらいはすっかり正気になり、

「実を申しますと、春香をつかまえにいきましたら、甘露を一本飲ませてくれた上、五両もくれました。そして、使道さまには、大病で、命旦夕《たんせき》に迫っているから、行かれないと、申してくれとのことでございました。まあ、悪く思わないで、小人共の気持ちも、お汲み取りの上、もらった五両で、あとで居酒屋で御一緒に、飲むことにしようじゃございませんか」

さすがの豪傑も、この報告にあきれた。

「使令頭《がしら》を捕らえてこい！」

恐縮しきった使令頭は、くもの子のようにへいつくばった。

「お前は、頭《かしら》ともあろう者が、部下を府使の前で酒乱を演ずるように訓練したのか？　監督をなまけた罪は許されまいぞ。その奴らは、醒めるまで叩きこんでおけ。そして、別の使令を出して速やかに捕らえて参れ。もし、春香に同情して手をゆるめるようなことがあったら、たとえ三代の独《ひと》り子であろうと、一撃で打ち殺すぞ」

秋霜のような怒号だった。

軍奴使令頭ばかりでなく、郷首妓生までとび出していった。

「春香だか、お嬢だか、貞烈夫人だか、知らないが、節を守りたけりゃ、旧官のいるときちゃんと格好をつけて、誰にも文句をつけられないようにしておきゃいいものを、妓生のままにしといて、成年になればおのずから妓生都案に名がのるというもの、それで点呼に行かないとありゃ、立派な官命拒絶になるではないか。ちっぽけな春香一人のために、六万の府民が、これじゃたまらない。さあ、はやく出かけたがいいよ」

春香の家につくなり、郷首妓生は、ずけずけ言い放った。外出先からかえってきた春香の母は、地だんだ踏みながら、

「そのいい方はなんだい？ あんまりだよ。お前は子供のときからのあれの気性を知ってるだろう。これがもし呼び出されて、どんなことになるかは……。そんなつれないことといわないで、この子のためになんとかしておくれ」

涙声になったが、春香は落ち着いた声で、

「お母さん、心配することはないわ。どんな嵐のなかでもわたしたちは生きてきました。罪のないわたしを、たとえ府使とて、どうもするわけはないわ」

もともと、夢竜と別れてこの方、白粉ひとつつけない顔であった。そこへ、皺だらけの着たままの上衣やチマに、垢まみれの足袋をはき、みすぼらしいわらじをつっかけて出かけた。春香の姿が見えるや、級唱は、大音声をはりあげた。

「春香、見参つかまつりました」

府使は、眼玉をきらめかしながら、どなった。

「官長の呼び出しにもかかわらず、あれこれ言い訳をして出て来ないとは何事だ！　きけば、その方は前官の子息と婚約をむすび節を守っているとのことだが、余のきくところによると、その方は妓生の娘ではないか！　妓生の娘は、当然妓生になるもの。余の命令じゃ、早速、今日から余のために、余のそばめになれ」

春香は、ひれ伏して願った。

「お願いでございます。使道さま、小女《ソウニョ》は、賤しい妓生の娘ではございますが、つねから、烈女は二夫にまみえずという、教えの道を、深く念じて居りました。縁ありまして、旧官さまの御子息とちぎりを結びましたからには、この道を守りとうございます。どうぞ、他のおいいつけを願いとう存じます」

豪傑は、得意の笑い声をたてた。

「烈女は二夫にまみえずとな……はッはッは。妓生の烈女も見ものであろう。余はそなたの烈女ぶりが気に入った」

いかにも見下げているといわんばかりの笑い声が、春香の神経をかきたてた。彼女は、この泥人形のようなひげ男の下品な嘲笑の前に、卑屈にかがみこんでいる自分自身がいやになった。彼女は、しっかり顔をもたげた。

「気に入ったら、どうしようというのですか？」

けんのある、そのすきとおるような声に、満座の人々は、胸をつかれたように、眼をみはった。それは、両班の前でなされる賤女の態度ではなかったからである。

「白粉気のない顔といい、粗末な衣服や履物といい、まさに天下の烈女だ。だが、そなたの顔や肌は、男なしにはいられないと、正直に告げている。まず、余に従順になることだな」

「従順になる、ならないは、私の勝手です」

「それは、なんという味気ない返事だ」

「味気ないことはきかねばよろしいでしょう」

「そちは余の癇癪をおこさせるつもりか？」

「おこしても仕方のないことです」

「まあよい。わしの書斎にきなさい」

「行く用はありません」

「これ春香！　余のいうことをきけば、そなたのために、千万金を惜しむまい。そなたは好きなものを食べられ、好きなだけの着物を着ることもできれば、好きな家でくらせるのだ。どんな玉の輿だって、思いのままにのれるというもんだ。万一、意地を張ろうものなら、輿にのれるどころか、松葉杖もさせないように、そちの脚がたたき折られるというもの。一体、いずれがよいかの」

水を打ったような静けさにかえっていた。咳払い一つする者はなかった。春香は蒼白な顔を真正面に向け、射るようなはげしい視線を、このひげ武者にそそいだ。

「では、使道さま、そのお答えをいたしましょう。忠臣は二君に仕えず、烈女は二夫にまみえずという言葉、昔から伝わっております。国禄を食《は》む使道さまは、あるいは我が身可愛さに、敵将の前に屈して、二君に仕えもしましょうが、小女《ソウニョ》は、一賤女とは申せ、二夫には仕えられませぬ故、殺すなり生かすなり御意のままになさいませ」

人々の顔に、恐怖の情がみえた。春香の痛烈な非難が、この使道に、強烈な作用をおこしたからである。

仁王立ちになった豪傑は、身震いをしながら、遠くこだまするような声でわめきあげた。

「うぬ、官長を凌辱するとは不埒千万、えいッ！　こやつを、ひっくくれ！」

右側にいた座首別監、左側にいた郷首執事、一段下がって控えていた守領通引、次の段の級唱、階下の軍奴など、左右に打ち並んでいた連中が、一時に亀の子のように平伏して、

「へ、へーい」

と、長返事をして、さっと身をひるがえし春香にとびかかるさまは、鹿を追う虎のような意気ごみであった。

いきなり春香の髪の毛をひっつかんだ軍奴使令は、すばやい手つきで縛りあげてしまった。

「刑吏を呼べ！」

刑房が、真っ青になって筆入れと台帳をもってきた。そして平伏した。

「さあ罪状を書け！　娼家の女のくせに、官命に従わぬばかりか、官長を侮辱した。その罪、万死に値するものなり、よって、ただちに笞刑《ちけい》をあたう、撲殺するも敢て問わずと」

刑吏は、その罪状を春香に見せ、それに捺印させようとした。

「一体、これが罪状なら、夫ある女を強奪して敢て強姦せんものと、脅迫をこととする悪官には如何なる刑罰をあたえるのか！　万死に値する罪はそのいずれにあるかをたしかめよ」

漂として放つ春香の燃えるような口調に、使道は再びとびあがった。

「えッ！　手ぬるい！　何故早くぶったたかないのだ！」

獄舎丁が一抱えの笞刑道具を運びこんだ。背のたかい使令が、腕をまくりあげて笞《むち》をえらび出した。

刑房は叫んだ。

「笞杖《ちじょう》をもって、打てッ！」

使令は、太い笞をにぎりしめた。

級唱が、

「ひとーツ」

と、どなる声に合わせて、太い笞を、体ごと持っていって打ちおろした。この一撃で、肉はちぎれ、血がほとばしった。

春香は、天地が、ぐるぐる回るのを感じた。意識が、もうろうとなった。

しかし、春香は、姿勢を直した。これで屈してなるかという、はげしさが身をこわばらせた。

「一片の丹心《たんしん》、岩をも通すことを、使道とあらば承知でしょう。その一撃が、いつかは、あなたの上に加わることを、よもや忘れはしないでしょう」

使道は、わめいた。

「え、なにをぐずぐずしているのだ、つぎをぶてッ！」

使令は笞杖を振り上げた。しかし、その腕の力が、ひとりでに抜けるようであった。人をなぐることを職業とはしていても、彼は、この美しい少女に、このような惨酷な刑罰が加えられようとは、いまだ考えたこともなかった。

級唱は、また声をはり上げた。

「ふたーツ」

笞杖は打ちおろされた。しかし、それはまとをはずれて、はげしく地面を打った。

「どこを打つのだ！」

盃がとんできて、使令の頭にぶつかり、音を立てて砕け散った。使令は、頭をかかえて倒れた。血がながれた。

「二君に仕えるといわれて、あなたは、この暴虐な振る舞いをはじめました。それでいながら、あなたは二夫に仕えることを命令する。あなたは、民を愛護する守領ではありませんか」

「えーいッ！　はやく、ぶったたいて、その口をふさがせろッ！」

別の使令がとび出した。

「みぃーッ」

級唱の声とともに、使令はとびかかったが、笞杖は、春香の肌をかすっただけであった。しかも、笞は、すさまじい音を立てた。この使令は、笞刑執行人としては、練達の名人であった。

人々は、この情景をながめた。郷吏たちは郷吏たちなりに、妓生たちは妓生たちなりに、そして、たまたまこの現場に来合わせた百姓たちは百姓たちなりに、それぞれの恐怖と、いかりと、同情と、あきらめとをもってながめた。しかし、下学徒と春香は、はげしい憤怒をたぎらせて、にらみ合った。

学徒は、ただ見くびっていた。たかが妓生の娘のこと、怖い目に合わせれば、それでことは足りると思いこんでいたのである。

しかし、この緊迫した、雰囲気のなかでは、彼得意の豪放な笑い声も出せなかった。彼は鮮血のほとばしる春香の肉体の破れをみた。しかも彼女は、その毒舌をやめはしない。彼はあたりを見回した。誰一人、春香をのぞいて、彼の方へ視線を向ける者はなかった。だが、その沈黙のなかから、彼は、自分にたいする敵意をつかみとった。

彼は、眼の前にいる、すべての人間共が、彼にたてつく虫けらのように憎かった。彼は春香を殺すつもりはなかった。むしろ、眼の前にひれ伏している醜い使令の一人を殺してやりたかった。発作的な心理に駆られると、彼は、よく人を殺したがった。そして、幾回となく任地を変えている間に、彼は、何の理由もなく幾人かの下男を殺した。彼はただ殺したいばっかりに殺したのである。

彼の投げた盃で、ぶっ倒れた使令をみても、彼の憎悪心は、決して崩れようとはしなかった。彼は、さらに春香をなぐることを叱咤した。

若い丈夫な男でも、五つ打たれれば気絶するといわれる笞杖である。ところが、春香は五つをなぐられても、まだ平然として、毒舌を吐きつづけた。学徒は、かるい恐怖観念にとらわれた。なぐられているのは、彼女ではなく彼自身のような錯覚がおこった。

「なにをしとるのだ！　もっとなぐらぬか！」

彼は、わめきあげた。そして級唱の、ながくひっぱる数詞をきくのも堪えがたく、彼は耳を塞いだ。六つ目をなぐられ、春香は、よろめいて倒れた。

人々は、彼女が、死んだのではないかと思い、我を忘れて立ちあがった。卞学徒も立ちあがった。ところが、春香は、必死の色をうかべて、また起きあがった。

髪は乱れ、顔に血の気はなく、着物の上から、幾重にもくくられた縄が深く肉に食いこみ、体のいたるところが破れて、血を噴いていた。もう、生きている人間の様相ではなかった。学徒は、幼い日、寺でみた幽霊の絵を思い出した。それよりなお怖ろしい姿であった。しかも、その眼だけは、依然として光を失わず、彼の面前にひたと吸いついていた。

春香が打たれるたびに、悶絶するような悲鳴をあげているのは、点呼に呼び出されたまま、まだ帰宅を許されず、隣室にかたまり合っている妓生たちであった。一つ目、二つ目のときは、怖いもの見たさの好奇心もはたらいていたが、三つ、四つ目からは、自分たちが殺されるような恐怖感にとらわれた。

どうして、このような結果が、おこったのか？　誰一人、はっきりつかめなかった。卞学徒自身も、これがなにか、宿命からおこったもののような気がした。しかし、息絶え絶えの春香だけは、すべてが、何もかも、この新任府使より引き起こされたことを、冷徹に意識していた。

権力をにぎった人間の、気まぐれと貪欲が、どんな、むごたらしい結果を生むかを、彼女は自分の肉体の犠牲によって、はじめて、つかみとったのである。

笞は、十まで加えられた。

春香は、泥土の上に顔をあてたまま、身をおこす気力も失っていた。それでも、その二つの眼は、とざされず、執拗に、卞学徒を見据えていた。豪傑も、全身に鳥肌が立つのを感じた。猛烈な身震いがした。

「えい！　その女郎に首枷《かせ》をはめて牢のなかへ投げこめ」

獄使丁は、丈なす厚板の首枷をかかえてきた。そして、使令共は、この瀕死の若い女の首に、それをはめた。そして、彼女の肉に食い入っていた縄を解いて、獄に引きずっていった。

奈落の底に落ちこんだような静けさであった。もう、顔をあげる者は一人もいなかった。まるで死人のようになって、自分の目の前三尺のところばかりをみつめていた。

ただ、わずかに、妓生たちの溜まり場から、糸をひくような、すすり泣きの声が立っているだけである。

「酒だッ！　酒をもてッ！」

破れ鐘のようなとどろきが、再びおこった。急に、はね起きる音で、にわかに騒々しくなった。

「夜を徹して飲むのじゃ！　酒をつげッ！」

だが、すぐ、彼の傍に進みよる妓生はいなかった。吏房が、あわただしく彼の盃に酒をついだ。

「女共！　こちらへ参れッ」

狂人めいたわめき声に、妓生たちは、泣き声もやめて、たがいに二、三人ずつ、はげしく抱き合った。

第六章　煉　獄

板の隙間から、風が、音をたてて吹きこんだ。

早春の春の暮れである。

まどろみかけた春香は、腰の冷えから眼をさました。一瞬の、うたた寝のなかに見た、ながい夢を、彼女は、かなしく思い返した。

……彼女は、まだ幼ない少女であった。母に手をひかれ、桃の花の咲き乱れた川べりを歩いていた。

沢山の人があるいていた。と、向こうからくる一人の両班《ヤンバン》らしき上品な身装をした中年の男が、彼女の傍へきて立ちどまるや、じっと彼女の顔をみつめた。彼女は怖さに泣いた。すると、男は、大きな手のひらで、彼女の頭をなでた。彼女は泣きやんで、母の方を振りかえった。どうしたことか、母の姿は見えなかった。彼女はまた泣こうとした。すると男は、彼女を軽々と抱きあげて急ぎ足で歩き出した。彼女は、母を呼ぼうとしたが、いくらあせっても声が出なかった。彼女は恐怖につつまれ必死でもがいた。ふと、男は彼女を路傍に投げつけるようにして、どこへか消えてしまった。彼女は一人ぼっちであった……。

……彼女は、夢竜と、二人で、紅葉の渓谷をあるいていた。道のない険しい谷を、彼らは楽々とあるいていた。しっかり手をにぎってあるいていた。と、清い、はげしい流れの向こう岸に、名の知れぬ真っ赤な花が咲き乱れていた。彼女は、あの花がほしいといった。夢竜は、ニッコリ笑って取ってきてやろうといいながら、彼女の手を放し、身軽に、流れに突き出ている岩の頭を踏んで向こう岸へ渡っていった。そして、抱えきれぬほどの花束をつくると、彼女の方へ振りかざしてみせた。彼女は、はやく持ってきてくれるように手招きした。夢竜は、花束をかかえて、また岩の頭を踏みしめながら渡ってきた。ちょうど流れの真ん中まできて、突然、夢竜は足をすべらし、川の中へ転落した。そして、すっかり姿が見えなくなった。底が、はっきりみえる浅さなのに、どうしてもみつからない。彼女は、声をあげて泣いた。と、はるか向こうの山の上から、誰かが彼女を呼んでいた。みると、それは花束をかかえた夢竜であった。夢竜は、山の上から、さかんに手招きをした。彼女は泣くのをやめ、夢竜がしたように、川のなかの岩の頭を飛び、向こう岸へ渡ろうとした。ちょうど、真ん中のところで、彼女もすべり落ちた。体は軽く水に浮いてどんどん流されていった。山の上の夢竜は、声をあげて笑っている。彼女は、立ち上がろうと、いくらもがいても、体が自由にならず、彼女は、どこまでも流されていった。そして、夢竜の姿が見えなくなってしまった。彼女は絶望した。そして泣いたが、その泣き声が、声にならなかった……。

……多勢の人間が争っていた。そのなかに武装で身をかためた夢竜がいた。夢竜は、雲つくばかりの大男と、剣戟をしていた。相手の男は、どうも卞学徒のようであった。卞の剣は、すごく長く、夢竜の剣は玩具のように小さいものであった。最初は、夢竜は、身軽に飛びはねて、相手の体を突きまくった。しかし、大男は少しの血も流さなかった。だんだん夢竜は疲れていき、それとは逆に、大男は、ますます元気になっていった。今度は夢竜が斬られはじめた。見ていた彼女は、声をあげて声援したが、夢竜は見向きもせず、飛びかかっていた。と、大男の大刀が空間にひらめいて、夢竜の胴体は、真ん中から二つに斬られてしまった。それなのに死ぬ様子はなく、胴の上半分と、下半分が、別々に動いて大男にぶつかっていった。そして、今度は夢竜の手が斬られ、脚が斬られ、首が斬られた。それらのものは、皆一つ一つになって動きながら、やはり大男に向かっていった。彼女は恐怖につつまれ声も出せなくなっていた。そのうちに、斬られた夢竜の胴体や頭が、一度に、ばらばらに大男に組みついていった。大男の髪の毛はひきむしられ、眼玉はくりぬかれ、鼻や耳はへぎとられた。そして指もなく足もなくなった。それなのに、大男は依然として争っていた。春香は、とうに気を失っていながらも、この争いを見つづけていた……。

……雲にのっているようなふうであった。美しく着飾った天女たちが舞うようにして彼女の周りをとりまいた。若い女や、年老いた女や、娘などもまじっていた。ところが、誰もかれも、みんな、かなしげな顔をしていた。あなたたちは誰かと、彼女はきいた。するとそのなかで一番年老いた婆さんが出てきて、わたしたちは、怨魂だといった。そして一人ひとりを彼女に紹介した。まっ先に紹介されたのは、中華の国の楚の王女だとのことであった。彼女は、国が亡びるとき、敵の将軍に凌辱されて虐殺されたのだといった。その次は、安南とか印度とかの織姫だといった。彼女の家は、非常に貧しく、毎日機《はた》を織って生計を立てていたのに、ある年、戦がおこって、襲ってきた沢山の軍兵に引きずり出され、桑畑の中の大木にくくりつけられ、散々の恥辱を受けている間に息が絶えたといった。その次は、日本の娘だとのことであった。彼女は、親の病気をなおすために自分の身を売って女郎となったが、そこへ一人の純情な若者がたずねてきて、彼女を慰めてくれた。二人はたがいに思い合っていた。それをある日、権勢のたかい王侯の一人がやってきて無理に彼女を引き立てていった。彼女はどうしてもその王侯に身をゆだねなかったので、斬り殺されたといった。その次は、蒙古の国の姫さまで、彼女は、自分の国の女たちを救うために敵の陣営に忍びこみ、敵将の寝ているところを刺し殺そうとして捕らえられ、切り刻まれて死んだといった。その次は、どこの国の人かわからなかったが、王様から労役に駆り出され、重い骨の折れる仕事をしているうちに、山から転がり落ちた岩の下敷になって死んだといった。女たちの数はだんだん増え、何万名にもなった。女たちは、この怨みをはらさないうちは成仏しないといって叫び立てはじめた。春香は、何と答えてよいかわからず、ただ、おろおろする間に、猛烈な痛さと寒さを感じ、雲の上から墜落した……。

彼女は、放心したようになって、夢のことを考えた。

牢門をはずす鍵音がした。彼女は耳をすませた。と、男の泣き声がきこえ、彼女のいる牢とは反対側の男たちのいる牢へつれて行かれる気配だった。

ここへきて一ヵ月ちかい間、彼女は、毎日五、六人ぐらいの人間が、つれてこられるのをみた。ときには一度に二十人も三十人もはいってきた。前官のときは、ほとんど牢を使わず、修理を施す必要もなくて、そのままにしておいたとのことであった。それだけに、雨漏りがひどく風は素通しであった。ところが、この頃になって、牢のなかが、人間で溢れるようになり、毎日大工がはいってきて建て増し工事をはじめていた。

「俺には、何の罪もないんだ。俺を、なぜこんなところへ入れるんだ」

たいていの男たちが、獄門のところで、こんな風にわめきあげていた。なかには、あばれ出す者もあり、獄卒から、棍棒で、ぶったたかれる音がしたりした。

春香は、はじめのうちは、なぜ、そんなにたくさんの人間が入れられるのかわからなかった。ただ、そのように、かなしげに泣きわめく人たちを、無理に引きずりこんでいる人間たちに、はげしい腹立たしさを感じただけであった。いや、はじめの半月くらいの間はそれに対する腹立たしさより、自分自身の肉体の痛さに、何も考えてはいられなかった。はれあがった傷あとや、血の出たあとなどに、うみがたまり、骨や神経の筋をいためたと見え、ちょっと動いただけでも、くだけるような痛さであった。

母の月梅と、女中のサンタニが、毎日はこんでくれる煎じ薬と、彼女によせられる獄卒たちの思いやりから、彼女は、いくらか元気をとりもどすようになった。しかし、厚い板の首枷《かせ》をはめられているので、体の自由はとれなかった。彼女は毎日、首枷をつけたまま、高い窓の格子をみつめていた。

肉体の痛さが消えるとともに、彼女は、やりばのない怒りに苦しめられた。どう考えても、我慢のならない府使の仕打ちであった。あの、むごい笞刑を受けるとき、なぜ、もっとはげしいことばで罵れなかったものだろうと、はがゆく思い返したりした。

……夢竜さまさえいてくれたら……そして、あの前の府使さえいてくれたら、こんなことになるはずはない……そう思って泣くこともあった。

だが、なぜ、娼家の賤女は、人間らしい道徳をたもってはならないというのであろう？　夢竜は、自分を捨てるつもりではなかったにせよ、結局、自分が両班の娘でないために、都へつれて行かれなかったのではないか？　両班の娘でさえあったら、彼女は、誰はばかることなく、夢竜のところへ嫁入りができたはずだった。……そして、せめて彼が迎えにくる日まで、静かに待っているつもりの彼女を、あの貪欲な府使は、有無をいわせず、引き立ててきた。

妓生の娘に生まれたら、また妓生にならねばならないという掟は、一体誰がきめたことであろう？　そして、夫に操を立てるという女を、きたなく罵ったり嘲ったりする権限を、あの府使は、誰からあたえられたというのであろう？　しかも、自分の意にそわぬというので、笞打ち、牢へ投げこんで平気な顔をしているあの人非人を、一体、誰が府使などに任命したのであろう？

一体、両班というものは、どんな人間たちなのであろうか？　彼らは、いつでも、自分たちの都合のよいことばかりいって、威厳をつくろってばかりいるのではないか？　そして、一体、妓生という賤民は、どういう人間なのであろう？　なぜ、妓生は人間であってはならないのか!?

虫一匹殺す力のない自分というものを、春香は、じっと考えていた。何も知らず、何も考えずに、ただ花にうかれ、春風に酔うて、笑ったりはしゃいだりして暮らしてきた月日のことを、彼女は、しめつけられる苦しさで、思いかえさずにはいられなかった。

……府使の息子とくっついたと思ってうぬぼれやがって……使令たちが、そのように自分のことを罵ったことを考え、かつて夢竜に逢った日の、あの、房子《バンジャ》の、とげのある言葉を思いかえすとき、彼女は、思いあたることの多いのに、おどろかずにはいられなかった。両班というものが、どんなに自分たちを賤しめ、かつ苦しめているかを、あの人たちは、骨にしみるほどよくわかっていたのだ。それを、自分は、ただ愛されることのよろこびに浸りきって、そんなに深く考えようともしなかった。そして、ふたたびのがれることもできないこのわなに陥って、ようやく、それを考えるようになった自分の愚かさに、彼女は、泣いても泣ききれない苦しさを感じた。

男たちの入れられている獄舎から、腸をちぎるような、ひきつった泣き声がきこえてきた。獄卒のきたない罵り声が、おいかぶさるようにとどろきわたった。それでも泣き声はやまなかった。

ここにつながれている男たちが、大抵、妻や子供をもっている、ちゃんとした農民たちであることを、彼女は知っていた。そして、そのなかの誰一人として、悪人らしい顔をしている者はいないことも。

彼らは、新府使に呼び出され、彼らの考えでは、到底納得できない、多額の年貢をおさめろと言いわたされた。正直で、かけひきを知らない彼らは、そんな無理なことはないと、抗議した。すると容赦なく笞がとび、それでも承服しない者は、獄舎にたたきこんでしまうのである。

前府使のとき、農民たちは、凶作で収穫がすくない年など、遠慮なく官家に申し出て年貢をまけてもらっていた。正直に自分たちの事情をはなすと、府使は、できるだけの便宜をはかってくれた。だから、なんでも率直に申し出ることが、一番よいことだと信じていた。農民たちは、新府使のやることが、わからなかった。わからないだけに、数多い言葉で、不服を訴えずにはいられなかった。そして、彼らのあたえられるのは、笞と牢獄だったのである。

いま、あの悲しげな泣き声の主は、二、三日前に入れられた若い男であった。彼は四、五日後に、隣り村から、きれいな花嫁をもらうことになっていた。婚約は、前の年の秋に結ばれていた。若者は、美しい婚約者をよろこばせるために、牛を一頭、丹精こめて飼っていた。その牛を売った金で、若者は、妻となる娘に、いろいろな贈り物をする計画だった。ところが、だしぬけに官家から、宴会用として、牛を一頭、もってこいという示達がきた。勿論、ただで納めなくてはならなかった。そして使令は無理に牛をひいていった。若者は仰天し、官家へかけつけて、府使の前にひれ伏し、あの牛だけはかんべんして下さいと願った。府使は、笑いながら、お前は嫁にくる娘のために牛を売るつもりだというがその通りか、ときいた。若者は、正直に答えた。府使の眼がにわかに輝きはじめ、その娘は、きれいな娘かときいた。若者は真っ赤になり、返答もできずにひれ伏した。それでは牛を返すから、娘をつれて来いといった。純情な若者は、牛を返してもらいたさに、隣り村へ行って怖がる婚約者をつれてきた。娘は、肉づきのよい可愛らしい顔をしていた。府使は、眼をほそめて笑いながら、若者に牛をひいて帰れといった。若者は、よろこび勇んで娘といっしょに、牛をひいて帰ろうとした。ところが、府使は、急に、大声で叱咤した。お前は牛と娘をとりかえたのだから、娘はおいていけというのである。若者は愕然として、そんな無法なことはないとわめいた。たちまち若者は笞刑を加えられ、その眼の前で、娘は府使の傍へひっぱって行かれた。おとなしい娘は、ただ怖さに震えているばかりであったが、府使は、笞打たれる若者をながめて哄笑しながら、娘を抱きよせ、ほしいままのことをした。若者は、気も狂わんばかりに身悶えしながらわめき続けたが、刑台に縛りつけられている身が思うように動くわけもなく、やがて呻き声も出ないまでになぐられた。そして、府使の悪口を吐いたという官長侮辱の罪で牢に入れられたのであった。そして、若者の牛は、府使の宴会のために殺された。その宴会はあたらしい美しい百姓の娘を妾の一人に加えた記念のおふるまいでもあった。その噂は、獄中の若者の耳にもはいった。そして、若者をなお苦しめたことは、娘の親たちが、府使から、いろいろなものを貰って、有頂天になり、娘を妾にやったことを誇りにしているということと、息子を奪われた若者の母が気絶して病床にたおれているということだった。

若者は、終日、夜となく朝となく、きく者の腸をえぐるような声で泣きつづけているのであった。

その泣き声は、春香の胸に、針をつきさすようにひびいてきた。憎むべき敵にたいして、呪っても呪いきれない憎悪心を、燃やさずにはいられないものだった。

獄卒たちは、春香にたいして、きわめて親切であった。彼らは、府使や判官たちの見回りの時刻だけは、彼女に首枷をはめておいたが、ふだんは、いつも、首枷をはずしてくれた。そして、口々に、何か不自由なものがあれば、遠慮なくいってくれといい、春香の家から運ばれるものは、なんでも入れてくれた。なかには、彼女の独房の前に立って、いつまでも話しこんでいる者もいた。春香は、彼らの親切を有り難いと思った。それでいながら、なぜか、素直に感謝できなかった。というのは、彼女にたいしてそれほど親切でありながら、他の囚人たちに対しては、きわめて無慈悲なことをやっていたからである。それに、要領のよい春香の母は、獄卒たちに、絶えず何か贈り物をしていた。春香ばかりでなく、大抵の囚人たちの家族は、いろいろな名目で、獄卒に、金や物をもってきた。すると、物をくれた囚人たちにたいする獄卒たちの態度は、たちまち豹変した。

春香は、軍奴使令が、自分を捕らえにきたときの自分の態度を、思いかえしてみることがあった。地獄の沙汰も金次第という環境のなかに育って、とかく、貧しい人々を、金や物で動かそうという考え方が、あたりまえのことのように思われてきたのであったが、この獄に入れられ、毎日のように、わずかな金で、どうにでも動いている使令や獄卒たちをみるにつけ、いままでの自分の環境までが、なにか、ひどく汚れていたもののような気がしてきた。

春香は、いままで、自分は、何も悪いことをしたことはないと信じていた。夢竜にたいする自分の気持ちも、かけがえのないものと思っていた。そして、自分は、誰にも迷惑をかけず、みんなに好かれ、いつも、きれいな美しい心で、すごしてきたものと思っていた。だが、獄にいれられてから、だんだん自分の考えや、自分がやってきたことの、あまりにも、わがままな自分勝手さが、心苦しく思いかえされた。自分が夢中になって、夢竜と遊び戯れている間に、どんなに周りの多くの人々に、いやな思いをさせたことであろう……。折々、酔った風を装って、ずけずけといった房子《バンジャ》の言葉の端々が、記憶の底から、一つ一つ甦って、彼女の心を笞打った。彼女が入牢して、およそ十日も経ったころ、房子はいつものひょうきんさをみせながら、牢獄にやってきた。彼は、でまかせの洒落をとばして獄卒たちをよろこばせ、彼女の房の前にきて、格子戸の間から彼女をのぞきながら、

「お前は烈女だって評判だぜ、たいへんな人気だよ。俺ァ感心したもんだ。さすがに春香さんだ。ただじゃ笞は打たれないとね。ところで、お前さんは、一体全体、誰のために、苦労をしてるんだね？　あの若様

とやらは、今頃、もう都の移りかわりに眼がくらんでいるだろうよ。もっとも、きれいなお前さんのことを忘れやすまいがね。とにかく、お前さんも可哀想なもんだ。だけどよ、俺ァ、やっぱりお前さんがうらやましいな。だからって、俺は、お前さんのかわりに入牢してやるといいやしないがね……」

春香は、笑うことができなかった。といって、怒る気持ちにもなれなかった。以前は、まるで感じたことのない彼の親切さが、温く彼女の胸にひびいてきたからであった。

房子の帰ったあと、春香は、さめざめと涙をながした。それが、どういう涙か、自分でも見当がつかなかったが……。

春香は、眼をつむって夢竜の幻を描いていた。彼の幻は夜となく昼となく、彼女に微笑みかけていた。

……春香、そなたの苦しみを、わたしは決して忘れない。わたしは、いま科挙の準備で一生けんめいだ。苦しかろうが、しばらく我慢してくれ。もうすぐ春だ。あのつつじの咲きみだれた広寒楼に、そなたと手をつないで歩くのも、そう遠いことではないぞ……。

彼女は、うっとりとして、幻の声をきいていた。誰が、どのようなことを、言おうとも、彼女は、夢竜の心だけは信じていた。かならず、夢竜は自分を迎えにくる。それがたとえ、自分が死んだあとであっても、夢竜は、自分を忘れないでたずねてきてくれるだろう……。

自分の捧げたまことが、たとえ、神も仏もない世の中とはいえ、彼の心深く、宿りこまずにはいられないであろう。そして、彼は自分を信じているのに違いないのだ。自分が彼を考えているように、彼もまた、昼となく夜となく、自分の幻に話しかけているだろう……。

ときには、彼女に、生理的な苦痛が襲ってきた。息も絶えんばかりの、彼のはげしい抱擁が、苦痛なしには、思いかえされなかった。

……このまま死んでしまっても、わたしは思い残すことはない……そのような愛の法悦に、浸った、あの無我の境地を、彼女は、忘れられなかった。骨も砕けよとばかり抱きしめる、あの荒々しい力を、彼女は求めずにはいられなかった。

彼は、一体、いま何をしているのであろう？

つれなく振りきって帰ってしまった男への、この、やるせない思慕の情を、彼女は、いとおしく思わずにはいられなかった。

……今頃、都の移りかわりに眼がくらんでいるだろう……そして、夢竜は、自分を忘れてしまっているのであろうか？

笞を打たれているときの苦痛なら、それにはむかい、さからう気のはりで、まだ堪え忍ぶこともできた。だが、忘れられている自分を、考えることは堪えられなかった。

だが、彼女は、きびしく、自分のみにくさをみつめた。

あの若者の泣き声が、彼女に、おのれの姿を振り向かさずにはおかなかった。

……皆、苦しめられているのだ。あの若者だけでなく、ここへ押しこめられている多くの農民たち、そして、その妻や子や親たちが、ああして、夜となく昼となく泣き濡れていることを思わずにはいられなかった。

自分は、一体、他人にたいして、どれだけのことをやったというのであろう。自分だけの苦しみや悲しみに浸りきって、それで、一体、どれだけの満足を得ていたのであろう？　敵を憎むことを、片時も忘れてはならない。あの人でなしの府使や、そんなものを、府使としてよこした人間たちや、自分たちさえ生きていればよいという両班たちを、たたきつぶしてしまうまで、憎んでやるのだ。自分の小さい悲しみや苦しみを越えて、真実の敵を、憎んで、憎んで、憎み通してやるのだ。

また、獄門で、鍵の音がした。

にぎやかな、女の声がした。獄卒たちが、だらだら追従笑いをしている。母の来たことを、彼女は感じとった。

待つまでもなく、老妓は、獄卒にともなわれて房の前にきた。そして、母は、顔を格子戸にくっつけ、なかをのぞきこんだ。

「春香、今日は、たいそう顔色があかいよ。頭でも痛むのじゃないのかい？」

「いいえ。今日は、随分、気分がよくなったわ」

「そんならよいけど、わたしゃ、もう気が気じゃないよ。この頃、目立って白髪が増えてねえ」

「……すみません。わたしのために、お母さんにまで苦労をかけて……」

「そんな、水臭い言葉を、ききにきたんじゃないよ。それより、今日は、府使の見回りはなかったかい？」

「いいえ」

「それじゃ、なんにも変わったことはなかったのかい？」

「なんにもありません。どうしてなの？」

「いや、なにね、今日ね、吏房が、家にきたんだよ。そして、吏房のいうことには、府使は、お前に詫びてさえもらえば、そして、ただかたちだけでも、府使のいいつけに従ったようにさえしてくれれば　お前を許してやるというのだよ。それでね、お前に是非、そうしてほしいと、私に言えというんだよ」

「それで、お母さんは、なんと返事をしましたの？」

「それはお前、わかりきっているじゃないか。なんとかうまく助けてもらえるように、たのんだよ。ねえ、お願いだから、お前もそう強情を張らないで、あやまってやるんだよ」

「お母さん、私は、どんな悪いことをしたのでしょう？」

「何も、お前が、悪いことなんか……」

「悪いこともしていないのに、詫びたり、あやまったりすることはできません。あんな、獣みたいな人間に……」

「畜生よりひどい奴だけれど、お前、相手は府使さまじゃないか。たてついたら、ひどい目に遭うだけじゃないか？」

「どんな目に遭っても、あんな人間の前に、頭を下げるよりは、ましだと思います」

「それが、お前の理屈というもの。やっぱりお前は、都へ行った、お前の若様に操を立てるつもりなんだろう？」

「ええ、それもあります」

「いつか、わたしが言ったじゃないか。お前のその気持ちは立派だけれど、お前、行ってしまったものは、二度と帰ってくるものじゃない。たとえ帰ってきても、そのときは、すっかり別の人間になってしまっているもんだよ。ねえ、お前と若様との間も、気持ちは残っていても、もうすっかり切れてしまったも同然なんだよ。人間、あきらめがかんじんだよ。わたしたちみたいな者にとっちゃ、なおさらのこと、きれいさっぱり忘れてしまわないことには、そんなものに、ひっかかっていたんじゃ、とても生きていかれるものじゃないからね」

「お母さん、生きていくことは、そんなに大事なことなんでしょうか？」

「そりゃお前、苦労をするのも、みんな生きるためじゃないか」

「そんな大事な命なら、もっと大事にしなくちゃならないでしょう？」

「そうなんだよ。お前、命は大事にしないとね。だから、両班には、いばらせておくがいいよ。うまく、奴さんたちの機嫌をとってやって、なるべく楽なくらしをした方がいいんだよ」

「いいえ、私は、大事な命であればこそ、やすやすと、自分のいのちをはずかしめてはならないと思うのです」

「はずかしめを受けないで生きていかれたら、それにこしたことはないさ。だけどお前、わたしたちのような身分のものは、生まれながらに、他人から、はずかしめをうけたり、玩具にされたりするようにできているのじゃないか……」

老妓の声が、かすれた。春香は、母の深いかなしみと、あきらめとを思った。

「だから、私は、がんばりたいのです。いくら妓生でも、賤女でも、人間らしい心の誇りはもっていることを、あの獣みたいな両班に、はっきりみせてやりたいのです」

「……春香……お前は死ぬ気なんだろう？　え？　お前の、その気持ち、お母さんは、よくわかっているのだよ。お母さんだって、若いとき、はずかしめを受けたら、お前のような気持ちになっていた。死んでもがんばってやると、幾度も心に誓ったものだよ。だけど、春香、お母さんはやっぱり敗けた。いいえ、敗けたんじゃなくて、生きるためには、そうするほかなかったんだよ。生きるためにはね……」

「あるいは、私は殺されるかもわかりません。たとえ私一人が殺されても、あの獣たちは、自分たちの思うままにできないものがあることを、はっきりわかるでしょう。そして、いやしめられている人たちも、命をかけてたたかえば、どんな奴らでも、自分たちを認めずにはいられなくなることに気づくと思います。私は殺されることなど、すこしも、おそれはしません」

老いた母は、わなわな震え出した。そして、格子につかまって、声をあげて泣き崩れた。

「春香や、わたしゃ、お前に先立たれたくないんだよ」

「お母さん。かんにんして下さい。でも、お母さん。悲しむことがどこにありましょう。私は、むしろ気がはって、なんだか強い気持ちがおこります……」

春香は泣かなかった。

「でも、お前、はやまったことだけは、しないでおくれ。そのうち、どんな助けがあるともかぎらない。わたしゃ、毎日、仏さまに、願をかけてるんだよ、もしかしたら、都にいった若様が、えらいお役について、お前を助けにきてくれるかもしれないからね……」

「お母さん、たったいま、お母さんが、都にいってしまった人など、あてにならないといったではありませんか。私は、若様のことを、そのようなかたちでは、あてにしていません。別に、助けにくるものなど、あるはずはないと思います」

ひからびた笑いが、かすかに、春香の口からもれた。それは、寒々とした、うつろな笑いではあったが、月梅は、娘の笑い声をきいたことが、むしょうにうれしく、涙のかわかぬ顔を、いっぱいにほころばせて、声たかく笑った。

「まあ！　どこまで気の強い娘なんだろう！　お前には、ほんとに、まけてしまうよ」

「だから、お母さん、元気を出して下さい。私は、このくらいの苦しみなど、すこしも恐れてはいません。吏房や戸房たちが、府使の手先となって、どんなことをいってきても、決して、それにのらないようにして下さい」

「あいよ。だけど、お前も、滅多なことを言わないように、気をつけておくれよ」

そして、月梅は、また泣いた。

「年をとるとねえ、涙つぼが、だんだんふくれると見えるよ。お前が大きくなったら、わたしゃ毎日笑ってばかりいられると思ったのに、なんて悪い星回りなんだろうね……」

母が帰ったのち、春香は、はげしく泣いた。死を悔いないほどの決心が、彼女に、ついていたわけではなかったが、母の前で、死を語らなければならなかった悲しさに、彼女は、身悶えしながら泣いた。

「ああ、なんて、騒々しさだ！　おすもめすも、泣いてばかりいやがる！」

交代になった獄卒のなかでも一番おそろしい顔をした軍奴が、いらだたしげにわめいた。
四、五日たって、春香は、府使の前に引きずり出された。
卞学徒は、連日の酒に、ただれて、その大きな眼玉が、酔いしれたようにぼやけていた。

「どうだな？　春香、すこしは骨身にこたえたであろう？」

春香は、白い眼を、ちらっと向けただけで黙りこんだ。

「わしは、そなたを助けてやりたいのじゃ、そなたのように美しいおなごは、そう、ざらにあるものじゃない。なあ、春香、そのままでは、お前のその美しさも、すっかりしなびてしまうばかりか、いずれは日の目を見ぬままに死んでしまうことになるのじゃ。わしはそなたが死ぬのを見てはおれない。わしは、心配でならんのじゃ」

春香は、顔もあげなかった。

「そなたは、疑っているな。いや、わしは、冗談をいっているのではないのだ。吏房や、そちの母親からきいているであろう。わしは、そちを助けるために、ずいぶん苦心したのじゃ。どうじゃな？　そちは利口なおなごという評判じゃ。悪いようにはせぬ。どうじゃ、わかったであろうが？」

「いいえ、私にはわかりません。何をしろとおっしゃるのですか？」

「そちが考えれば、よくわかることではないか。そちのおかした罪をよく考えてみるのじゃ」

「いいえ、私は何も罪はおかしておりません」

「春香、わしは忙しいのじゃ、そちのために手間をかけてはいられぬ。そちはまず、おのが誤ちを詫びるのじゃ」

「何を詫びなければならないのですか？」

「まだ、わからぬことを言いよるな。まァ、かんべんしてやるとしよう。そちの美しさに免じてな。どうじゃ、今日、このままそちを帰してやろう」

「では、これで帰ってもよろしいのでございますか？」

「そうじゃ。そちもうれしかろう。そちの母も大喜びであろう。そして、二、三日休養してな、迎えの駕籠をやるからな。そのときは、身なりをととのえて来るのじゃ。わかったな？」

「なんのことか、私にはわかりかねます。今日帰されましたら、二度とここには用のない身だと存じます」

「まだ、そのようにわからぬ意地を張る気か！　そちは、余の温かい情がわからぬのか？」

「では、府使さま、あなたさまは、まことに民の者共を思ってくださるのですか？」

「いかにも、わしは、民百姓のことを考えて、夜もろくろく眠れぬ日があるのじゃ」

「それでは、何故、あのような罪のない人たちを、牢のなかに入れるのでございますか？」

「ははは、そちはすこしどうかしていると見えるな。牢に入れられる者は、揃いも揃って極悪人ばかりじゃ」

「悪人は、あの人たちではございません。あの人たちは、何もわるいことをしておりません」

「そちは、余計なことばかりいうおなごじゃ。わかったなら、余のところへくることを誓え。いまにもすぐ帰してつかわす」

「私は、なにも誓うことはありません」

「こら！　春香！　やさしくしてやれば、そちは思い上がっておるな！　または、笞打たれたいのか！」

春香は、たじろぎもせず、府使を見返した。

「どうだ？　返答をせい」

「申し上げます。あなたさまのような人間を府使にいただいたばっかりに、南原の民は、泣いているのでございます」

「うぬ、無礼者奴が！　言わしておけば、つけ上がりおる。使令、そやつの口をふさいで牢のなかへ、たたきこめ！」

使令は、あわてて、はずしてあった首枷をはめて、春香を獄舎へひいていった。

「なんて馬鹿なことをいうんだよ。せっかく助かっておきながら……」

使令は、さも大損をしたように溜息をついた。獄卒たちは、なおのこと、

「お前も、よくよく強情な女だな。助けてくれるというのを、何も振りきらなくたって……」

なじるように口々に春香を責めた。

「お前さんたちは、自分がみじめだと思わないの？」

春香は、力のない声でいった。

「みじめなのは、お前の格好だよ」

獄卒は、暗い房内に、春香を押しこんで、大きな鍵をかけた。さも、いまいましげに、やかましく音を

立てながら……。

その夜、毎日のように泣きつづけていた若者が、獄舎のなかで首を吊って自殺してしまった。
二、三日の間、獄内は、虫の音も立たないような静けさであった。
顔もみたことのない、ただ泣き声をきいただけの若者であったが、春香は、その若者だけが、汚れのない人間のように思えた。

暗い夜中に、どこからともなく、若者の泣き声がきこえるというので、獄卒たちも囚人たちも、大騒ぎをするようになった。幽霊が、夜中に、官家の中を泣きあるいているという評判もたった。

だが、若者の許嫁であった百姓娘は、別段かわったこともなく、卞学徒相手に、嬌態をふりまいているという噂だった。ところが、ある日、実家に宿下りをしたこの妾が、まだ宵のうち、実家の庭先で、鎌で首を切られ、無惨な死にかたをした。もっぱら、幽霊の仕業だという風に伝えられたが、激怒した府使は、病床にある若者の両親を、殺人犯と断定して、二人とも獄にも入れずにはりつけにしてしまった。

日に日に、陽気は春めいて、星がきれいに見える夜がつづいたりした。

人が死ねば星になるという伝説を、春香は窓の破れから見える夜空を見上げながら、思い出すともなく思いうかべていた。

あの、せつない、若者の泣き声が、どこからともなく、きこえてくるような気がした。

みんなが、恐ろしいことのように言っていることだったが、彼女は、その声のあらわれるのを、じっと待っていた。……しかし、それらしい声は、どこからもきこえてきはしなかった。

遠い、はてしない空を見上げ、星のきらめきをみつめているうちに、彼女は、その星の一つが、夢竜の顔となって迫ってくるような気がした。

……夢竜さま……。

小さい声で呼んでみた。その声は、むなしいひびきとなって、闇の中に消えていった。

第七章　暗行御史

狭いオンドル部屋のなかに、七、八人の若い男がぎっしりつまって、瘖痕《あばた》のひどい中年男から、話を聞いていた。話し手は、普通、地官(土地、風水の占者)たちの着ているような、貧乏両班《ヤンバン》の身なりであったが、その眼は、若々しくさえて、どことなく、情熱が溢れていた。

「君たちは、ただ科挙に受かれば、それでよいと考えている。ところが、科挙に登第することは、俸禄にありつくための手段に過ぎない。それを、君たちの親や親戚連中は、科挙に登第することが両班のつとめのように言っている。しかし、君たちは、科挙に登第して一体何をやるのだ？　無論、地方の守領になって赴任する。それから何をやるのだ？　民を統治するというのだろう。では、どのような方法をもって、どのように統治をするのだ？　そして、君たちが統治する地域は、一体どのような状態にあるのか？　さて、赴任はしても、君たちには、何もわからない。何故なら、君たちが、毎日、眼が痛くなるほど読んだ本というのは、二千年も前の中華人の爺さんたちが書いた退屈きわまる代物だ。いわゆる、史書だの経書だのというやつだ。それを、むりやりに頭につめこむ。それから詩を作ることを習う。さて、試験というやつが、すこぶる曖昧模糊としている。君たちは、まるで雲をつかむような気持ちで、ひたすら、暗記につとめる。そんなことで、君たちのたくましい創造の意欲はしなびてしまって、ただ他人の顔色ばかりうかがう卑怯千万な人間になってしまう。そして、君たちの頭には、民のくらしには、何の必要もなく、役にも立たない、古くさい漢詩の切れっぱしや、孔子や孟子なんかの気取った言葉の端々がつめこまれているだけだ。民たちは、飢え、そしてかつえているのに、能のない守領は、かびのはえそうな古めかしい漢詩をつくるという寸法だ……」

若者たちは、かたずをのんできいていた。およそ乱暴な、この中年男のいうことが、彼らの神聖なものを冒瀆するようで、ひどく不愉快ではあるが、彼の言葉のなかには、彼らが、いつもやりばのない鬱憤で苦しんでいるものを、みごとにえぐり出している。なにか、さわやかなものを感じ、いやでも耳を傾けずにはいられない。その上、彼の言い方が、ひどく滑稽で、つい吹き出したくなるほど面白い。

「だから、そんなばかな科挙の勉強なんかやめてしまえというんだ。そんなことをするくらいなら、あっさり両班を廃業して、山に行って木こりになるか、さもなけりゃ、畑でも耕した方が、はるかに民、百姓のためになるのだ。その方が、どれだけ人間らしいかわからない。もし学問をやるんだったら、人間の暮らしに役だつ勉強をするんだ。いいか、まず農業は、人間の暮らしの基本になることだ。だから農業の学問、すなわち農学をやるのだ。それから医学だ。人間の最大の苦しみや悲しみは病気に勝てないことだ。ありもしないばかげた不老長寿の薬を探してあるく山師共が、うようよしているが、そんなものにだまされている両班共が掃き捨てるほどあるんだから始末がわるい。いま外国では、病気を治す療法が、非常に発達しているのだ。こんな学問をしたら、どれだけ沢山の人間を助けることができるかわからない……」

この痘痕男は、さる両班の妾の子だという評判だった。それが、事実かどうかは、誰一人知らなかったが、若年の頃、中華の都、燕京に行って、十五年間も、学問をつんできたということだけは、みんなよくわかっていた。彼は、すこぶる清国語にたくみであるばかりか、博学で、物知りの多い都のなかでも、彼ほど、いろいろなことをわかっている人間はすくなかった。それでいながら彼の評判は、あまりよくなかった。というのは、どんな権勢ある人間の前でも、遠慮ということをしなかったからである。彼は口癖のように両班というものを罵倒し、両班たちが、家宝として何よりも大事にしている族譜を、山師たちの商売道具として作られたものだといい、あんなものはたきつけにするか、鼻紙につかった方がいいと放言した。事実、彼は、自分の家にある族譜を焼き捨ててしまったということだった。他人の悪口をいうことの好きな連中は、彼が、とるに足らぬ家柄に生まれ、両班といっても、きわめて格の低い者だから、体裁をつくろうために焼いたのだといった。彼は、そういう噂に頓着なく、毎日、清国から持ち帰った書籍をひもといたり、書きものをしたり、畑を耕して、いろいろな種子をまいたりした。たまには仕官をすすめる人もいたが、彼は一笑にふして、かえって近所の病人を治すことに夢中になったり、どうかすると、地方をあるき回っていろいろなことを調べることに、生きがいを感ずるという風であった。

清国には、毎年、大勢の使臣が往来するばかりでなく、若い学者たちが出かけてゆき、沢山の商人たちが往復していた。そして、かの国からもたらされものには、何によらず、清新な香りがただよっていた。とくに学者たちは、古めかしい儒学を排斥して、なんでも現実に役立つ勉強をしなければならないといっていた。世間では彼らのことを、清朝帰りの実学派だと呼んでいた。ところが、この実学派は、それまでの両班階級のなかでも、身分の低い者や、相手にされない妾腹の子たちが多かったので、一般に、両班たちは、この実学派を軽蔑していた。

その実学派のなかでも、この痘痕男は、もっとも急進的であった。彼は、それまでの両班が夢想だにしなかったことを、平気でやりとげた。たとえば近在の商人の家や、あるいは賤民の家に病人があると、すすんで出かけていって治してやり、彼らと一緒になって、食べたり話したりした。彼が酔ってさる家の男奴と相撲をとったという噂さえ伝わった。両班の家では、彼を両班の恥さらしだといい、同等な両班扱いをしないことにした。ところが、彼は一般市民たちの間では、すごい人気で、庶民たちは、彼を宰相よりも尊敬した。その風潮にひきずられ、両班の家の若者たちのなかで、元気のある幾人かが、彼のところへ教えを請いに行くようになった。彼は遊びにくる者は、両班であろうが、常民であろうが、賤民であろうが、みな、同じように扱い、同じ部屋に一緒に座らせて、言葉も差別をしなかった。彼を尊敬している若者たちも、両班と常民を混同したこの扱いには堪えきれなくなり、大抵は、二、三回訪ねただけでこりてしまった。しかし、次から次へと、彼の門をたたく若者の姿は絶えなかった。

夢竜もその一人であった。

しかし、夢竜が、彼を訪ねた動機は、この頃の科挙の試験官たちが、すくなからず実学派の影響を受けて、問題の出し方が、かなり変わってきているという話をきいたので、実学派の頭目とみられる彼に教わった方が、好都合だと思ったからであった。彼は、誰にでも愛想がよかったが、はじめて訪ねた夢竜にたいしても、親切であった。夢竜が、丁寧な儀式ばった挨拶をすると、彼は手を振り、すぐ、そんなことはなるべく簡単にしてくれといって笑った。

夢竜が行って話をきいている間に、賤しい身分と思われる若者が四、五人かたまって入ってきた。彼は夢竜にこれらの若者を紹介した。夢竜は、ていねいに挨拶をした。若者たちは、わざとらしい格好で、夢竜に挨拶を返した。彼は笑いながらみていた。

夢竜は、だんだん、この痘痕先生が好きになっていった。彼の言語や、その行いには、ずいぶん突飛なことが多かったが、そのなかに温かい情がこもっていることを、みのがすことができなかった。それに、学問に対して、きわめて真剣で、格式ばかりやかましくして遊び半分という儒学者たちとは、根本から違っていた。

夢竜は、一日おきぐらい、痘痕先生のところへ行った。彼の家には、女っ気がなく、若者たちが炊事をしていた。ときには、夢竜も、米を洗わされ、水を汲まされ、火をたかされた。夢竜は、黙って、庶民の若者たちと一緒に働いた。

夢竜は、痘痕先生から、医学と経済学を学んだ。とくに経済は、朝鮮の状態が中心になるために、夢竜にとっては、すべてが初耳で、おどろくことばかりであった。それまで彼が学んだものは、古代の中華のことばかりで、自分の住んでいる朝鮮に関しては、まるで無知であった。夢竜は、朝鮮の歴史をも勉強しはじめた。何ヵ月か過ぎた後、夢竜は、この先生につく前の自分と、その後の自分とが、すっかり別の人間になったような気がした。その前の学問が、いかにでたらめで役立たぬものであり、その後の学問が、いかに真実の人間の暮らしに役立つものであるかを、はっきり知ることができた。

痘痕先生は、夢竜にたいして、別段、なにもお世辞めいたことはいわなかった。しかし、先生が、誰よりも、夢竜にたいして、目をそそいでいることは、夢竜自身も、よく気づいていることであった。

夢竜の父李翰林は、宮内官としてのつとめが忙しいので、家へ帰ってくることがすくなく、息子と顔を合わせることも滅多になかった。かえって、息子が、実学派の急先鋒である痘痕先生のところへ入り浸っているという噂を他人からきく始末であった。

宮内官たちの間では、痘痕先生の振る舞いが以前から問題になっていた。両班のしきたりというものを、一切無視するような人間だから、君主にたいしても忠義の念など持っていないであろうということと、無知な庶民や賤民共を煽動して、両班に反抗させるようなやり方は、とりもなおさず、国の規律にたいする反逆行為だということ、それに、彼は、さかんに西洋の学問をやっているとのことで、どうも国禁の天主教を信じているような疑いがあるということ、その三つの嫌疑で、彼の身辺に、それとなく、さぐりを入れていた。

もし、彼の罪状が明白になれば、彼は当然死刑になることであり、そのおもな弟子たちも、あるいは殺されるかもわからなかった。

翰林は、夢竜が、そのような危険人物のところへ出入りすることを、危ぶんではいたが、一面では、息子を深く信じていたために、あえて自分の不安を抑えるようにした。もう一つは、南原からかえってきたのち、息子が、その愛人のことを、一言も口に出さず、一切を忘れて勉学に没頭していることにたいして、ひそかにすまなく思っていたため、せっかくの息子のよろこびを、再び壊してしまうこともできない気持ちだったのである。

翰林は、その息子が、決して、おいてきた愛人のことを忘れていないことは、よくわかっていた。それは、都に帰ってくるとともに、成人した夢竜をみた親戚や友人たちが、いろいろなところから縁談を持ちこんできたときの息子の態度に、はっきりあらわれていた。夢竜は、縁談など全然よせつけないような冷たいきびしさをみせていた。それが、若者らしい恥じらいや気取りからでないことは翰林もよくわかっていた。それだけに息子の心の奥にひそんでいるものを、考えずにはいられなかったのである。翰林が、その息子のしていることに干渉しない、もう一つの大きな理由は、彼自身の周囲にたいする絶望感のためであった。彼の同僚や、あるいは長官たち、そういった人たちは、両班のなかでも殊に権勢をもった人たちで、国家の政治は、ほとんどこの人たちの手によってなされていた。だからこそ、翰林は、宮内官になったとき、自分も念願通り国家で一番大事な仕事ができると思って、よろこんだのだった。ところが、彼が宮内官として現実にやっている仕事は、それがどう考えても国家や人民たちのためになるものとは思えないことばかりであった。ためになるとかならないとかは第二として、国家や人民に、まるで関係のないことが大部分であった。その主な仕事というのは、国王を中心とした宴会の準備や、大官連中の遊山の催しや、派手な儀式のことばかりであった。それに、領議政だの判書だのという大臣連中が、国民の生活状態や諸外国の動向について、まるで何もわかっていないということであった。また彼らの夢中になっていることは、毎日の宴会でどんな美妓を見つけ出し、どんな愉快な遊びをするかということだけであった。そして、彼らは、おたがい気心の合うものだけで党派をつくっていた。この党派というものが、何も主張や理想があるわけではなく、ただ、おたがいに勢力争いをするための手段に用いられるだけであった。

いくらかでも良心というものをもっている人間であれば、誰でも失望せずにはいられない状態であった。こんなことで、一体、国家が治まり、国民が、安楽に暮らせるものかどうか、多少でも考える者なら、暗澹として前途を見つめずにはいられなかった。

このままではいけないということだけは、翰林も、はっきりわかっていた。だが、どうすれば、このやくざな両班連中をおっぽり出して、真実、国家のための仕事をする人間たちを連れてくることができるか、彼には見当がつかなかった。それに彼は、自分がすっかり老いこんで、今更何もする気力もないことがわかっていた。ばかげた党派争いにまきこまれないで、自分だけ静かにくらしていきたかった。だが、宮内官であるからには、同僚たちと、つねに同じようなことをしなくてはならない。心ならずも、彼は毎日宴席に顔をつらねて、家に帰ることを忘れていた。

さらに、翰林を、ひどく失望させ、そしてなやませたことは、彼が国王に会ったということだった。忠義の念にあついことを誇りにしている家柄に生まれたという考えから、彼は、少年の頃から、国王を神のようにあがめていた。就任の挨拶に、彼が参上するとき、国王に拝謁するという光栄で、彼はすっかり震えていた。ところが、彼の見た国王という人間は、ひどく顔色の青い、そのくせ、落ち着きのない、どんよりした眼つきをしている若い男であった。彼が、おそるおそる挨拶の言葉を申し上げると、ひどくつまらなそうに、お前はどこから来たのかときいた。彼が、南原のことを申し上げると、若い王は南原は清国にあるのかときいた。彼は、王が冗談をいってからかっているものと思い、呆気にとられて見上げたが、王は、しごく真面目な顔できいているのだった。それから、お前はどんな仕事を受け持っているかときいた。彼は、またおどろいた。自分の仕事は王の命令できまるものと思いこんでいたのに、王は何も知らないでいるのだ。すると、いきなり、王のうしろに立っていた男が(それは領議政であった)、この男は倉庫係ですと答えた。すると王は、急にうれしそうにしながら、何か美味しいものを作ってきてくれといった。それで就任の挨拶は終わった。彼は、なんだか、白痴に会ったような気がしてならなかった。その後も、彼は、何回か、国王に会ったが、ある宴席で、王が、すっかり酔っぱらって、着物を着たまま大便をしたといって、まわりの者が大騒ぎするのをみたことがあった。

結局、王は、何も知らないばかだということだけがわかった。そして、大官連中が、このばかな王を思うままに扱って、自分勝手なことをしていることもわかってきた。

翰林は、何もかもいやになっていた。だから、自分の息子に、とやかくいうこともないように思っていたのだった。

夢竜は、ある日、おそくまで父の帰りを待っていた。翰林は、明け方近くなって、すっかり疲れた顔をして帰ってきた。父と子が、顔を合わせるのは、ずいぶん久しぶりのことであった。

「父上、今度の科挙を受けるつもりでございます」

さすがに、夢竜は、興奮していた。

「うん、それがいい」

父は、嬉しそうに答えた。息子が、たくましい若者になったことが、ただうれしかったのだった。

「お前、この頃は、あの実学派の先生のところへ行かないのか?」

「ときどき、参ります」

翰林は、また何か言いたかったが、あらためて言うほどのこともなかった。

夢竜は、しばらく言いにくそうにしていたが、

「父上、科挙に、もし登第できましたなら、一度、南原へ行ってきたいと思います」

と、父を見ないようにしていった。

「うん……」

父も息子をみないようにした。

息子は、それ以上、一言もいわずに、父の部屋を出ていった。

科挙の試験場には、全国から、数千の若者があつまっていた。これにさえ合格すれば、たちまち官吏に登用され、立身出世は思いのままになるのである。そのため、夜も寝ないで、ひたすら史書経書を暗記してきたのである。

夢竜は、わけなく、第一試験に合格した。この第一試験に合格すれば、地方の小郷の官吏になれるので

ある。たいていの者が、この試験でふるい落とされた。

次は、国王が、直接試問するという殿試である。これに応試するものは、百人あまりであった。しかし、国王は出てこないで、礼曹判書が詩題を掲げて詩作をやらせた。かたずをのんでいる若者たちの前にかかげられた詩題は、春にちなんだものであった。夢竜は、南原の春を思わずにはいられなかった。だが、次の瞬間には、痘痕先生からきいた「春窮」という言葉が浮かんだ。農民たちは、春ともなれば食糧に窮して、餓死に瀕するというのである。それがたいてい、地主たる両班たちや貪官たちの暴虐な収奪によるものであることと、一つは耕作法の幼稚さから、収穫のすくないためであるということを、きいていた。

出題の意味が、ただ自然の春を讃美するものなのか、それとも、春窮を問うているかは、疑うまでもないことだった。というのは、都にいる大臣たちの中で、春窮を問うほどの人物が、一人でもいるはずはなかったからである。ただ美しい春の詩を書けばよかったであろうが、正義感に燃え立った夢竜は、いきおい春窮もつけ加えずにはいられなかった。

夢竜は、一気に長篇の春の詩を書きあげた。

詩のなかには、南原の広寒楼で逢った春香の美しさがたたえられ、南国の春の情景が絵のように描き出された。それがさらに一転して、その春の野辺に、力なくたたずむ一人の農民の姿や、その家庭の貧窮について描かれていった。

自然と人生を讃美することに出発した詩は、悲惨な庶民の現実生活にたいする同情と義憤とに貫かれ、最後には、その現実に挺身して建設に奉仕する一人の若々しい情熱の持ち主を謳歌するところで結ばれた。

夢竜は、その詩を読み返すことを怖れた。自分の情熱のほとばしりを、なるべくなら、手をつけずに、そのままにしておきたかった。彼は、その詩作を、おそれも躊躇もなく、試験官の前に差し出して、静かに場外に出た。

試験場は、宮殿の一部があてられていたために、試験場の外は、広い宮殿内の庭園であった。詩題と同様に、この庭園にも春の気配がただよっていた。そこここに植えられた色とりどりの花々が、たがいに、つぼみをふくらませ、今にも咲き競わんとしていた。枯れしなびた草むらの上には、あたらしい若葉がつややかな緑を萌え出させ、立ち木の枝々には、みずみずしいつぼみのふくらみがあった。誰も出てくる者がなかった。庭園は静寂にとざされ、ただ自然の息吹きだけが、むせかえるように、夢竜の若い胸をかき立てた。


夢竜は、殿試の第一番になっていた。壮元という肩書きが、彼の名の上にかかげられ、それが試験場に誇らかに貼り出されてあった。

数千の眼が、その名にひきつけられ、讃嘆の呟きや溜息が人々の口からもれた。夢竜は、興奮のあまり息がつまりそうになった。彼は王に呼び出された。破格の光栄に浴したわけであった。

しかし、国王は、彼に一言も口をきかなかった。ただ気味の悪い目で彼を凝視しただけであった。国王の謁見が終わると、今度は領議政が彼を呼んだ。宰相は、満面に笑みをうかべて彼を迎え、さんざんお世辞をいい、彼の父の立派さなどをほめそやした。そして、

「どのようなお役を授かりたいかね？」

と、きいた。夢竜は、

「君王の御命令とあらば、どのようなことでもよろこんで承りましょう」

と答えた。

「さすがは、忠孝のほまれたかい家門の子だ。君王もさぞかしよろこばれるだろう」

そういって、宰相はひどく上機嫌になり、自分の家へ、父上と一緒に遊びにくるようにと、何回も念を押した。

李翰林は、息子の成功を、ひどくよろこんで、無理に幾日も祝い酒をつづけ、お前だけが希望だといって、息子を抱いて、泣いたり笑ったりした。ところが、宰相が、一緒に来てくれといったという息子の言葉をきくと、苦い顔になった。そして、宰相を訪ねる当日になると、急に腹痛を訴えはじめ、夢竜はしようことなく一人で訪ねて行った。

宰相は、待ちかねていたように、彼を、奥の間に招じ入れた。夢竜は、父が来られなかった言い訳をすると、それをかるく受けながしながら、

「そなたの評判は大したものだ。その若さで壮元になり、しかも、そなたの顔が、秀麗だというので、都中の娘たちが、そなたに逢いたがっている。家の娘共も、そなたの噂で持ちきりじゃ」

宰相は、声をたかめて、たのしげに笑った。

夢竜はあかくなった。そして、なぜか、不安になった。

「娘共が、そなたに御馳走がしたいといってな。今日は、朝から、仕度におおわらわだ」

そういって、宰相はためすように、じっと夢竜の顔をみつめた。夢竜は、はずかしさより、何か重苦しさで顔を上げることができなかった。彼は、宰相が、自分にしめしている好意を、どう受けてよいかわからなかった。ただ、自分が壮元になったためなのか、それとも自分という人間に親しみを感じてのことなのか……?

宰相に娘がいるということを、夢竜は、全然きいたことがなかった。だが、両班の家で、そう親しくも

ない若者に、娘の話を持ち出すことは、それが何を意味するかは、夢竜も、わかっていた。それにしても、いままで、全然交際をしていない自分に、いきなり娘のはなしをするのは、どういう気持ちからであろうか？　それとも、ただ、単純に、この場の冗談としていっているのか？　夢竜は、思いめぐらせている自分自身の気持ちを、ばかばかしいと打ちけしながら、それでも気にしないではいられなかった。

「どうじゃな？　そなたには縁談が多過ぎて困るであろう」

宰相は、眼を細めてきくのだった。

やがて、召使いの少年たちによって、大きなお膳がはこばれた。夢竜は、膳の上に盛られた豪華な御馳走におどろかずにはいられなかった。少年たちが引き下がると、若い娘が、白い陶器の瓶を、盆の上にのせて、うやうやしくはこんできた。そして、宰相の傍に近寄り、静かにおろして、夢竜の方に背を向け、何か小さい言葉で、ささやいた。宰相は、おうようにうなずきながら、

「夢竜殿、上の娘じゃ、彩鳳と申す。ふつつかものじゃが、そなたの人気に、あこがれている娘じゃ。はっははは、彩鳳、夢竜どのは、李太白といわれたほどの詩才じゃ。そちも詩を教えてもらうがいい」

娘は、肩を左右に動かして身悶えしてみせた。それからようやく、体を動かすと、まっかな顔をかくすようにして、夢竜の方に向かい、ていねいに挨拶をした。夢竜は、とてもまともには、見ていられなかった。ただ、同じようなていねいさで礼をかえし、顔をあげる拍子に、視線が、まともにぶつかった。

まるまるふとった肉づきのよい娘であった。しかし、眼や鼻や口もとあたり、格好よくととのった顔立ちで、みるものをたのしませるような顔つきだった。夢竜は、みてならないものをみているような気づまりで、重苦しい気分になり、低く頭をたれた。

宰相は、若い者たちの様子をみつめながら、ひどく大きな声で笑った。

娘は、すぐ立ち上がって出ていった。夢竜は救われたような気がした。宰相は、しきりに食べるようにすすめながら、酒をついだりした。夢竜は、だんだん重苦しい気分になり、一刻もはやく、逃げ出したくなった。

「ところで、そなたに、畏くも大役が仰せつかったのじゃ。一切、他言は無用じゃ……」

宰相は、急に声をひくめた。

「そなたの年に似合わぬ、鋭い観察と深い教養が見込まれたのじゃ。そなたの答案、判書殿たちや、その他の宮内官の間で、大変な論議をまきおこしたがのう。あのなかには、大分危険な考え方があるが、若者は、そのくらいの元気がなくては駄目じゃと、わしががんばってやったのじゃ……よいか、そなたが壮元になれたのも、わしの口添えがあったことを忘れてはなりませんぞ。まかりまちがえば、そなたは叛逆のおそれある者として追放されたかもしれないのだ。しかし、そなたは、畏くも王統の流れを汲んだ名門の子じゃ。よもや間違いはあるまいと、わしは、そなたを信じているのじゃ……」

夢竜は、全身の血が、流れをとめて凍りつくような気がした。自分の姿が、蛇の前に出た蛙の子のように思えた。

「……そなたに、仰せつかった役は、ほかではない。南方一帯の暗行御史《アムヘンオサ》じゃ！」

「えッ！　暗行御史？」

夢竜は、思わず、小さい叫びをあげた。

「しッ！　声がたかい！　壁に耳ありという言葉を忘れてはならぬ」

「でございますが、私のような未熟な者に、そのような大役を……」

「そちを、信じて、見こんだからじゃ」

宰相は、急に、おそろしい眼つきをして、夢竜をにらんだ。

「畏くも勅命とあらば、そなたはよろこんで承ると申したな？」

「それは、どんなことでも……ただ、身にあまる大役ゆえ……」

「死をとして尽くせば、そなたに出来ないことはないはず！」

夢竜は、黙って受けるほかないことを感じとった。万一拒んだが最後、翌日の自分の命がどのようになるかを、彼は、はっきり自覚した。

「説明するまでもなく、暗行御史が、どのような重大な役目であるかを、そなたは、充分わかっているであろう。畏くも、君王にかわって、地方をつぶさに探訪し、守領のなかで民の財物をむさぼる者、暴力や権力をもって脅迫し民を私用につかう者、冤《えん》獄にかかった者、土豪のなかに農地をひろく独占して納税をごまかしたり人民を勝手に使役する者、国家の課税に便乗して民の財を加徴する者、倫紀をみだし風俗を破壊する者などを、一々査察して君主に綿密な報告をするのじゃ。そのうち暴虐目にあまる者は、君王にかわって、その場で処決する権限があたえられている。よいか、そなたは、上は監察使(道長官)から牧使、府使、郡守、県監その他の下役や土豪にいたるまで、思いのままに取り調べ、そして処罰する権限がある。しかし、そなたは秘密を厳守せねばならない。処断を下すために大権を発動する時以外には、いかなる場合もそなたは身分を明かしてはならないのだ」

きくまでもなく、夢竜は、暗行御史の、いかにおそろしい役目であるかを、充分知っていた。その報告一つで、地方官は、たちまち呼び戻され、あるいは死刑にもされ、遠島に配流されたりする。そのかわりかくれていた義人は、たちまち重用され、表彰される。これほどおそろしい役目はなく、また責任の重い役目もないであろう。それだけに、決して容易になれない役目であった。

それにしても、いかに壮元になったとはいえ、なぜ、経験のない自分のような者に、この大役を命じたのであろうか？　それが、国王自身の意志なのか、それとも宰相の意志なのか、夢竜には判別できなかった。

「きけば、最近、南方各地の守領たちは、領民の保護はおろそかにして、ひたすら民の財物をむさぼって、資材を蓄えているというはなしだ。このように官紀が弛緩したのでは、国家の前途が危殆《きたい》に瀕することは、火をみるよりも明らかじゃ。一大粛正を断行せねばならない時がきたのじゃ」

それは、あの痘痕先生が、常に、口癖のようにいっていた言葉であった。宰相が、真実そのような気持ちになっているとすれば、自分も死力をつくして働くことができるだろう。夢竜はふるいたつ勇気を感じた。

「身命を賭して、かならず、任務を全うする覚悟でございます！」

みせかけだけでなく、決死の言葉であった。

「うむ！　さすがは、わしの見こんだ男じゃ。たのもしい覚悟じゃ」

宰相は、壮厳なひびきのあるいい方をした。ところが、また態度をやわらげ、

「……わしは、常々、人をやって地方の様子をさぐらせているのじゃ。で、大体、わしが推薦した者や、わしの知っている者たちは、別段間違いも起こしていないが、以前の宰相のとき、その手づるで就任した者は、その手づるの力を後ろ盾にして、思い放題のことをやっているようじゃ。ある者共は、自分たちの仲間同士が結び合って、国家に奉納すべき税金までも使いこみ、ひそかに軍資金をつのって、叛乱をたくらんでいるという噂もあるくらいじゃ。それでも、嶺南慶尚道の方は、わしの知っている者が多いから安心だが、湖南全羅道の方は、わしの係累がまるでない。ただ、南原に、わしの甥が一人行っているだけじゃ

が……」

「南原ですって？」

「ああ、南原を知っているかのう。ああ、そうか、そちの父が南原府使から転任してきたのであったな」

「さようでございます」

「では、南原をよく知っているであろう。南原に行ったら、ぜひ、わしの甥に逢ってくれないか。生来、すこしにぶいところがあって才のない男じゃが、悪気のない男じゃ。そちの父がいるときのようにうまくはいっていないであろうが、まあ、よろしく見てやってくれ。その近所は、みな、わしにたてつく連中ばかりが揃っているのじゃ。そのうち、わしは、この連中を一網打尽にして追放してやりたいと思っていたのじゃ。今度行ったら、なるべく隅から隅まで査察してきてくれたまえ」

宰相は、さかんに、夢竜に盃をさし、夢竜がつぐままに飲みほして、真っ赤な顔になり、とりとめもなくしゃべりつづけた。

……人間は、酔っているときが一番正直になるのだ。見栄をはる人間はその見栄が、嘘をつく人間は、その嘘が、もっとも大げさになる……。

いつか痘痕先生にいわれた言葉が、そのまま思いおこされた。だらしなく酔って、しゃべりつづける宰相の言葉から、夢竜は、党派根性を露骨にみせつけられたような気がして、不愉快でならなかった。一刻もはやく、ぬけ出したかったが、宰相は、なかなかはなしてはくれなかった。

ようやく、宰相の家を出たときは、すっかりあたりが暗くなっていた。宰相は、終日、他の客人を断って、彼の相手をしてくれたわけである。帰るとき、宰相夫人は彼のために駕籠を呼んでくれた。

家まで送りとどけるというのを、夢竜は、大通りまで出たとき、無理に駕籠をかえし、夜道を一人で歩いた。

酔いが出てほてる顔を、ひややかな夜風に吹かれながら、夢竜は、ゆっくり、大通りを歩いた。人通りはすくなく、ちりばめたような星のきらめきが、すぐ上にあった。

夢竜は、宰相の、過分にしめされた好意や、その言葉の一つ一つを思い返してみた。結局、宰相は、夢竜に、暗行御史という大役をあてがい、自分の党派にひきいれて、自派の勢力の拡張に利用しようというのであった。そして、相応の働きをして帰ってきたら、自分の娘をめとらせ、相当な宮内官に就任させるというのである。

立身出世を願うものにとって、それは、またとない恵まれた条件であった。夢竜は、自分が、非常な幸運に見舞われたことを感じないではいられなかった。しかし、彼は、それを有難く思ったり嬉しく受け取ったりする前に、いいようのない不愉快さに、とりつかれていた。自分の清らかな夢が、いっぺんに泥まみれにされたような、腹立たしさであった。できるものなら、宰相の家で飲まされたり、食べさせられたりした物を、全部吐き出してしまいたかった。それに、自分が、いままで、なんのために科挙の勉強に夢中になっていたのか、ちょっと滑稽な気がしてならなかった。

まっすぐ家に帰るより、痘痕先生に逢わずにはいられない気持ちになっていた。夢竜は、暗い、いくつかの路地をぬけ、町はずれの城壁近くの先生の家をたずねた。

表門をたたくと、先生は、自分で出てきて門を開けてくれた。

「壮元になったという噂をきいたぞ。どうせ受けたんなら、その位の成績はとらなくてはならんだろう。ところで、すこし酔ってるようだな……」

先生の冗談ともお世辞ともつかない声をきいているうちに、夢竜は、ふと、涙ぐましくなった。挨拶の言葉もいえず、黙って先生の部屋へはいっていった。暗い行灯《あんどん》の傍に、先生の読みかけらしい本が一冊広げられていた。

夢竜は、門をしめて後からはいってきた先生に、思いきり、すがりついて泣きたい気持ちだった。

「ところで、どんな役にありついたんだい？」

先生は、行灯の傍に座りながら、きいた。

「先生！」

夢竜は、せいいっぱい力をこめて呼びかけた。そうしないと涙が出そうでならなかった。先生は、答えないで、夢竜を、まともにみつめた。

「暗行御史になれというのです」

「暗行御史に？」

先生の眼に、光がきらめいた。

「そして、あの領議政は、自分の反対派たちの動静をさぐってこいというのです」

「うむ」

「先生、私は、引き受けて出てきました。私は、一体、国王や、国民のために働く人間になるのでしょうか？　それとも宰相やその手下たちのために動かねばならないのでしょうか？」

先生は、夢竜のいっていることはきいていないらしく、じっと一点をみつめて考えこんでいた。

「いつも、先生が両班たちを罵倒しているのを、私は面白くきいていました。しかし、それが本当だとはどうしても思えませんでした。でも、私は壮元という名をつけられて、急に自信をなくしました。宰相は、はっきり私を自分の都合のよい道具の一つに仕立ててやろうと思っているのです。私が、神より崇め、身を捧げようと思っていた王さまは、私に逢っても、言葉ひとつかけてはくれませんでした。そして、一切の命令は、宰相の口から出るのです。その人間は、私に、自分の気に入るような人間になれというのです。私は不愉快です。私は悲しいのです。どうしてよいかわかりません。正直、私は偉くなって、みんなのために、国王や国民のために働きたいと思いました。それが……」

せいいっぱい甘えるように、口をついて出る言葉を、なんの気がねもわだかまりもなく、夢竜は、ならべたてた。

黙って考えこんでいた先生は、急に顔を上げ、強い眼で、夢竜をみた。

「絶好の機会だ！　君は、忠実な暗行御史となって、地方の情勢を正確に調べてあるくのだ。そして、その資料が、どんなに得がたい力になるかわからないのだ」

夢竜は眼をみはった。先生が、このように力をこめて、このように真剣な眼つきで語ったことは、いままで、そう何回もなかったからである。

夢竜も、身体のひきしまるものを感じた。

「君は、国民や国王のために働きたいといったが、それは君の考えが、まだ真実を見きわめていないからだ。一人の人間のために働くか。全体の人間のために働くか、それさえまだ見わけをつけていないのだ。君は、王さま一人が幸せになるのと、国民全部が幸せになるのと、そのどっちがよいと思うのだ」

詰問するような、はげしさで、先生はきくのであった。いいかげんな返答はさせないという強い調子であった。

「国民全部が幸せになるのが、王さまのためにも幸せになるのではありませんか……」

夢竜はおずおずといった。

「じゃ、君の見た王さまは、国民のために骨を砕いて働いていたか？」

それには答えられなかった。あの青白く、だらしない格好の王さまが、国民のために熱心に働いているとは、どうしても考えられなかった。

「国民たちが、働いている国民たちが、どのように苦しんでいるか、そして、どんなに虐げられているか、君の、その眼で、しっかりたしかめてみるのだ。それにひきかえ、いわゆる官吏や土豪たち、両班という連中が、どんなことをして暮らしているのか、それを克明に調べてあるくのだ。ただ、それを見たり聞いたりするだけでなく、一々記録して、持って帰るのだ」

夢竜は、黙って、先生のたかい鼻をみつめていた。

「もちろん、君に暗行御史を命じた宰相は、君にそのような報告をのぞんでいるわけではない。彼の目的は自分の反対派を追放する口実をみつけたいのだ。だから、君は、その実際の記録を土台にして、君が、真実、全部の国民の幸福のために働かねばならない道を、はっきり、つかみ出すのだ。それは、いままでの君が望んでいたような立身出世の道とはおよそ正反対のものに違いない。期待を裏切られると、あるいは、宰相は君を追放するかもわからない。それと、最後まで闘うだけの勇気があるかどうかという問題だ」

夢竜は、自分が、大海の中へ放り出されたような気がした。

「自分の目的を、はっきりみつめていない人間は、何をやっても中途半端で、結局は、人に利用されるだけなのだ。自分の進む道というものを、君自身が、しっかり見きわめて、一歩一歩踏みしめていくのだ」

先生のいっている意味はわかっていた。しかし、もっと、はっきり示してほしかった。

「おれたちの住んでいる、この国の、ありのままの姿が、君に、はっきりわかっていないからだ。すっかり腐りきった両班というう じ虫共が、のさばって、そして国王の名前をかぶせて、人民たちの血やあぶらを吸いつくしているのだ。もちろん、王さまなんてのは、ただの飾り人形に過ぎない。そんなものは人民の暮らしに何の役にも立たない代物だ。それで、国民は、まったく生きる楽しみも希望もなくしているのだ。このままつづいたら、この我々の国というものは、滅んでしまうのだ。いま、西洋の諸国では、いろいろなものが発達して、世の中がどんどん変わっているのだ。国民たちの考え方も、非常に進んでいるのだ。ところが、朝鮮の押しひしがれた国民たちには、何もわからないのだ。だから、ここで、国民たちに吸いついているダニのような両班共を、一挙にたたきのめすような大事件がおこらねばならないのだ。そうなると、何も知らない国民たちも、ふるい立って、いろいろ考えはじめるのだ。自分の幸福を守ろうとする考え方もおこってくるし、両班たちに抑えられて生きていることが、つまらないことだということもわかってくるのだ。とにかく、一日でもはやく、大きな事件がおこった方が、それだけ両班の力を弱め、人民たちにあたらしい力をおこさせることになるのだ。君が、真実、人民たちの苦しみがわかったら、かならず、人民の味方になって、両班たちを、たたきのめしてやろうという考えになるはずだ」

先生は、興奮して、いくらかどもり気味だった。しかし、声には力がこもっていた。夢竜は、いくらか気が落ち着いた。しっかり考えて、はっきりした確信をもって突き進まねばならないというような気がした。

それから数日の後、夢竜は、誰にも知られないような貧しい身なりで旅立った。もっとも、それが、絶対に秘密を守るための暗行御史の服装としては、似つかわしいものであった。

彼の出発を知っていたのは、宰相と、痘痕先生と、彼の父翰林の三人だけであった。

都をはなれた、漢江のほとりで、彼は王の秘密指令書を受け取った。しかし、広げた書面には、べつだんあらたまったことも書いてなかった。ただ、その指令書を持ってきた男の前で、格好だけでも、王にたいして忠誠を誓う儀式をやらねばならないのが苦痛だった。

夢竜は馬にのって、道を急いだ。水原にくると、沢山の駅卒をひきいた彼の部下となる男が待っていた。夢竜はこれらの部下たちを引き連れて、全羅道の境界線へ急いだ。

うねうねと曲がりくねっている錦江の流れにせまって、一行は足をとどめた。この流れの向こう岸が全羅道である。

ここで彼は、部下たちを、密偵として、全羅道の各地に派遣せねばならなかった。もともと全羅道は、朝鮮の穀倉といわれる農産地で、全国で一番人口の密度のたかいところであった。百済が栄えたのも、この農産物のためであり、新羅がこの地を併合して急に栄華を誇ったのも、この地の産物を収奪していったためであった。その新羅が滅亡したのも、この地に拠って立った甄萱《キョンヒョン》の後百済の反抗のためだった。李朝になってからも、この全羅道の穀物は、いつも国家の財政の基盤となってきたのである。それだけに貪官汚吏をもっとも多く出すのもこの道であり、党派争いの争奪の的となるのもこの地であった。

領府一、牧三、都護府四、郡十四、県三十七、それだけの区域のなかに、各々守領たちは、むさぼることに余念がないのである。夢竜は部下を、左右に分けて入りこませることにした。

全州、益山、金堤、古阜、錦山、珍山、礪山、万頃、臨波、金溝、井邑、興徳、扶安、沃溝、竜安、咸悦、高山、泰仁、羅州、光山、霊巌、霊光、咸平、高敞、長城、珍原、茂長、南平、務安、長興、珍島、康津、海南、済州、大静、族義、これだけが右道であった。

左道は、南原、潭陽、淳昌、竜潭、昌平、任実、茂朱、谷城、鎮安、玉果、雲峰、長水、順天、楽安、宝城、綾城、光陽、求礼、興陽、同福、和順であった。

「それではよいか。そなたたちは、守領たちの政治のしかたや人民にたいする扱い方を、つぶさにしらべるのだ。それから、書院や、寺院によって、人民をみだりにこき使っている両班たちはいないか、あるいは田地を独占して農民たちを苦しめている土豪はいないか、でたらめやふしだらな行いをする者はいないか、そういったものを、どんな人間たちであろうと、細かく調べるのだ」

駅卒たちは、ときの声のような勇ましさで答えた。

「それぞれ調べが終わったら、来月の二十五日までに、南原の府内にある広寒楼にあつまれ。期日をたがえてはならぬぞ」

気負い立った駅卒たちは、儀式の終わるのを待ちかねたように、それぞれ、身なりを調えて川を渡っていった。

夢竜は、ひとり、落ちぶれた貧乏書生の装いをして川を渡った。川の底は浅く、砂が銀色にきらめいた。水面にうつる、自分のうすぎたない装いをみつめ、夢竜は、なんだか、これが仕事のための扮装でなく、自分の真実の姿のように思えてならなかった。

夢竜は、五里亭で別れた春香のことを考えた。あのとき、素朴な功名欲を捨てきれないままに、嘆き悲しむ彼女を残していった、自分の姿を思い返した。

そして、三年の間、彼は、一枚の手紙も書かずに、過ごして来てしまったことを、はげしい後悔の念で回想せずにはいられなかった。

都にのぼってから、彼は、どんなに、彼女に逢いたいという欲望のために悩んだかわからなかった。何もかも投げすてて、南原に駒を走らせたい衝動に駆られて、ときには、終日、南の空をみつめていたこともあった。しかし、一応目的を果たすまえに志をまげては、立派な男ではないと、彼は、自身の心に鞭を加えていたのであった。

壮元になった知らせを、春香がきいたら、どんなによろこんでくれることであろうかと考えた。しかし、彼は、それを告げる気にはなれなかった。ただ、恋のためによろこんだりかなしんだりすることが、なんだか、遠い昔の夢のように思えたからであった。

三年の間、彼はひたすら勉学につとめた。その間、幾度か、遊里の巷へ誘われはしたものの、春香の幻が、彼をひきとめた。彼の若い血は、ときには、堪えがたい苛立たしさを伴って、異性の肉体を求めた。そのために、眠られぬ夜も、何回かはあった。そういうとき、彼は、静かに眼をつむって、紅葉に彩られた古びた亭上に泣き濡れた彼女を思いうかべ、あるいは、広寒楼の池の面にうつった彼女のはれやかな顔をしのんだ。

それに、眼にふれるすべての女が、彼女ほど美しくないということも彼の清純さを保たせる大きな力となった。一日として、彼女を思いおこさぬ日はなかったのであったが、彼は口をつぐんで誰にも打ち明けようとはしなかった。ただ、彼の母が、何かのついでに、二、三度、春香のことを口に出したことがあった。だが、彼は、自分から顔をそむけて部屋を出ていったものだった。

部下の駅卒たちに、査察を終えて、南原にあつまれといったのは、べつだん、特別な予定があったわけではなかったが、任務を終えたのち、暗行御史の、はれの姿になって、彼女に逢ってみたいという、漠然とした思いつきからであった。

ところが、南原という目的地が、決まってみると、彼は、一日もはやくそこへ行ってみたい気がしてならなかった。その上、この三年あまりの間に、彼女の身の上に何か変わったことでもおこっていないかという不安さえつのってきた。

川をわたり、土手の上に座って、夢竜は、はるかに広がる湖南平野をながめた。田んぼには、ここかしこに立ち働く農民の姿がみられ、点々と、鋤をひっぱる黄色い牛が、のろのろと動いている。陽炎がたちこめて、ひとりでに居眠りがしたくなるようなのどかな春景色である。それは、かつて、広寒楼の楼上でながめたものと、ひとつもかわらないようなものであった。

三年の、都の生活の間、彼は、一度も、こうした野の景色をながめたことがなかった。家と家にとりまかれた道を、毎日、あるき回っただけである。

母のふところにかえったような、なつかしさで、彼は、涙のにじむ思いがした。何もかも美しく、すべてが平和を謳歌していて、一切が幸福につつまれているように思えた。ここに、醜い奪い合いや、死に追いつめられる極貧や、飽くことを知らぬ貪欲なむさぼりがあるとは、どうしても考えられなかった。考えたくもなかった。

……だが、彼は、また考えずにはいられなかった。一体、自分が、なんのために、つぎはぎだらけの、ぼろをまとって、ここに来なくてはならなかったかを……。

ありのままの姿を、ありのままにみてくるのだ。はたらく農民たちが、どんなにみじめな格好であるかを……。

夢竜は、あるき出した。そして、街道筋に出た。

幾人かの農民とすれ違ったが、すれ違う人々は、夢竜の眼つきを、胡散臭そうに、にらみ返して、急ぎ足で行ってしまった。夢竜は、なんとか話しかけて、いろいろなことを、きいてみたいと思ったが、とりつくしまがなかった。彼は、街道筋からはいった農村の中に足を踏みいれた。五十戸ばかりの百姓家がならんでいる部落であった。

と、村はずれに遊んでいた一人の男の子が、

「乞食が来た！」

と、叫びながら、部落の中へ駈けこんでいった。部落のなかの路地へはいると、家々の門口にまっ黒く汚れた垢まみれの子供たちが、半分怖いような半分からかってやりたいような顔つきで、彼をにらみつけていた。

夢竜は、急に、なさけなさを感じた。なにもかも投げ捨てて、逃げてかえりたいような衝動にかられた。だが、ようやく冷静にかえって、家々をのぞきこんでみた。家らしい家は二、三戸に過ぎなかった。あとは、ほとんどが、門も塀もなく、まるで、牛小屋か豚小屋のような、低い屋根で、障子も満足なものがついてなく、むしろを、部屋の入口にかけている家もあった。ものうい顔をした中年の女が、だらしなく胸をはだけて赤児に乳をのませていたり、半裸の子供が、竿をもって鶏を追いかけ回したり、髪をぼうぼうにした若い女が犬を呼び立てたり、青ぶくれした顔をした爺さんが、なかば死にかかったような格好で、庭のむしろの上に寝ころんでいたりした。若い男がいないのは、たいてい働きに出かけているのであろう。それにしても、年寄りといわず、若い女といわず、子供といわず、さっぱりした着物を身につけているものは、ほとんど眼につかなかった。犬や豚と見分けがつかないといってもよいほどであった。彼は、肌寒いものを感じた。

それまで、彼は、何回か、農村にいってみたことがあった。それは、彼が、まだ幼い少年時代のことであったが、官家の下吏に負われながら、行った家は、大きな牛が二頭も三頭もいたし、豚や犬や鶏や山羊などがいて小さい彼をひどくよろこばせた。それに、家の人々も、きれいな着物を着ていた。庭先には稲束を積み重ねた山のようなものがしつらえてあり、倉には米俵がつみ重ねられていた。彼は腹がいたくなるほどたくさんの御馳走を食べさせられたが、わけても彼の忘れられない思い出は、蜂蜜の甘さであった。

彼は、つねに、農村を、夢のような甘さで描き出していた。そこには牛と豚と山羊と鶏と、そして蜂蜜と、ただにこにこしながら、御馳走をはこんできたやさしそうな人たちがいた……。ところが、眼の前のこのみじめさは、何としたことであろう。

部落のはずれまで出て、彼はもう一度、部落の中まで戻っていかずにはいられなかった。いま見たことが、真実の姿とは、どうしても考えられないような気がしたからであった。だが、もう一度、念をいれてのぞき回っているうちに、彼は、あたらしいものを見出した。それは、ほとんどの人々が、痩せさらばえてようやく生きているようにみえるということだった。

一体、この人たちは何を食べて生きているのであろう？

そういう疑問がおこったのは、どの家も、まるで穀物というものを干していなかったし、どの家の庭先にも稲束をつみ重ねたようなものもなく、ましてや倉らしきものなど見当たらなかったからである。

「また、乞食が、もどってきたよ！」

どこかで、子供の甲高い声がした。彼は、顔をあからめて振りかえった。五十がらみの婆さんが、子供の傍に立って、彼を手招いた。

「あんた、まだ貰えないでいるんでしょう？家にいらっしゃい。お粥だけれど、一緒に食べましょう」

その言葉に、夢竜は、我に返り、自分は乞食ではないといいかけたが、あわてて口をつぐんだ。彼は、黙ってお辞儀をして、婆さんについていった。

その家は、部落のなかでは、まだ、ましな方だった。部屋が二間あり、部屋の前に縁側がついていた。彼は、縁側に案内され、お膳の上に、粥をもった丼一つと、漬物一皿とをあてがわれた。

「若いのに、そんな身なりをして歩いて……何か訳があるんですか？」

「ええ、父が配流になって、一家が離散してしまったのです」

「まァ、それじゃ、あんたは両班だね？　道理で、乞食にしても、新米だと思った」

婆さんは、親切にいろいろなぐさめの言葉をかけてくれた。彼は、変な気持ちになりながら、それでも、真実、人の情にふれたような気がした。彼は、いかにも飢えている乞食らしく、急いでかきこまねばならないと思った。ところが、一さじ口にいれて、何か妙な味のためにあやうく吐き出しそうになった。

「この粥は、何ですか？」

「蔓草の根っ子を粉にしたものだよ。この近在の者は、金持でないかぎり、今頃になると、誰でも、こればっかり食べてるんだよ。まずいかね？　なれると、これもうまいもんさ」

夢竜は、眼をつむってのみこんだ。そして、また一さじを口にいれた。一ぱいの粥を食べることが、彼には、おそろしい刑罰のような気がした。

「お前さん、まだ苦労が足りないね！　ここじゃ、これも食えなくて、餓死している者が出ているんだよ」

婆さんは、怒ったような声を出した。夢竜は、腹をちぎられるような苦痛を感じた。

「うまいものが、食べたかったら、村内の郡守さまのところへでも行くんだね。同じ両班の端くれだと思って、飯ぐらい食べさせてくれるかもしれないさ。俺ァたちが、一年中、汗水たらしてつくった籾は、全部、郡守さまの使いだという郷吏さんたちや、風憲（村長）さんや、里正（部落長）さんたちがやってきてかっさらっていったんだから！」

ようやく、ながい時間をかけて、夢竜は、一ぱいの粥を食べ終えた。しかし、食べるときのまずさにひきかえ、後味は、さっぱりしたものだった。

なぜか、夢竜は、涙が出てならなかった。自分が、一ぱいの蔓草の粥にも値しない人間のような気がした。

夢竜は、逃げるようにして、部落を去った。そして、痘痕先生のいったことが、すべて、正しかったことを、はっきり自覚せずにはいられなかった。

どのようにして、食べることに思いわずらうことのない人間と、いつも飢えに追いやられている人間とができたのであろうか？　そして、どのようなやり方で、食糧をつくるこの農民から、里正や風憲や郷吏や郡守や監司や大臣たちや王さまが、籾一粒残らないように奪いとっていくのであろうか？

彼は、郡守のいる町の方へ急ぎながら、自分もまた、農民を飢えさせて奪いとった食糧で、一度もひもじい思いをしないで生きてきた人間であることを、はっきり思い知らされたような気がした。


その頃、南原には、あらたな噂が、口々に伝えられていた。

……春香が、いよいよ、殺されることになったそうだ……。

……来月二十六日は、府使さまの誕主日でその誕生祝いに、春香を、はりつけにするそうだ……。

……妓生の娘のくせに、おとなしくしていれば、好き勝手なことができるものを、府使なんかにたてつくから、いいみせしめだ……。

……天下に二人とない烈女を、なんというむごいことをするのだ。いまに、府使の上に、天罰が下るだろう……。

当の府使は、毎日のように豪遊をつづけていた。赴任のとき、八十名であった府妓が、三年後の今日には、倍近い百五十名になっていた。その大半は、近在の農家や町家の、美しい娘や若妻を、強制的に奪いとったものだった。

一切の政務は、首吏以下の郷吏たちの手で行われていた。ただ、下学徒は、郷吏たちに、毎日の宴会費や、妓生たちを着飾らせる費用を支弁するように命じていた。郷吏たちは、きわめて忠実にそれを果たした。というのは、彼らは彼らなりに、いろいろな金儲けができたからである。

府使は、いつも牢獄のなかが満員になるようにした。囚人が増えれば増えるほど、彼のところへは、いろいろな物や金が運びこまれたからであった。ところが、彼も、春香にだけは、どうにもならない敗北感を感じつづけていた。

彼は、いまだかつて、ねらいをつけた女から、拒絶されたという経験がなかった。彼が要求すると、恐れおののきながらも、彼の意に従い、一度、服従したが最後、彼から、どんなに虐待されようと、彼のなすがままにつき従って離れなかった。彼はまた絶倫の精力家であった。宴席がくずれ出すと、彼は、かならず四、五人の女をかかえて寝室にはいるのであった。彼は、どんなことをしてでも、春香を屈服させずにはおかぬと思いつづけた。

そのため、彼は春香を入牢させて、およそ一年くらい経った頃、首枷をはずさせ、毎日、獄卒に命じて、薬用人参を煎じてのませた。一ヵ月後に、春香は、すっかり健康を回復し、みちがえるような肉づきになった。彼は、はやる心を抑えて機会を待った。そして、ある晩、一人の獄卒に命じて、官家の隅のふだん使わない物置きのような部屋を改造し、そこへ春香に眼かくしをしてつれて来させた。獄卒二、三人のほかは、誰も気がつかなかった。

彼は、ほかに誰もいない部屋のなかで、あらゆる言葉をつかって、口説いたり、哀願したりした。しかし春香は、氷のような冷たさを、決してゆるめようとはしなかった。彼は、その三人力もあるような暴力をつかって、手ごめにしようとした。しかし、彼は、鼻や唇や手を噛まれ、傷だらけになっただけで、失敗に終わった。

その後、一ヵ月ばかり、彼は、獄卒に命じて、春香を絶食させた。気を失うまでに飢えても、春香は、一言も苦しさを訴えなかった。そして、獄卒は、ひそかに、春香の母のはこんで来た粥を一日に一度ぐらいは食べさせた。

思い切って、殺してしまいたい衝動に、幾度となく駆られたことがあった。だが、いざとなると、あきらめきれない彼女への執着のために、殺すことはできなかった。

みじめな敗北感と、満ち足りない思いのために、彼自身も考えたことのないような、残酷なことを始終くりかえした。

一度、彼は、道監司から、北国の国境へやる兵卒を五十名ばかり、選び出せという命令を受けた。ところが、選び出された兵卒のなかで一人の若者が夜逃げをした。二日ばかり経ってその若者は捕らえられてきた。若者は、結婚してまだ一月も経っていなかったのであった。彼は、早速、その新妻を呼び出し、二人を真裸にさせて、荒縄で一緒に縛らせた。さすがに、刑吏たちも顔をそむけた。それを、もっと手荒くしないからといって、傍にある棍棒で一人の刑吏の頭をなぐりつけ、刑吏はその場にぶっ倒れ、ついに息絶えてしまった。それは雪の降る寒い日であったが、彼は、この荒縄でくくられた裸夫婦を、一晩、外に立たせて置いた。翌朝、この哀れな若夫婦は、しっかり抱き合ったまま凍死していた。使令たちも、気味悪がって誰も手をつけようとしなかった。それを、朝から酔った彼は、凍死体を強く蹴りとばした。

……人間でない、鬼が化けてきているのだ。たたりのないように、ただ拝んでいるほかない……。

人々は、そのように噂し合っていた。

獄中の、春香の耳にも、すべての噂が、とどいてくるのだった。

もはや、彼女は、怒るほどの気力もなかった。だが、彼女の頭だけは、ますます冴えざえとしていった。汚れた臭い壁をみつめていても、彼女の脳裏には、さまざまの世の中の動きがやきつけられた。彼女は、すべての怨魂の身がわりとなって、同じ人間を、力のない弱い人間を、思いのままに苦しめている人間共を、呪い殺すまでは生きていなくてはならないと思った。いや、たとえ殺されても、自分の魂は、無限に生きのびて、この無慈悲な人間共が、世の中から一人もいなくなるまで、呪いつづけねばならないと思った。

彼女は、よく夢をみた。

夢ではあったが、彼女は、それが、頭や体の疲れからくるものだけだとは考えられなかった。彼女は、夢のなかで、すべての悪人たちが、煮られている、大きな釜のなかをみつめていた。それらの悪人共は、やがて糟のようになり、粉のようになって散ってしまった。すると、そこに花園ができていた。みんなが、にこにこ笑いさざめきながら、はたらいていた。すると、向こうから、夢竜が、大きな笠をかぶって出てきながら、さかんに舞いを舞っていたりした。

彼女の母は、ほとんど毎日のように、獄にやってきて、彼女をなぐさめたり、愚痴をこぼしたりした。そして、彼女の母の結論は、いつでも、あきらめがかんじんだということであった。だが、彼女は、あきらめてはならないと思った。

……人を苦しめる者は、かならず没落して、苦しむようになり、苦しめられる者は、かならずその苦しみから脱けられるときがくる……。

その、単純な教えが、決して、間違ってないことを、彼女は、深く強く信じていた。ただ弱い者が、いつまでも苦しめられているのは、すぐ、あきらめて、降参してしまうからだ。どんなことがあってもあきらめないで、どこまでもたたかう者は、かならず勝つのだ。そして、悪い奴の前に降参する者は、降参する者も悪い者に味方することになるのだ……と、彼女は、はっきりした言葉で、いうのであった。

ある日、春香の母は、一人の盲人をつれてやってきた。

「昨夜、わたしゃ変な夢をみたので、占ってもらったんだよ。そしたら、お前に、近いうちに、変わったことがおこるというんだよ。この頃、お前、来月は、お前がはりつけにされて殺されるという噂で、もちきりだろう。あたしゃ、やっぱりお前が殺されるのかと思って、たまらなくなって泣き出したんだよ。そしたら、お前、占いの出方が違うというんだよ。なんか、うれしいことらしいんだよ。お前に逢って、お前の占いをしたら、きっとはっきりわかるというもんだから、あたしゃもう我慢できなくて、この盲人をつれてきたんだよ」

母は、期待にもえて、じっとしていられないといわんばかりであった。

「そりゃ、おめでたいことがあるかもわからない。さ、春香、はやく、みてもらったらどうだ」

傍に立っていた獄卒までが、一緒になってせきたてた。そして、すぐ房の戸をあけた。

「春香さん。わしは、眼は見えないが、心霊が見えるんだよ。そなたの前に立つと、鬼気が漂っているようだ。無理もない。じゃが、昔の、娘のような、わだかまりのない素直な心になっておくれ。そしたら、わしは、そなたの眼の前の運勢を、はっきり言いあてることができるんだよ」

「いいえ、私の心は、澄んでおります。私は何もおそれはいたしません。私は、自分にとらわれている心を、きれいに流してしまうことができました」

すきとおるような声で、春香は答えた。

「そうであろう。そなたは、美しいおなごじゃときいていたが、心も美しい。いま、すぐ、占ってあげよう。しばらく眼をつむって、わしの方を向いていてくれ」

盲人は、なにか念ずるような風であった。春香の母と、一緒にのぞいている獄卒の方が、そわそわしていた。

「春香、これは、めでたい占いじゃ。そなたの思い人が、近いうちに訪ねてくるぞ！」

「えッ！　本当でございますか！」

春香は、思わず声をはずませた。

「たしかじゃ！　もう都をたっている。すこし暇のかかる途中とみえて、すぐは来られないが、そう遠いことではない。しかも、その人は、ただの人ではない」

「なんですって！　ただの人じゃない？　それじゃ、きっと、科挙に受かったんでしょう？」

春香の母が、ひったくるようにきいた。

「ふむ。どうも、はっきりせぬが、殺気をはらんでいる。うむ。たしかに強い権勢をもった役目じゃ」

「まァ、それじゃ、この子が殺される前に、助けに来られましょうか？」

「……そうだ。春香さんは、殺されはしないぞ」

「ああ、ありがとうございます。ああ、この子さえ助かれば、もう、わたしゃ思い残すことはない」

春香の母は、感きわまって胸をたたいた。

「いいえ、お母さん、私は、助かろうとは思いません。私は、殺されることを覚悟しています。ただ、殺される前に、私は、あの方に逢いたいのです。私がどのような気持ちで、死に向かっているかを、あの方に、はなしておきたいのです。私は、それよりほかはのぞみません。でも、もしあの方に逢えないで殺されたら、私の魂は、浮かぶ瀬がありません。私は、死ぬにも、死にきれない……」

冷やかな風が、獄門をゆすぶった。

「そのように、思いつめることはないぞ。わしの占いに、狂いはないからな……」

盲人は、そういって立ち上がった。しかし、声は、ふるえていた。何かしら、鬼気を感じているといわんばかりに、杖を、がたがたさせながら、出て行こうとして、柱に、ぶっつかったりした。

やがて、盲人が、春香の母に手をひかれて出ていったあと、獄内は、急に、ひっそりしてしまった。

しかし、春香は、なにかしら、ほのかな夢をみているような気持ちになっていた。置き忘れられた自分の心が、眼に見えぬ糸によって、遠くはるかにつながっているように思われた。

獄卒の、退屈しのぎに歩いている足音が、二、三度、格子戸の前を通ったかと思うと、やがて、戸をゆすぶる音がした。

「なあ、春香、お前、都に帰った夢竜さまのところへ、手紙を書いたらどうだ?」

春香のために、いろいろ世話をやいている獄卒の一人であった。卑しめられて、絶えず腰をかがめてばかりいる獄卒の刻みこまれた額の皺が、春香の眼の前に、娘をいたわる父親のような優しさをこめて、現われた。

「手紙を……」

春香は、消え入るような声で呟いた。

「そうだよ。なあ、夢竜さまは、出世なさってるかもしれねえ。そしたら、お前を助けに来てくれるかもわからんじゃねえか? そして、あの房子《バンジャ》にたのみねえ。あ奴は、あれで、お前のことはひどく気にしていたからな」

獄卒は、紙や硯箱までもってきてくれた。

「はやく書きなよ。なあ、俺ァ、仲間にたのんで、房子を呼んできてやるからな」

紙を広げて、春香は、しばらく、その白さをみつめていた。みつめているうちに、涙が頬をつたって、紙の上におち、まるく、しみをつくってひろがった。

涙にかすむ眼をぬぐいながら、春香は、細い字をつらねた。久しい間、書いたことのない字が、一字一字、何か生き物のように、紙の上に躍りあがっているようであった。

どのくらい、時が経ったのか？　春香は、書くことに我を忘れていた。

「てへえ、わしを、こんなところへ連れてきて、どうする気だよ？　わしは、なにも、かかるようなことをした覚えは、ねえんだぜ。てへ、こりゃ、どうだ？　この臭い匂い、これじゃ、いくら地獄だといったって、あんまりひでえやね」

にわかに騒がしい男の声がした。それが、房子の声だということに気づくまでに、かなり暇がかかるほど、春香は、手紙のために気を奪われていた。

「春香、お前のことは、俺だって、いつも案じていたんだ。なにせ、お前を、こんな目に合わせるもともとの原因は、夢竜なんかに操を立てるようにしむけたことにあるんだからなあ。今さら、愚痴をならべたってはじまらねえけどよ。ああ、広寒楼の前で、ぶらんこに乗っていたお前は、たしかに、きれいすぎたからなあ。それにしたってよ、なあ春香、都に帰った夢竜は薄情だぜ。お前は奴に義理立てをしてるけれどよ。俺は、はじめっから、奴が気に食わなかったものだ。怒るなよ、春香、俺ァもともと口が悪いんだからなあ、俺だって、奴にはずいぶん、奉公をつくしたもんだが、野郎、都へ帰ってしまうと、便りひとつ、よこしやがらねえ。もっとも、俺なんざあ、手紙がきたからって、書かれた文句が読めるほど、学というものがあるわけでもないがね」

多弁な房子の、おびただしい夢竜の思い出ばなしを、春香は、眼をつむってきいていた。房子が口汚く彼を罵れば罵るほど、春香は、房子の親しさを感じた。

「房子、わたしは、ここで殺されます。わたしが死ぬ前の、最後の願い、房子は、きいてくれない？」

「いやだぜ、春香、お前の願いとあれば、命をかけても、俺ァきいてやるぜ。遠慮なく言いねえ、その願いってのをよ」

「ねえ、夢竜さまのところへ、私の、この最後の手紙を、もっていってほしいのよ。お願い……」

「ふむ。手紙を、都にもってってくれってんだろう。そりゃ、もってくともさ。だけど俺ぁ、正直だからな、いうけどよ……」

しぶる房子を、横で一部始終をみていた獄卒が、なかば脅迫して、手紙をもっていくことを引き受けさせた。

「しようがねえ。俺ぁ、春香、お前が好きだからなあ、お前の願いのひとつぐらいきいてやらねえことにはなあ……」

そういって、房子はにぎやかに笑った。

第八章　破邪の剣

眠いほど、暖かい陽ざしのなかを、夢竜は、のんびり歩いていた。

向いの丘に　地ならして
そこに一軒　家を建て
丘のふもとに　井戸を掘り
丘の上には　田をつくり
丘の下には　水田をつくって
五穀調え　蒔いたのち
屋根の上には　夕顔の
蔓をば長く　はわせおき

味噌のなかには　沙参(つるにんじん)
味も美味しく　漬けたれば
九月のとりいれ　終えたあと
酒をば醸し　餅をつき
小牛も一匹　屠ってから
南隣北村　隅々の
人と人とを　招きいれ
楽しく共に　遊びなや
働く農家の　楽しみは
これに過ぎたる　ものぞなし

農村をめぐっている間に、無心な童子の口にうたわれるこの歌を、夢竜は、いつとはなしに覚えこんで、口ずさんだ。人の心をなごませ、豊かな農村の香りをふくんだ歌であった。

だが、夢竜のみた農村の姿は、そのようにおおらかなものではなかった。彼は、はじめて、自分たちが、何ひとつ不自由なく暮らしてこられた世の中の、さまざまなからくりをつかみとることができた。そして、地方の守領になることが、どんなによい蓄財の方法であるかもわかった。

わかれば、わかるほど、夢竜は、なぜか重苦しい絶望感にとらわれた。暗行御史《アムヘンオサ》という職業意識と、単純な正義感から、彼は、地方の守領や、官吏の使用人たち(衙前《アジョン》)や、土豪たちの悪事を、くまなく探索することに熱心であった。ところがやがて、彼は、自分の見識を疑うほど、あまりにも理不尽なことが平然と行われているのに驚かずにはいられなかった。

彼の調べた対象の守領のなかで、一人として清廉潔白な官吏らしい官吏はなく、その配下に使われている衙前たちは、どれもこれも盗賊のような悪党ばかりであり、地方に安居している両班《ヤンバン》というものは、揃いも揃って、強奪を事としているダニのような存在であった。そして、農民たちも、彼が思い描いていたような純朴な人は、滅多にみることができず、たいていは、人の顔色ばかりうかがって暮らしているような卑屈さを感じさせた。そして、それらの農民のなかにも、豪農、富農、貧農、などなど、実にさまざまの階級があることがわかった。

真面目に働く者は、かならず幸福に暮らせるという素朴な信念を、夢竜は強くもっていた。ところが実際は、真面目に働く者ほど、惨めな暮らしをし、働かない者ほど、贅沢な暮らしをしていることがわかった。秩序は、それがあるべき姿で守られているのではなく、すべてうらはらな逆の姿で、たもたれていた。

彼は、痘痕先生の言葉を一つ一つ思い返さずにはいられなかった。

……すべては病膏肓《こうこう》に入っている。両班階級というものが、すっかり没落してしまわないことには、わが国は立ち直れないのだ。永年のあいだの暴力的な支配のために、賤民たちばかりでなく、一般の常民たちも、奴隷根性が身にしみついている。だから、大事なことは、農民その他の、実際に働いている人たちに、元気を出してもらわねばならない。そして、その人たちの力で、両班共をぶっつぶしてしまう。そうしたら、うんと変わった世の中が生まれてくるだろう……。

なんだか、こわい言葉で、彼はそれをよく理解できないままにきいたものだった。ところが、実地に、地方を歩いて、一般の人々の暮らし向きや、地方守領たちのやり方をみて、彼は痘痕先生の正しさを、いやおうなく認めずにはいられなかった。

畏くも君恩に報ゆるためには、粉骨砕身、政務に励まねばならない。民はすべて君主の赤子だ。さればこそ、民を愛撫することが、官吏たるものの第一のつとめだ……。

そのように教え込まれて育った彼である。だから、地方の守領は、何よりもまず民を愛撫するものだと、思いこんでいた。彼の父が、折々に語ってくれたことも、それであった。

「民を愛さなければならない」と。

ところが、現実において、民を愛撫するという言葉が、どんなに空虚で、ただの飾り言葉であるかを、彼はみた。百姓は、お粥さえ食べられないのに、守領たちは、あらゆる名目で税金を取り立てにやらせる。そのくせ、両班の地主や、富農の家には、ほとんど税金の催促にもいかない。

一体、どうして、このようなことになったのか、彼には判断ができなかった。大典通編その他の法令を規準として考えるときは、守領のなかで、一人として、犯罪に該当しない者はなかった。とすれば、役人全部を投獄せねばならない。しかし、それができる相談でないことは、彼にも充分判断できた。

と、すれば、暗行御史たる自分は、何のために地方に派遣されてきたのであろう?

このような官紀の腐敗は、結局、社会機構全体が間違っているために起こったことで、一人の守領や衙前の問題ではない。……彼には、そのようにも思えた。

誰も信じられない。おそらく、それが一番大きな原因であろう。だから、人々は、めいめい自分だけが生きればよいという、自分勝手な生き方をするほかに方法がないのではなかろうか?

賢い君王だとか、聖徳たぐいなき主上だとか、最大限の尊称をつかって呼びかけている国王が、実はただの、愚かな放蕩息子に過ぎなかったということがわかったとき、どうしてその下の官僚たちが、犬馬の労をとる気になれるであろう? そして、中央の官僚が、国家のためより、自分たちの私腹を肥やすことに汲々としていることがわかっていたら、地方の守領が、真面目に国務を考えるはずはない。とすれば、その守領に追い回されている徇前たちが、正直に働く気になれるものではない。そして年がら年中しぼり取られているばかりで、何一つとして、国家の恩恵を蒙らない人民たちが、どうして忠誠をつくし、また素直な気持ちになっていられようか？

彼は、なんだか、生きる希望を失ったような気がした。人間の顔をみるのもいやな気がした。なにもかも投げ捨てて、どこか山奥のお寺のなかにでもこもっていたい気がした。ところが、彼は、小さいときから、お寺なんてものは、なまくら坊主が、たむろしているところで、とても君子の近寄る場所ではないと教えられていた。

先朝(高麗)は、このなまくら坊主と、ろくでもない仏教と、そのお寺のために滅亡してしまったのだということを、彼も、心にしみこむほど、いわれてきていた。

お寺にいってみても、また失望するだけに違いあるまい。とすれば、行かない方がましなのだ。そうも思ってみた。すると、どうしてよいのか、なんのために歩き回っているのか、彼は、自分のやっていることのばかばかしさに、たまらない気持ちになった。

道端の草むらの上に身を投げ出して、彼は高い、澄んだ、青い空を見上げながら、それからそれへと、はてしない連想をつづけていった。

すると、また、耳元で、痘痕先生の言葉を聞いたような気がした。

……事実を事実のままにみてくるがよい。そして、その結論のもとで、俺たちは、あたらしい住みよい世の中をつくるために、立ち上がらねばならないのだ……。

その言葉を思い返した瞬間、あらたな勇気が、全身にみなぎった。彼は急いで立ち上がった。

事実を事実のままに、そして、その原因を冷静に分析してみること、それが、当面の自分のつとめだ。真面目な人は、真実、国家を考え、国民を考えている人は、この事実を土台に、いますべてのからくりを叩き破って、住みよい世の中をつくるために努力しているのだ。何も、一人で、悲観したり、絶望したりすることはない……。

道の両側に、つつじが、はてしなく咲きみだれていた。彼は、その色とりどりの花の粧いに、過ぎ去った恋の語らいを思い返した。ひとりでに胸があつくなりほてりがした。

南原にいけば、彼女に逢える……。

重い足が、にわかに軽くなったように思えた。

もう、南原の府内も、間近だ。

と、どこかで、鐘の鳴る音とともに、念仏の声がきこえてきた。彼は、あらたな好奇心に駆られ、道を踏みわけて、その、お寺らしい家を探した。

思ったより貧弱な草葺きの小さい寺だった。開け放たれたお堂のなかには、塗りの剥げた木像の仏の前で、一人の皺くちゃの老僧が、声ばかりは大きく、さかんに念仏をとなえていた。

ほかに人の気配もなかった。

夢竜はぼんやり庭先に立って、老僧の念仏をきいた。

意外にも、老僧の口から、春香の名がもれた。

「……南原府内居住の壬子《みずのえね》の年生まれの成春香は囚われの身で呻吟致して居ります。大菩薩のお恵みにより京にいる成春香の婚約者李夢竜に壮元及第させ、全羅監司か湖南御史のお役を授け、一刻もはやく成春香を助け出すことができますよう……南無阿弥陀仏……」

氷の刃をあてがわれたように、夢竜は身震いを感じた。

念仏が終わるのも、もどかしく、夢竜は、老僧に、春香のことをきいてみた。老僧は、この旅の若者のみすぼらしい装いに、一夜の宿を乞う乞食とみてとったのか、返答もろくにせず追いはらって、庫裡《くり》のなかへひっこんでしまった。

夢竜は、急ぎ足で歩いた。不安でならなかった。便り一つなく過ごしてきた自分の非情な振る舞いに対する苛責の念が、あらたにわきあがった。

夢中で歩いている間に、山道は広々とした野原のなかに出ていた。田植え時で、野原には、あちこちと三々五々群れをなした田植え歌や農夫歌が、たがいに交錯し合って、陽気なにぎわいをみせている。暗いかげなど、みじんもない、はればれした風景である。

オルノオル　サングサテユヤ
凶年くるとて　騒ぐでないぞよ
九年治水を得るは　畏き極みにあらずや
オルノオル　サングサテユヤ
西の方をみよ　斜陽に雨降りなば
雨具の用意も　忘れぞな
オルノオル　サングサテユヤ
上田は田植えで　下田は草取り
盛られた皿には　煮つけや漬物

麦の濁酒をば　糟をしごいて
さあさあ気ままに　のめぞかし
オルノオル　サングサテユヤ
日陰の大木　探し出し
腰の煙管を　ひきぬいて
濡らした葉煙草　つめこんで
ふかしつ歌いな　撃壌歌を
オルノオル　サングサテユヤ

威勢のよい撃壌歌、そして、のどかな月令歌。

村の乙女よ　ぶらんこのりはおよし
村の若衆の　身をこがす
されど青裳《も》　紅裳《も》の
晴着をみめよく　着こなして
菖蒲のかんざし　さしなばや
節句はたのしく　遊ぶもの
遊ぶはよいが　暇々に
よもぎ摘みをば　忘れぞな。

願いとどいて 上天は
時ぞかなえて 雨降らす
油然《ゆうぜん》とまき立つ 雲行きを
誰がその路を 防ぎなん。
はじめのうちは ほそぼそと
ほこり濡らし 夜なかには
勢いたけく 降り注ぐ
さあさあ晴れなば 火をたいて
明日のことをば 語れぞな
後のたんぼは 誰が植え
前のたんぼは 誰耕す
蓑や道具の 用意はよいか、
そなたとる苗 わたしが植えて
野ごまの苗と 煙草の苗は
いなせな若衆 そなたに頼もう
茄子の苗と 唐辛子の苗は
可愛い娘よ そなたに任そう。
ついでに鳳仙花《ほうせんか》も 忘れはすまい。
かあさんあなたは 麦ついて

野良のおひるを　たのみます。

木陰にたたずんで夢竜は歌声に耳をかたむけた。

ひとしきり、一枚の田植えをすませて一群の男たちが、彼のよりかかっている木陰にきて、あぐらをかき、腰から煙管をとり出して、煙草をふかしはじめた。彼は、働く人の、そのたのしげな一服がうらやましく思えた。すると、一人の男が、

「おい、お前、何をそんなにみてるんだい？」

と、夢竜に声をかけた。

夢竜は、黙って笑った。

「へん。ぶらぶら遊んでやがって、他人の働くのをみて笑う奴があるか！　お前、両班の息子面をしているが、本当は乞食なんだろう」

毒々しい言葉であったが、ひびきはやわらかく、敵意がなかった。

「俺は乞食でないよ」

「へん、それじゃ両班だっていうのかい？　おかしいやい」

すると、もう一人が仲間の言葉をひきとって、

「両班の奴ら、どうせろくなことはやらない。みろい、ここの府使の貪欲ぶりを、奴は、どう考えても、強盗よりひどいよ。人のつくったものを、なんでもかんでも、根こそぎに持っていこうってんだから」

「欲は食い気ばかりでねえ。ちょっとした女がありゃ、人の女房であろうが、妾であろうが、娘であろうが、片っ端から手をつけないことには承知しねえんだから」

「やたら増えるのは、罪人と乞食ばかりだ」

男たちは、溜息まじりに、次から次へと、しゃべりつづけた。いたるところで、夢竜は、これに似た詠嘆的な噂話をきいた。だが、しゃべっている男たちは、その大げさな言葉ほど、深刻には思っていないのか、他人事のような気楽なしゃべり方である。

「ところで、春香は、殺されるって噂じゃねえか」

一人の言葉に、夢竜は、思わず身をこわばらせた。

「なんでも、府使の誕生祝いとやらがあって、その宴席ではりつけにされるという仕組みらしいぜ」

「可哀想になあ、あんなきれいな娘はなかったのになあ」

「天下に二人とない烈婦だとさ」

「両班のせがれなんかに操を立てたのが運のつきさ」

夢竜は、立っていられなかった。大地が崩れていくような感じだった。

「それにしても、都に帰った野郎からは、便り一つないっていうじゃないか?」

「どうせ奴は、なぐさみものにして捨てて行っただけさ」

「野郎なんざあ、きっと、去年の都の疫病で死んでしまったに違いねえ」

「そうだろう。そんな薄情な奴の最期が、いいはずはあるめえ」

「だけど癪だなあ、なんとか春香を助ける方法はないもんか?」

「ふん。助けるどころか、かえって手前の方がはりつけにならぁねえ」

「よし、四発通文(農民一揆などに用いた秘密通信法)を出して、暴動でも起こさないことには」

「そうだ。どっちみち、俺らは助からねえ。こうしめつけられるよりは皆して奴らを、叩き殺して殺されたがましだ」

勢いにのったように、若い男たちは、だんだん興奮していった。

「もし」

夢竜は、ようやくかすれた声を出した。

みな怪訝な顔で振り向いた。

「春香は本当に殺されるのですか？」

「知らねえよ。府使にいって、きいてみりゃいい」

つっぱねるような言い方をしながら、それでも若者たちは、ひどく青ざめたこの乞食姿の若者を、気味悪くみつめた。

「……きっと都に帰った男は、知らなかったに違いない。その男に罪はないんだ」

しぼりだすような声であった。若者たちは声をあげて笑った。

「手前は親戚でもあるのか？　やに肩を持つじゃねえか？」

夢竜は、にじみ出る汗を腕でふいた。

「お前たちには、わからないんだ！」

吐き捨てるような呟きであった。

「何を？　なまいきな！」

一人の若者が、いきなりとびかかって、夢竜の頬をなぐった。夢竜はよろめいた。

「しゃんとしろい！」

一人は、よろめく夢竜の尻を蹴り上げた。

夢竜は、前へつんのめった。

「へなチョコな青二才め、口をつつしまねえと骨がなくなるぞ！」

若者たちは声をそろえて嘲った。

すると一人の老人が出てきて、若者たちをなだめた。

「乱暴をするもんじゃない。暗行御史《アムヘンオサ》が出たというもっぱらの噂だ。こんな旅の人には用心しなくちゃ」

「そうだ。御史の間者《かんじゃ》かもしれない」

もう一人の年とった男がいった。

「さあさ、百姓は、働けばよいもの、よけいなおしゃべりはやめて、残った田を植えてしまわねば」

老人にせきたてられ、男たちは、また田の方へ行ってしまった。夢竜は、地べたの上にうつぶせになったまま、ほとばしる涙を拭きあえず、しばらくむせび泣いた。無論、なぐられた痛さとか口惜しさではなかった。春香にたいする、おのれの所業のつれなさが、今さらのように悔いられたからであった。

老僧の念仏といい、農民たちの噂ばなしといい、春香が、ただならぬ状態に陥っているということだけは、充分想像できた。だが、どうしてそういうことになったのか……？

一刻もはやく南原域内にいってみなくてはならない……そう思っても、急に立ち上がることはできなかった。気力が脱けて、起きるのが、すっかり大儀であった。

夢竜は、木にもたれ、気を落ち着けるためにしばらく眼をつむった。

……別離の日の情景が、絵巻物のように浮かびあがった。どこからともなく、哀調をおびた歌声がきこえた。それは田植えの農夫たちの歌ではなかった。

今夜の宿は　何処にきめ
明日の宿は　何処にする
宿なし乞食の　独り旅
馬があったら　またがって
千里の道も　一とびに
漢陽の街へ　着こうもの
短い脚をば　ひきずって
何日になったら　都着く。
高貴の家に　生まれたら
したい放題　するものを
賤しき家に　生まれきて
足賃かせがにゃ　生きられぬ

歌の主は木陰の傍を通っていった。その声にききおぼえがあるようで、夢竜は、眼をみはったが、それはまぎれもない房子《バンジャ》だった。夢竜は、我を忘れて呼びかけようとしたが、おのれの職務の自覚のために、強いて、よそよそしい呼びかけをした。

「そこいく若者、そなたはどこの住まいじゃ」

房子は、以前とかわらぬひょうきんな格好をみせ、

「はて、見知らぬ方が、妙なことをきく。手前は南原城内に住んでおります」

「して、どこへ行くのじゃ?」

「都へいきます。へえ、獄中の春香の手紙を持ちましてな」

「春香の手紙?」

「そうですよ。都の旧府使の御子息あてのをねえ」

「その手紙をみせてもらえないか?」

「冗談じゃない」

「いや、冗談ではない。そなたのたずねる李夢竜は、もう都にはいないのだ」

「本当ですか?　困ったな」

「わしは夢竜の友達だ。逢ったら、その手紙をことづけてやろう」

「へえ、あなたが夢竜さまのお友達、そんな乞食のなりでねえ?」

言い合った揚げ句、夢竜は、手紙を奪いとるようにしてひらいてみた。

……むごい府使でございます。明けても暮れても夢竜さまばかりを慕っている私に、守庁《スチヨン》せよとの無理難題、たとえこの身が、切り刻まれましょうとも、どうしてそのような府使のいいなりになれましょう。笞打たれたことも獄に投ぜられたことも、私は悲しいとは思いません。私は死んでも、夢竜さまのために節を守っていきます。ただ口惜しいことは死ぬ前に、せめて一眼だけでもお逢いできないかと、ただそればかりが、望みでございます。思えば、この苦しみにみちた日々の間、ただ一つの夢は、夢竜さまの便りを待つことでした。でも、待てどくらせど、いまだに便りはありませぬ……」

涙に眼がかすみ、それ以上、読みつづけるわけにはいかなかった。

房子は、いぶかしげに見つめているうちに、なりこそ変われ、それが夢竜であることを、みてとった。

「おお、若様じゃありませんか？　その姿は？」

「面目ない。都へ行ったはよいが、身を持ち崩し、ごらんの通りの落ちぶれ方だ」

「なんということです。春香さんは、あなたの出世だけが、唯一の望みなのに……可哀想に、もう殺されるばかりだ」

夢竜は、房子から、すべてのいきさつをきいた。そして、新府使の無道振りも、春香の身を挺した頑張り方もきいた。

どうにもならない憤りと、かなしさが交錯した。御史《オサ》に任命されるときの宰相の謎めいた言葉が思い出されたりした。

……南原には、わしの甥がいる。よろしくみてやってくれ……。

敵の血筋が、どのようなものであるかを、夢竜は、もう一度心ふかく、たしかめた。身震いがした。それは恐怖のためでなく、身を投げ出して敵と対決せねばならぬ悲壮な覚悟とともに湧きおこる緊張の震えであった。

もっと調べねばならない。私情を交えての復讐であってはならない。社会の毒素の権化として粛正せねばならない。しかし、それは直接係累のつながる宰相、いな宰相ばかりでなく、天下の政権をほしいままに握りしめている宰相の党派との決戦でなければならなかった。宰相が、御史としての自分に求めたものは、地方にまだ強力に残存している反対党の勢力を、根絶せしめるための査察であった。だが、夢竜は、宰相の期待を裏切るばかりか、宰相の血統を切り捨てねばならない。

夢竜は、黙々と歩きつづけた。失望した房子は、やけくそになったといわんばかりに大きな声で歌いながら、夢竜につかずはなれず、一緒にあるいた。しかし、房子の声の調子は、ひどく朗かであった。

陽はとっぷり暮れていた。黄昏のなかに、描かれたような広寒楼の輪廓だけが、くっきり浮きあがっている。回顧の情が、夢竜の胸をえぐった。春香と二人、手に手をとって歩いた小路までが、叫び立てて、非情を責め立てているような錯覚だった。

平静をたもたねばならない……。夢竜は、強いて、おのが感傷におぼれる心を、滑稽なものに思った。そのときは、ただの平凡な若者に過ぎなかったのだ。いまは、私情の一切を切り捨てて、氷の刃のように、悪に向かって突き進んでいかねばならない。それだけが、自分の生きる望みであり、生きる道でなければならない……。すべてを振り切るように彼は急ぎ足で、春香の家に向かった。

夕闇につつまれた思い出の家をみたとき、さすがに、彼の胸は、針で刺されるような痛さを感じた。かつて、彼が、涙とともに、この家と決別して、去っていくときは、この家は、夜の目にもはっきり見わけがつくほど、はなやかに彩られていたものだった。ところが、今、眼の前にある家は、すっかりうらさびた感じでしかない。草葺きの物置小屋は、葺きかえもしないらしく、屋根が片方こけ落ち、主屋の瓦葺きの屋根にさえ、草が四、五本、醜い姿をはびこらせているのが、暮れ行く空に、はっきりうかんでいた。庭は荒れに荒れ、そのかみの丹頂鶴の戯れたあとなど、しのぶよすがもない。

ただ、けたたましい犬の吠える声だけが、人の住居の気配をただよわせていた。

「頼もう！」

声をはげまして、夢竜は呼んだ。すぐ返答のきこえないのも、わびしさをひとしおふかめた。

門前にしばらく立ちつくした夢竜は、崩れ落ちた塀をつたって裏庭に回ってみた。と、そこに展開されている異様な光景に、彼は、かたずをのんだ。

瓶器をならべた石棚の前に、祭壇をしつらえ、その前に、髪を振り乱した老婆が、必死の姿で、拝みつづけているのであった。壇の上に置いた燭台の灯にうつる春香の母の顔は、目立って深い皺が幾重にも刻み込まれている。両手をすり合わせ、何回となく腰をかがめながら、慟哭とも哀願ともつかない、なかばわめくような声で、祈っているのである。

「神様、山神霊様、仏様、鬼神様、菩薩様、天童様……」

ありとあらゆる、信仰の対象となるものを、とりとめもなく、片っ端から数えあげているのであった。そしてついには、星の名までを呼び立てた。

「……お願いでございます。お願いでございます。私の娘を助けて下さいませ。罪のない私の娘を助けて下さい。どうか、あなたのお力で、奇跡をあらわして下さい。そして、都に帰った夢竜さまに、全羅監司なり、湖南御史なりをお授け下さい。そして、神のみ業《わざ》で、わが娘を助けさせて下さい。夢竜さまが位さえ授かって来て下されば、あの娘は助かります。お願いです。助けて下さい」

常人の姿とは見えなかった。物の怪《け》に憑かれた人間としか思えなかった。老婆のわめき声は、人間の肉声をはなれて、地の底から湧きあがる声のように思われた。

祈り疲れたのか、老婆は、地の上に座りこんで慟哭しはじめた。

「……罪のない娘に先立たれて、この老いぼれだけが生き残って、どうして暮らしていけよう。春香、お前は殺されるのか！　ああ、私を殺してくれ、このおいぼれを殺してくれ、南山の虎よ！　出て来て、私を食い殺してくれ！」

声が、かすれ、のどがつぶれ、ようやく、老婆は、女中のサンタニに抱かれて、部屋のなかにはいっていった。

塀に身を寄せ、夢竜は、すべてを眺めた。悲しみも、怖れも、わびしさも、通り越して、無情な、空虚さだけがのこった。彼は、自分の体が、自分の心とはなれた別な力で動かされてきたように思えた。

彼は、もう一度、正門の方へ回った。

……冷酷にならねばならない。私情に動かされてはならない……。

念を押すように心のなかで呟きながら、彼は、また大声をあげて呼んだ。

ようやく、なかから声がもれてきた。

「サンタニ、表に誰かきたようだ。きっとまた、借金の催促に違いない。二、三日したら、道具を売って返すから、それまで来ないでくれといっておくれ」

老婆の声とともに、サンタニが灯をかざして、表門をあけにきた。

「どなたでございますか？」

「俺だよ」

「俺と申しますと？」

「夢竜だよ」

「えっ！」

サンタニは、叫び声を立てた。その声に、部屋のなかから、老婆がかけ出してきた。

「誰だい？　女ばかりだと思って、悪さをするのは？」

「奥さま！　若様でございます」

「えっ！　若様？　夢竜さまかい？」

「そうだ。夢竜だよ」

頓狂な叫び声とともに、老婆は素足のまま庭へかけ下りた。そして、夢竜にかじりつき、手や顔や体や脚を、手当り次第につかんだ。

「ああ、夢ではないのかい？　若様が来ようなんて、ああ、これで春香は助かる。ああ、よかった。これサンタニ、急いで食事の仕度をおし、残っているお金で、全部、肉と酒を買って来て、たんと御馳走をつくるんだよ。ああ、夢竜さま、若様、待ってましたぞよ。可哀想に、あの娘《こ》は、三年も牢に入れられてね。あなたの来るのばかり待っていましたよ」

泣いたりむせんだりしながら、老婆は、夢竜を、縁側へひっぱりあげるようにした。ひとしきり、感情の嵐をさらけ出し、それがしずまると行灯《あんどん》を近寄せて、しげしげと夢竜の身装や顔をながめた。みるみる、老婆の顔はひきつったようにゆがんでいった。

「これは、なんという格好です。そのなりは？」

夢竜は、ゆがんだ笑顔を向けた。

「ああ、私はだまされた。偉いお役人になったとばかり思ったのに、乞食同様、ああ、可哀想に春香は殺される。ええくやしい。これサンタニ、もうこんな乞食に飯を食わすじゃない。さっさと帰ってもらうから！　一体全体、若様とやら、あなたは、何故またそのように、さあ、はやくわけをきかせなさい」

老婆は、夢竜の胸倉をつかんで力一杯ゆすぶった。

「すまない。都へ帰ったものの、勉強が手につかず、このようになってしまったのだ。だが、春香のはなしは、来る途中きいた。いかに落ちぶれたとはいえ、ここの府使ぐらいはとっちめられるであろう。なあに、いざとなれば、奴の鼻っ柱にかじりついても仇討ちはできる」

「そんなことが、なんの慰めになるものか？　春香は、あの娘はこんな乞食の子をあてにして、乞食のために殺されるんだ」

老婆は、夢竜から手を放すと、自分の髪の毛をひきむしり息も絶えんばかりに泣きわめいた。その騒ぎをみつめながら、夢竜は、だんだん冷静さをとりもどした。だが、老婆を慰める気にはなれなかった。おそらく、自分が御史になったことをいい出しても、こうなってしまっては、たやすく信じてはくれまい。それに、最後の瞬間まで、身分を明かしてはならないのだ。泣くだけ泣かした方が、かえって　あきらめを持たせることができる……。

台所で食事の用意をしていたサンタニが出てきて、老婆をなだめた。そして、その落ち着いた物腰や、条理のととのったもののいいかたをみているうちに、夢竜は、三年の間の、この賤しい生まれの娘の、おどろくべき進歩を見出した。配偶者をもとめて、仕合せな家庭をつくることのできる年頃になっていながら、このけわしい気性の老婆に付き添って生きていなくてはならないサンタニの運命の方が、この老婆より、なお憐れに思えた。

落魄しているとはいえ、この家の食膳は、夢竜が旅に出て以来、はじめての豪華なものであった。貧しい人たちの暮らしをわかるためには、その人たちと、つねに起居を共にしてみなければならないという信条を、かたく守って、夢竜は、あらゆる下層の人たちと、共に食事をして歩いてきたのであった。もちろんその間には、お粥か、雑穀の飯と漬物一皿以外には食べられない場合が多かった。しかし、どんなものでも、飢えた者にとっては得難い御馳走であることを、理屈でなく、夢竜は、自分の実感で、はっきりつかみとった。

夢竜は、貪り食った。食膳の上に置かれたものは、野菜であれ、魚であれ、切れっ端ひとつ残さずたいらげてしまった。

その旺盛な食欲ぶりを、あきれ顔に見守っていた春香の母は、さも感に堪えぬといわんばかりに、大きな呻き声をもらした。

「まあ、あの口の動かしようったら、まるで顎が狂ったみたいだ」

食事が終わると、夢竜は、春香の母の案内で獄に行った。

春香の母は、すっかり諦めきったもののように、もう愚痴をこぼそうとはしなかった。

暗い道を、彼女の提げている提灯のあかりが、ほのかにあたりを映しているばかりである。遠くできこえる犬の吠える声だけが、わずかに、静寂をやぶっていた。

夢竜は、あらたな不安を覚えた。獄中の春香が、どのような形で、自分を迎えるか？　そして自分は何をいえばよいか？……むしろ何も考えないで、素直な気持ちで逢いたかった。だが、春香の母は、ひと言も口をきこうとはしない。彼女が、乞食姿の彼に絶望しているのは事実であったが、といって彼女は夢竜に対して怒っているのでないことだけはたしかだった。ただ彼女は、おのが不運を諦めようとつとめているのだ……。

夢竜は、旅に出て逢った、多くの男や女たちの顔を思い描いてみた。その大部分は、農民や公奴たちであった。働かされ、虐げられ、しかも酬いられることのない人々であった。だが、それらの人々の顔には、怒りというものがなかった。誰も彼もが、運命に対してきわめて従順であった。

生きることにたいして、ただあきらめること以外に、何も考えていない人たち……。一体、どうしてそのような人たちが出来あがったのか……。それらの人々が、ただ貧しい家に生まれ、賤しめられる人の子と生まれたということだけで、生涯、ただあきらめの道を歩きつづけなければならないという世のからくりが、はっきり間違っているということは、夢竜にもわかってきた。

そういう世の中のからくりを、根本から造り直さないことには、それらの人々は決して仕合せになれない。そこまでわかってきた以上、自分の進むべき道はただ一つしかない。……瘂痕先生の教えた通り、あたらしい世の中をつくるために突き進むほかないのだ。そのためには、自分にまつわりついている一切の物をかなぐり捨てねばならない。

……私情にとらわれてはならない……。

夢竜は、もう一度、自分の心に念を押した。

獄門に近づいて、春香の母は、何か小声で中に呼びかけた。中から、すぐ返答があって小さい潜り戸が開けられた。

異様な、鼻をつく臭気に、夢竜は、たじろいだ。

獄卒は、はいってきた若い男の姿に、緊張した眼の色をうかべた。すると、それを察した春香の母は、獄卒の耳に口をあて、二言三言ささやいた。獄卒の態度は、急に卑屈な様子にかわり、夢竜に向かって愛想笑いをみせたりした。

春香の房の前に立った母は、戸をたたきながら娘を呼んだ。

「まあ、お前、寝呆けているのかい? わたしだよ」

「お母さん」

なかから、かすかな声がもれてきた。そして金具の鳴る音がした。

突如、涙がわき溢れ、夢竜は眼をつむった。

「来たんだよ」

母はかなしそうな声でいった。

「都から来たんだよ」

「えっ！　都から？」

なかの声は、はっきりしてきた。かわらない、むかしのままの声であった。

「都から乞食が来たんだよ」

「乞食ですって？」

「監司か御史になってくれと、日夜、祈りつづけたのに、すっかり乞食に落ちぶれてさ、それでもおまえに逢いたいといってたずねてきたんだよ」

「まあ、若様が」

また、ひとしきり金具のすれる音がした。春香は、重い首枷を持ち上げて立ちあがり、戸口の方へ進み出たのであった。

「夢竜さま、どれ、どこに？」

かみしめていた嗚咽が、夢竜の口を突いて出た。

「春香！」

せいいっぱいの声であった。

格子戸にすがりつき、夢竜は、戸の隙間から手をいれて、春香の手をさぐった。

痩せさらばえた骨と皮だけのしなびた手がにぎられた。

「逢いとうございました……」

「許してくれ……こんなことだとは思わなかった。苦労をかけてすまない……」

涙の奔流にさえぎられ、あとの言葉がつづかなかった。

「夢竜さま、どんな悪人でも、両班の家に生まれていたら、思い通りのことをやってよいのでしょうか？　わたしは、その悪人とたたかってきました。あんな悪い人間の思いのままにされている人たちが、どんな目に合っているか、わたしにはよくわかっています。わたしは殺されることを怖れはしません。でも、わたしは死に切れなかったんです。わたしは殺される前に、夢竜さまにひと目だけでも逢って、このことを話して死にたかったのです。なぜ、生まれが違うということだけで、人間が人間に苦しめられなければならないのですか？　それが間違っていることを、わたしは、わかっています。わたしは殺されても、悪い人間に、間違った人間に、屈服しません。夢竜さま、わたしは、そのために殺されることを、ひと言だけ言いのこしたかったのです……」

血を絞るようなその言葉は、強い鞭となって夢竜の心を打った。悪と闘わねばならない。なぜ、悪と闘うことを怖れるのだ！　春香の言葉は、とぎすまされた刃となって、切り込んできた。

「夢竜さまが都へ発ったのち、わたしは怨みもしました。嘆きもしました。それでもわたしは、あなたさまが出世して迎えにきて下さる日ばかりを待っていました。でも、わたしは、とらわれの身となって、はじめて世の中がわかったような気がします。わたしのあこがれていたのは、ただの夢だったのです。わたしのような賤しめられた身分に生まれた者は、生涯、人の機嫌をとって苦しみ抜かねばならないことが、はっきりわかりました。そして、たとえ命を縮めても、弱い者にも自分を守る力があることを、しめしてやるのが、一番よい生き方だということもわかりました。でも、わたしは女です。女らしく、夢竜さまに抱かれて、うんと甘えたり、やさしく労わられたり、甲斐がいしくお手伝いをしたりして、仕合わせな暮らしもしてみとうございました。でも、そんなことをいって、どうなるものでございましょう。わたしは、もう、話したいことはみんな話しました。これ以上、思い残すこともありません……。ただ、最期の願いは、明日、悪党の誕生祝いのあと、わたしは、はりつけになるといいます。わたしが殺されたら、どうか死骸は、他人の手にさわらせないで、夢竜さまの手で、埋めて下さい。そして大きな字で、南原住人　成春香之墓、と書いた碑を立てて下さい。そしたら、人々は、いつまでも、悪い人間とたたかって殺された春香のことを考え、勇気をもってくれるでしょう……」

うなだれて、それでも、しっかり春香の手をつかんできいた夢竜は、

「春香、そなたの言葉は、よくわかった。だが、明日という日があることを、そなたは忘れてはならない。明日、そなたの処分がきまる前に、もう一度かならずたずねてくる。いいか、この夢竜の顔をみる前に、決してはやまったことをしてはならないぞ！」

力をこめて、春香の手を握りしめた。

「ええ、それでは、明日かならず来て下さい。きっと、来て下さい」

その手を放すのが、夢竜には不安だった。そのまま溶けてしまうように思えてならなかった。

獄門の外は、ひんやりした風が出ていた。

春香の母と、夢竜とは、また黙々と歩き出した。

……ねえ、お母さん。私の指環やかんざしなど、そんなものを皆売りはらって、夢竜さまにあたらしい衣服をととのえてやって下さい……。

春香が、最後にいった言葉が、二人の胸には、別々な思いで、しみこんでいた。

月梅は、母として、娘の最後の望みを叶えてやりたかった。自分の祈りの甲斐がなかったことを、今さら怒ってみても仕方がないと思った。できるだけ、やさしく労わってやるほかない……。

だが、夢竜は、春香の自分に捧げた純愛と自分の春香に捧げた心とを比べてみた。自分の死に直面して、

なお夢竜のことを案ずる春香にひきかえ、夢竜は一体、それほど春香のことを案じたのであろうか？　男と女の、立場の違いというより、むしろ人間の愛情の深さと、浅さのように、夢竜には思えた。もっと深く、もっと真剣に、そしてもっと強く、人間のことを考えねばならない……。

わかれ路に立った。

二人は黙って顔を見合わせた。

「家へ行きましょう」

春香の母がいった。

「乞食には、乞食の仲間の仁義があるから、乞食たちのところへ行って寝ることにしよう」

夢竜は笑いながらいった。

春香の母は、さびしげな笑顔をちらっとみせ、それからむっつりした顔にもどって自分の家の方へ歩いていった。

しばらく、その後ろ姿を見送り、夢竜は、まったく別人のような歩き方で、広寒楼に向かった。

暗行御史《アムヘンオサ》としての、自己の職務意識が、にわかによみがえった。

だが、二、三歩あるいていくうちに、夢竜は壁に行き当たったように立ち止まった。

自分は、暗行御史という役目、愚物でしかない国王や宰相たちが、自己の権益を擁護するためにつくり出した役目、悪人の本家本元が、ますます悪事の限りをつくし、芽生える人民のあたらしい芽を摘みとろうとする役目——その役目に、自分がやすやすと便乗しようとしている……。

それが、ゆがめられたものを正しく直さねばならないことに気づいた人間に、許されてよいであろうか？　多勢の駅卒たちの前に立って、号令し叱咤して、それであたりまえの顔をしていられるであろうか？

だが、いまは躊躇すべきときではなかった。許されるべきであるといなとにかかわらず、悪に対して、断固たるたたかいをいどまねばならなかった。

五月二十五日までに、南原の広寒楼に集まれという命令に従って、全羅道の隅々に散らばっていった駅卒たちは、全員、残りなく広寒楼にあつまって、夢竜のくるのを待っていた。だが、日が暮れても、御史が現れないので、おもだったものだけを残し、それぞれ居酒屋や百姓家などへ、ねぐらをもとめていった。

夢竜が、楼の中にはいろうとすると、一人がめざとくかけよってきた。

「御苦労であった」

「ははっ、明朝全員、ここで集合させることに致しましてございます」

「うん」

楼の下に、むしろなどを敷きつめ、そこへ面々がよりかたまっていた。手なぐさみでもやっていたとみえ、夢竜が近づくと、みな何かを慌てでかくしていた。

一人ひとり、自分たちの見たことを報告しはじめた。似たようなことばかりであった。夢竜は、彼らの大半が、なかば物見遊山気分で歩き回ってきたことを察した。だが、それに対して批評がましいこともいう気になれなかった。駅卒として、どうしてそれ以上のことができるであろう……。

「明朝、全員、ここにあつまったら、ただちに出道《チュルト》(強制執行する)をかける。それぞれ準備に怠りないよう」

夢竜は、言葉すくなく命令を出した。

「おやりになりますか？　やっぱり」

一人が媚びるようにいった。すると、もう一人が、

「身共もききましたが、ここの府使は、あんまりひどすぎます。こんなものこそ、叩きつぶしてやらんことには御史さまのお顔にかかります」

「そうです」

「そうです」

単に、へつらいや媚びだけでなく、みながみな、ここの府使にたいして義憤を感じているような口ぶりであった。

「どうだ？　ここの府使のような悪党が、他の郡にはいなかったか？」

みんな、顔をこわばらせ、急に口をつぐんだ。うかつなひと言の結果を恐れたからであった。

「へえ、いないこともありませんが、いわば百姓いじめや、収奪は、どこでもありふれたことでございますので……」

一人が曖昧な返答をすると、皆が、それに賛同するように、にぎやかにしゃべり出した。

この駅卒たちの雰囲気のなかにはいると、夢竜は、自分の悲壮な決意が、なんだか、ひどく子供らしいものに思えてならなかった。

百姓いじめや収奪は、どこにもありふれていることだという考え……それは、現実に妥協して、それを認めているものの、あるいは、すっかりあきらめきっているものの言葉であった。強いて、その現実をくつがえし、百姓いじめや、収奪のできないような社会をつくることは、はじめっから考えてもいないのだ。

夢竜は、孤独を感じた。

自分一人だけが、余計なことを考えているような気がした。

だが、痘痕先生の、生き生きした眼や、その言葉が、夢竜の頭に甦った。

……そうだ。先生や、同僚たちは、自分の、いまの決意を、無条件によろこんでくれるだろう……。同じ志の者がいるという感じ、自分は決して孤独ではないという感じが、よろこびをともなって湧きたった。そして、獄中の春香が命をすりへらしながら、今日まで堪えてきたのも、正義をめざして戦うことを、自分に言いのこすためではなかったかという、きびしい反省もおこった。

翌朝、夢竜は、配下の駅卒たちをあつめて、御史出道の手はずをきめ、乞食の装いのまま、町のなかにはいった。

町のなかは、なんとなく、ざわめいていた。

町のなかばかりでなく、近在の農家まで、今日の府使の誕生祝いのために、一軒残らず祝い金や、祝い物を、なかば強制的に持っていかれているだけに、人々は、今日の宴会がどのような盛大さで飾られるのか、それが気がかりになるというふうであった。

宴会に招かれた近郷の守領たちが、馬や駕籠にのり、供の者たちを従えて、町のなかを通っていった。そのたびに、人々は、窓や戸口から顔を出し、このふんぞりかえった両班たちを見送った。

その大通りを、夢竜は、のんびりと、府使のいる官家の方へあるいていった。だが、人々は、乞食姿の若者には、眼もくれようとはしなかった。

官家のなかは人で溢れていた。大門わきに立っている使令は、出入りする両班たちに、腰をかがめているばかりで、誰が前を通るのか念を入れてみる余裕もなかった。

宴席には、近郷の守領たちが、盛装をこらして綺羅星のごとく居並び、一人ひとりの前には脚も折れんばかりに山と盛られたお膳がならべられている。

夢竜は、宴席の前に立って、大声をはりあげた。

「当日は、当府使の誕生祝いとか、大慶に存ずる次第。拙者もはばかりながら当日が、誕生日、事の序にあやかって同席にはべり相共に祝いとう存ずる。まずは御免……」

主人の方で返答をする間もあたえず、空いた席へ上って、ちゃんとおさまってしまった。

皆、苦い顔をした。しかし、誰一人、この乞食をつまみ出そうとはしなかった。卞学徒《ベヨンバクト》も、客の手前、事を荒立てるわけにもいかず我慢するほかなかった。

夢竜は、豪華なお膳をみた。

はじめて春香の家にいった夜の、あの豪華な膳が、思いうかんだ。ところが、それにもまして、それとは比べものにならないほどの御馳走が、盛りあふれている。そして、色とりどりの高価な焼物の酒瓶が、入り乱れて置かれてある。

客たちは、さかんにしゃべりながら飲み合っていた。そして、その間を、粉粧をこらした妓生《キーセン》たちが、泳ぐようにしながら、酒をついで回った。なかには妓生を傍にはべらし、ほとんど酩酊している者もあった。

だが、妓生たちは、誰一人、乞食の傍にきて酒を注ごうとはしなかった。みんな顔をしかめ、気づかぬ風をして行き過ぎた。

夢竜は、ここにあつまった二十数名の守領たちの顔を、一人ひとり、丹念にみつめた。どれもこれも、どんよりと眼の濁った、そして脂肉のむくんだ顔をしている。そして、ただ御馳走にありついた犬のように、飲み食いすることに夢中になっていた。

ただ一人、夢竜の傍に座っている頭のはげあがった中年の男だけが、夢竜のために、いろいろ気づかってみせた。彼は、妓生を呼んで酒をつがせた。

「雲峰県監さま、今日はずいぶん、御親切ですこと」

妓生が、皮肉めいた挨拶をしながら、夢竜の盃に濁酒をついだ。

「ついでに勧酒歌の一つでも歌ってはどうだ?」

雲峰県監は、油断なく、酒客たちの動静をさぐっている夢竜が気になると見え、さかんに袖をひいて酒をすすめた。

夢竜は、やにわに腹をかかえて笑った。あたりの者が、振り返らずにはいられない大声だった。

「勧酒歌は、卞府使の守庁妓生からきくとしよう」

雲峰県監が、慌てて手を振った。しかし、夢竜は、主人の方にきこえるように、もう一度わめいた。

「守庁妓生は、どこだ? 俺に勧酒歌を歌え!」

卞学徒のむくみあがった顔に、憤怒の色がうかんだ。

気をきかしたのか、郷首妓生が、夢竜の傍にきた。

「若い方。あんまり、騒がないでよ。府使を怒らせたら、あとがうるさいからね。勧酒歌は、あたしが歌ってあげる」

夢竜は、自分の稚気にみちた悪戯が、自分でも不愉快だった。なんだか格好のつかない気持ちだった。

召しなされ
召しなされ
この酒を　召しなされ

この酒　召しなば
千年は　生き永らえ
物乞いも　繁昌しょうに
とっくりと　召し上れ

郷首妓生は、身振りもおかしげに、夢竜の前に盃を差し出した。

「そんな、まずい勧酒歌があるか、もっと上手に歌える奴とかわれ」

夢竜は立ち上がって、膳を蹴とばした。珍味が散乱し、妓生たちは悲鳴をあげた。

雲峰が立ち上がり、その強い腕力で夢竜を抑えつけて座につかせた。

「では、旅の衆、わしが歌って、きかせようかのう」

「それは面白い」

夢竜は、また豪気な笑い声を出した。

「雲峰殿！」

主席の、卞学徒が呼びかけた。

「両班とは名ばかり、遊びかたも心得ぬ下衆《げす》が同席していると心得る。我ら、両班らしく詩作をこころみようではないか。即席に詩のつくれぬ者は、退席を願うことにしては？」

「それは面白い！」

誰よりも真っ先に応じたのは夢竜だった。

「では、主人から韻題を出されては？」

雲峰県監のすすめで、卞学徒は、しばらく、尊大にかまえ、

「どうであろう。たかい高の字と、あぶらの膏の字では」

さも、詩作に自信あり気にいった。

「高とはしゃらくさい。どれ、わしが一つ作ってみせよう」

夢竜は、腕をまくり上げて大言した。

雲峰のいいつけで、郷首妓生は、さも面白い見物ができるといわんばかり、硯箱と紙とをもってきた。

他の客の前にも硯箱と紙がくばられた。居並ぶ守領たちの表情には、明らかに当惑の色がうかんだ。酒で回転のにぶった頭で詩をつくり、その出来ばえのまずさを笑われることを考え、誰もすぐ筆を取ろうとはしなかった。

夢竜は、まるで書き流すようなはやさで、大きな字を書きならべ、つと席を立った。

「客人方、失礼申した。乞食の身となれば、招かれざる客人となって訪ねるべき家も多うござる。両班方は両班らしく、腰を据えて遊びなされるがよい」

乞食姿が消えてなくなると、卞学徒は救われたように、声をはりあげ、

「ならず者は退散致した。もう詩などひねらずとも、ひとつたのしく遊んで下され」

さも、もったいぶって、腹をゆすぶり、豪気な笑い声を立てた。その笑い声とともに、座がまた崩れ、めいめいしゃべり散らしながら、飲み食いをはじめた。

だが、雲峰県監は、夢竜が硯箱の下に、たたんではさんだ詩作の紙をひっぱり出してみた。眼のさめるような達筆であった。だが、その達筆より、書かれた文字を一瞥して雲峰県監の顔色はたちまち蒼白にかわった。

「御主人殿、まことに失礼ながら、拙者、急用を忘れ申していた。ちょっと失礼つかまつる」

挨拶もそこそこに立ち上がって帰り仕度をした。引き止める間もあらばこそ、雲峰県監は、宴席からぬけ出た。

「何事であろう？」

その隣りにいた一人の守領が、雲峰のおとしていった紙をひろげてみた。

「これは大変でござる！」

その守領の声は、その手とともにはげしく震えた。二、三人の客や妓生たちが、かけよってのぞきこんだ。

金樽美酒千人血　（金樽のうま酒は民よろずの血によるもの）
玉盤佳肴万姓膏　（玉盤のよきさかなは民百姓のあぶらをしぼりとったもの）
燭流落時民涙落　（宴席の燭台のしずくが落ちるとき民百姓の涙がたれ）
歌声高処怨声高　（宴たけなわの歌声あふれるとき民の怒りの声はいよいよ高まるなり）
　三角山中　一処虎　（ソウルの勇将が）
　奉命乗輿　渡湖南　（君命を奉じて湖南に渡る）

「湖南御史《オサ》が出たという噂はきいていたが、まさしく、この筆跡のぬしは湖南御史に違いあるまい」

「しかも、このように身分を暗示させたからには、かならず、出道《チュルト》をかけるものに違いあるまい」

「こうしてはいられぬ。ここで捕まったら、免職は明らかなもの」

守領たちは、身も世もあらぬげにうろたえた。

「客人方、何をそのように狼狽なされる。ただの不良児が、御史の噂を夕ネに悪戯書《いたずら》きをしたに過ぎぬものを、そのように、周章おくところを知らぬようでは、末代までの笑い草でござるぞ。たとえ御史であろうと、それがしがここに控えている以上は、指一本差させはせぬ。諸公も御存知であろうが、拙者の叔父は、今をときめく宰相でござる。御史がどのような者であろうと、宰相の機嫌を損じて、拙者に手向かいできるものではござらぬ」

卞学徒は、得意の破鐘《われがね》のような声でわめき立てた。しかし、臆病風にとりつかれた守領たちは、もう再び座ろうとはしなかった。めいめい勝手な言い訳をならべ、続々席を立っていった。

「それでは、拙者に恥をかかせる気でござるな！　あとのたたりを忘れるな！」

その威嚇も効果はなかった。

官家の庭は、逃走準備の両班たちの群れで、ごった返した。下郎や馬引きを呼び立てる声や物のぶっつかり合う音で、まるで火事場のような騒ぎになった。

折から、大門を叩く、鉄牌《はい》の音が、けたたましく響きわたった。

「湖南暗行御史出道《アムヘンオサチュルト》！」

その声は霹靂《へきれき》のようにとどろきわたった。つづいて、隊伍を整えた駅卒が、威風堂々と庭内に進入した。ある者は、その場に平伏し、ある者は隠れ場を探し、ある者は腰を抜かして座りこんだ。宴席は散乱し、妓生たちの悲鳴は、ひとしお騒乱をかき立てた。

卞学徒は、これがあり得ることとは思えなかった。

そんなはずはない。嘘だ、嘘だと、わめきあげようとしたが、けいれんのように顎ががたついて、どうしても言葉にならなかった。

立ち上がろうとしても、脚がひとりでに揺れて、思うように立ち上がれない。そのうち、宴席にあらわれた駅卒が、弁解の暇もあたえずに縛りあげてしまった。

瞬く間に、散乱した物は、駅卒たちの手によってはき清められた。

官家のなかは、窒息したように咳一つしなくなった。

御史《オサ》の正装をした夢竜が、庭内に馬を乗り入れた。

左右に平伏している今日の宴席の客の守領たちや、一段さがってひれ伏している府庁の郷吏たちを前に、夢竜は、静かに口をひらいた。

「本府の府使、卞学徒の罪状は、十指に尽きない。よって聖旨にもとづき、地方守領の政状を査察する本官は、本府の職を封庫罷職（財産を没収し、免職）とする。卞学徒は京に引致《いんち》し、罪状を糾《ただ》して処罰されるであろう。また本日、民の膏血《こうけつ》をしぼった宴席に連なる守領は、追って沙汰あるまで、任地に帰って謹慎致せ」

「へへっ！」

いっせいに低頭した。

「郷吏は、己の職務に応じて、ただちにその責任書類を持参致せ。刑房は、直ちに獄を開け、盗賊、傷害、詐欺以外の罪なき囚人を釈放せよ。とくに官命にさからい、もって投ぜられた囚人はこの場に引き出せ、即刻、黒白を断ずるであろう」

夢竜は、口をつぐんだ。権力を行使したあとの空しい感情が、彼の心をうつろにした。卞学徒を都に引致すれば、おそらく宰相も体面上、おのが甥に、ある程度の罰をあたえるであろう。しかし、なんとか名目をつけて他の地位につけてやるに違いない。そして、夢竜自身には、敵に対する処遇として、遠島配流《はいる》あるいは門地没収などの、凶悪な手段を用いるであろう。自分ばかりでなく、父も母も、惨めな境涯に突き落とされることは、火をみるより明らかなことであった。暗愚この上ない国王は、ただ宰相の意志のままに、宰相の要求に従って聖旨なるものを出すに違いない。

正義のために、破邪の剣を抜くことは、とりも直さず、自滅の途への行進を意味することを、夢竜は、冷やかに考えた。このような国家、このような機構、このような社会、それは、ただ権力をかさに着る悪のみが栄え、権力に娼びる悪のみが楽をする。正義は、つねに死を意味する。

それを自覚した上での出道《チュルト》である。生きてある限り、悪とたたかう。それのみが、生きる唯一の望みなのだ！

潮のひくように、平伏していた頭数は、消え失せていった。

しばらくして、刑房が、汗を拭きながらかけこんできて平伏した。

「申し上げます。ただ今、囚人は全部釈放致しました。盗賊、傷害、詐欺の大半も、過重な納税に強いられ逆上した上での出来事ばかりでございます。残る者は、ただの五人に過ぎません。それから官命にさからって入獄しているのは成春香一人だけでございます。ただいま呼び出しましてございます。なにぶん三年間も首枷《かせ》をかけられておりましたので、衰弱がひどうございまして……」

夢竜は、眼をつむってきいていた。

このような暴虐な圧政のもとで、官命に反抗した者は、ただ成春香一人……。蝕まれた民の無力さを、彼は考えた。いや、それより、春香のたぐいない勇気を、彼は考えた。

御史出道《オサチュルト》の報は電撃のように南原の府内へ伝わった。肉身を奪われていた人々は、囚人釈放のしらせに、狂喜して駆けつけた。獄門の前は、群がった人々の歓声でゆらめいた。

その中を、成春香は、首枷をはずされて、使令に支えられながら官家に入っていった。細いうなじに、首枷のあとが深く食い入り、みる者の顔をそむけしめた。むらがった群衆のなかから、若い女のすすり泣きの声がおこった。

春香は、群衆のなかから、昨夜逢った乞食姿の夢竜をさがし求めた。しかし、衰弱のため視力がにぶって、誰の顔も一様にみえた。

庭に入ると、使令は、春香をむしろの上に座らせた。

「申し上げます。春香を引き出しました」

刑房の声に、夢竜は目をあけた。

うなだれて、髪の毛を乱している哀れな春香の姿が、彼の視界をおおった。

「春香、顔を上げい」

言われた通り、春香は顔をあげた。

「その方には、わたしの顔が見えぬか?」

「いいえ、私には誰の顔もみえません」

かすかな声であった。いまにも消え入りそうな声であった。

「春香、わたしの声がわからぬか?」

「えっ？」

夢竜は、座を立って階段をかけ降りた。

夢竜の手には、肌身離さず持ち続けてきた指環がにぎられていた。

「春香、そなたの、かたい意志と情熱、そなたの勇気が、わたしを元気づけてくれた。みよ！　わたしは、悪に対して戦いをいどんだ。そなたの戦いは、わたしの戦いとなったのだ。そなたの心と私の心は、この指環のようにかたく結び合い、そなたの心は、鏡のように澄みきって私の心に映っている。もう、わたしたちは離れてはいない。春香、もう、そなたを二度と放しはしない」

衆人環視のなかで、二人は、ひしと抱き合った。

「夢竜さま……あなたが御史《オサ》に？」

「御史の力ではない。そなたの勇気こそが、わたしに力をあたえてくれたのだ。悪に向かって命を賭して戦う強さが、私に決心をあたえてくれたのだ」

「夢竜さま、私は嬉しゅうございます」

使令までが、たがいに顔を見合わせ、泣きはらした眼を、てれくさそうにみつめ合った。

そのとき、物見高い群衆をかきわけ、春香の母と、房子《バンジャ》とが、嬉しさのあまり、踊りながら官家の庭にはいってきた。


初夏の太陽が、燦々《さんさん》と、照り映えている昼下がりである。

都へ向かう通りを、眉目秀でた一人の若い男が馬を走らせていた。御史の大役を果たした夢竜であった。

しばらくたって、同じ方向へ一丁の駕籠が、二人の屈強な担ぎ手にかつがれ、歩調ゆるく進んでいった。

駕籠に揺られているのは春香であった。

都へ帰ってからの、李夢竜の消息は、杳《よう》として途絶えてしまっている。李翰林の死とともにその家は廃絶したという噂が、南原に伝わる頃には、すでに月梅もサンタニも、そこにはいなかった。人々は春香のことだけはよく覚えていたが、彼女がどこにいるのか、誰一人として知る者はいなかった。

十数年後、天主教信徒を逆賊として、処刑した事件があった。死刑になったものは数十名に達したが、そのなかに老いた痘痕《あばた》の小男がいた。

初版あとがき

春香伝は、朝鮮の古典文学において、代表的なものの一つといわれ、沈清伝、興夫伝などと共に、民衆全体から愛されてきた作品であった。どんな山奥に住む人々でも、どんなに若い人々でも、春香や沈清や興夫の話はよく知っているのである。

これらの作品は、だいたい十八世紀につくられたものだといわれているが、作者や原本が明確でないというのも、共通した特徴である。もともと朝鮮国文（ハングル）の発達が、歴史的な制約をうけ、きわめて苦難にみちた道を歩んだように、朝鮮国文の散文文学の発達も、支配階級に抵抗する庶民たちの反抗意識や抵抗運動と密接に結びついていた。

李朝封建制度（十五～十九世紀）のもとでも、漢文を教習させる書堂（寺小屋）は無数にあった。しかし、ここでは国文（ハングル）を教えなかった。民衆は、川原の砂場や、広場の木陰で、筆も紙も教科書もないところで、地面や砂場の上に木片や石ころで字を書いて、教え、かつ教わったのであった。

世界で一番はやく活字を鋳造（銅活字）して本を印刷した（十五世紀）歴史をもっている朝鮮民族であったが、庶民の要求する国文の物語本（小説散文）を印刷して配布するような政治は行われていなかった。庶民たちは筆写した物語本を宝物のように持ち回りながら耽読したものであった。

その頃、庶民に愛好された演劇は、唱劇（パンソリ）であった。初期の唱劇は、日本の浪花節《なにわぶし》語りのように、独り《ひと》の歌い手が、路傍に簡単な幕をはり、節回しも面白く、一つの物語を語ったものである。それが徐々に発達して、小屋掛けとなり、舞台をつくり、幾人もの歌い手が登場人物となって出演し、台本がつくられるようになった。この唱劇の筆頭台本が、やはり春香伝であり、沈清伝であり、興夫伝であった。

永年の間、筆写され、数多くの唱劇台本として潤色されていくうちに、春香伝は、数えきれないほどの類本を形成していった。現存している主なものだけでも、およそ三十数種におよんでいる。

題名も、「烈女春香守節歌」「小春香歌」「京版春香伝」「水山広寒楼記」「漢文春香伝」「古本春香伝」「獄中花」等さまざまなものがあり、唱劇の台本としての純然たる韻文調のものがあるかと思えば、小説らしい構成の言文一致の会話をおりまぜたものもあり、やたらに漢語をつかったものや、美文調のものもある。

大体の筋書は、すべての類本がほとんど同一であるが、場面の会話や、風景描写や、人物の表現等、千差万別で、非常な差異がある。現存しているものの中では「全州土版・烈女春香守節歌」がもっとも古いものといわれ、内容も一番充実している。


春香伝は、かなり古くから、日本に紹介されていたようである。大正年間には、不充分なものではあるが、日本語の訳本も出たりした。もっとも広く紹介されたのは、一九三〇年代の終わり頃で、新劇や新派演劇などでさかんに上演された。その台本が張赫宙の脚色によって日本語で出版され、新潮文庫で刊行されたりした。

一九四五年以後も、新劇で上演され、一九四八年には、オペラとして上演された。

原本の忠実な翻訳は、きわめて難渋なことで、まったく不可能なこととされていたが、許南麒が、「全州土版・烈女春香守節歌」を原本とした註釈本を、非常な努力をして翻訳し、岩波文庫で出版した。これは流麗な筆致で訳され、しかも原文の味を生かすことに成功したもので、本書の読者諸氏にも、是非一読をおすすめするものである。

筆者が、春香伝を読みはじめたのは、まだ、八つか九つ位の小さい時であった。村の近所の文盲の婦人たちが、小さい私をひっぱっていって、市場で買ってきたような絵表紙の本を、大きな声で読ませた。むろん、私は書かれている内容はあまりよくわからなかったが、飴や干柿がもらえる楽しみで、せいいっぱい声をはりあげて読んだものであった。せまい温突《オンドル》の中で、私をとりまいてきき耳をたてている婦人たちは、時には手をたたいてよろこんだり、時には涙を流してかなしんだり、時には拳をかためて憤慨したりした。だが私は、のどが痛くなったり、疲れたりして、彼女たちの感情についていけなくなり、よく泣きべそをかいたものだった。途中で読むのをやめて、私の姉から、ひどくつねられて泣いた記憶もある。

十五歳で苦学を目的に渡日したため、私は、朝鮮語とは縁の遠い生活をながらくつづけた。私は大学の文科に籍をおいたが、朝鮮文学についてはまるで無知であった。私は痛切な自己矛盾を感じ、わが祖国の古典文学を探求するために、一九四〇年の春、東京から、はるばるソウル(日本統治下の当時は京城と呼んでいた)まで旅をしたことがあった。そしてその頃、京城大学の文学部の講師をしていた金台俊氏から、三日間、朝鮮文学史の概略について、個人教授をうけた(金氏は解放後、南朝鮮労働党の文化部長をしている間に李承晩政権から虐殺された)。

金先生の世話で、安国洞あたりの古本屋から、貴重な幾冊かの文献と共に、木版刷りの古典小説を十冊ばかり買ってきた。東京の本所の南京虫の出る間借りの部屋で、私は丹念にこれらの本を読みながら、独りで苦悶していた。勉強は遅々としてすすまなかったが、それでも、学校の卒業論文として「春香伝研究」を書き始めた。

暗い、いやな時代であった。突然、卒業が繰り上げになり、私たちは大急ぎで論文を出さねばならなかった。わら半紙に書いた草稿を、ようやくまとめあげ、さて新しい原稿用紙に清書をはじめた時、不意に、私は本所太平警察に留置された。検事拘留にされて、ようやく治安維持法違反の嫌疑だということがわかった。

警視庁から出張してくる、内鮮課の警部補に拷問をかけられながら調べられた。留置場の看守の一人が、「特高の検事拘留は、罪がなくても一年は帰されない」と教えてくれた。

卒業を目前にして、私は絶望した。自分の運命にたいする悲しさもあったが、私のために、青春を犠牲にして働きながら、長年の間この弟に学資を送ってくれた兄のことを思うと、私は泣かないではいられなかった。

その頃太平警察の特高主任をしていたO氏は、私を留置させた責任者であったが、何を感じたのか、私の卒業に支障を来さないようにするために、刑事を使いにやって、私の部屋から、論文の草稿をもって来させ、それから、私の大学の主任教授を警察に呼んで、その草稿を、卒業論文として渡してくれた。学科の単位の方はほとんど前の年までにとってあったので、論文さえ通過すれば卒業はできるはずであった。だが、論文の最後の審査の口答試問に出席しないと、卒業はできないということだった。特高主任は私のために何回も警視庁へ行ってくれた。そして私は、口答試問のある数日前に、警察から釈放された。

留置されている間、刑事たちは、何回も私の部屋に行って、本や日記や写真帖や書きかけの原稿等を、犯罪の証拠物として押収してきた。その中には、私が京城から買ってきた木版刷りの古典小説もまじっていた。ある日、私は特高室の中で、調書をとられている間の一服時に、その木版刷りの本の中の春香伝をかかえて、切ない気持ちでなでていた。これだけは何回も読みかえしているので、表紙の油紙が私の手垢で汚れていた。

そこへちょうど、協和会の補導員(特高の手先の役割)をやっている同胞のMという男が入ってきて、

「大学生のくせにそんなものを読んでいるのか!」

と、さも非難するように、冷たく言い放った。

私は、黙って、この同胞の顔をみつめた。彼は、憎悪と軽蔑の念のこもったまなざしで私をにらみつけ、それから、主任や刑事たちに追従笑いをうかべた。私はいまだに、彼の、その時の表情が鮮明に思いうかぶのである。

軍事教練の時間数が足りなくて、配属将校からどなりつけられただけで、私は、どうやら学校は卒業できた。そのかわり、草稿のまま提出した論文は、清書して、提出し直すという条件であった。

清書をはじめると、いろいろ未熟な点が目についた。それでもう一度、ソウルへ行った。だが、その時、金台俊先生は、刑務所に入れられていた。引っ越してしまって、家族の住所もわからないので、京城大学の教務課にききにいったところ、そこで私は、手ひどい侮辱をうけた。

鉛をのみこんだような気持ちで、私は暗い安国洞の古本屋を歩きまわった。本屋さんは親切だった。私は、ありったけの金をはたいて必要な本を買った。

論文の書き直しは手間どったが、それでも四百字詰めで三百枚位になった。原文の簡略な訳をつけて出版するようにと、すすめてくれる人もいた。それで、つい、学校へ清書の論文を提出するのがのびのびになっていた。

そのうちに、あの三月九日の夜の、江東一帯の大空襲に遭遇した(東京大空襲)。私の隣組は八〇パーセントまでが焼け死んだ(それはむごい虐殺だった)。私は奇跡的に助かったが、持ち出したものは、頭にかぶっ

ていた鉄かぶとだけだった。論文も、文献も、あの警察からようやく返してもらった懐かしい木版刷りの本も、何もかもきれいに焼けてしまった。

一九四五年の解放直後、私は、春香伝についての覚え書きを五十枚ばかり書いた。それは、朴三文氏が発行した『朝鮮文芸』に掲載した。私の頭のなかに焼きついている春香伝への情念を、何らかの形で発散しないではいられなかったのであった。

一九四七年の秋、たしか文化座だったと思うが、新宿で「春香伝」を上演した。これを見て、私はいろいろ物足りなさを感じた。脚本のせいもあろうが、演出者や演技者たちに、春香伝の真実がよくわかっていないように思われた。そういった不満を語っているうちに、その頃、極東出版社というものをやっていた吉元成という友人から、ひとつ、春香伝を、今の大衆にわかりやすく書いてみないかという勧誘をうけた。意欲を感じて、私はすぐひきうけた。しかし、約束よりはいくらかおくれて原稿ができた。

私は、なるべく、春香伝の各種の類本が共通にしめしているものを、忠実に、描き出そうとつとめた。そして、出来得る限り、退屈しないで一気に読めるようにしたいと思った。そして、その時代には、充分表現できなかったとしても、春香伝が志向しているもの、すなわち、腐敗した封建支配制度にたいする憎しみと反抗、そして民衆の生活の幸福を求めてたたかうことの意義、そのための犠牲と勇気、基底に流れる人間解放へのやみがたい熱情、そういったものを強調したかった。そのため、春香や、夢竜や、房子《バンジャ》を、近代的な意識の持ち主に仕立てて描いた。そして、その条件の裏づけになるように、いくつかの朝鮮の古い史話を結びつけ、夢竜の都での思想的な成長過程を設定した。

春香の強烈な貞操観念は、朝鮮女性の伝統的な誇りとされているが、この恋愛をなるべく、美しく清らかで、しかも熱烈なものに描きたかった。

出来上がってみると、中途半端な点もあり、通俗性が気になりもした。またいろいろ指摘もされた。だが、素朴な一般読者は、これを読んで非常な感動をしめしてくれた。

だが、残念なことに極東出版社は、この本を出す前にすっかり破綻をきたし、この本は書店に満足に姿も見せないうちに倒れてしまった。

この本の再版を、その後、何回となくすすめられてきたが、適当な機会がなかった。このたび、朝鮮文化社の発足とともに、多くの人々から強くすすめられ、社長の尹炳玉氏の希望もあって、体裁を一新して出版することにした。

あえて内容には一切手をつけなかった。この本に一貫して流れているように、春香伝にたいする、私のひたむきな気持ちが崩れ去るようでは、この本の価値はまたおのずから別なものとなってしまうからである。私は、このありのままの姿で、この本を愛しているからである。ここにつらなるものは、あの暗い私の青春時代の、生きるための支えとなったものである。それは幼稚で、また未熟なものであろうとも、私はそれを恥じようとは思わない。

だから、これは、どこまでも私の春香伝であり、私の創作である。春香や、夢竜や、房子という、朝鮮の古典の上に存在する歴史的な人物を、私の情念を通して描いたものである。

この本の出版にあたり、多くの友人や肉親たちを思いおこさずにはいられない。特にこの本を書く直接的な動機をつくってくれた吉氏は、不幸な生活を重ねているようである。氏に酬いることのすくなかった私は、哀惜の念を禁じ得ない。

だが、春香が、究極において愛の勝利を獲得したように、私たちもやがて、平和と統一と、幸福とを獲得するに違いない。その日のために、私たちは、春香や夢竜のように、勇気をもってたたかわねばならないのである。

一九六〇年九月九日

李 殷 直

再版あとがき

二〇〇〇年六月の南北首脳会談の成功により、朝鮮総連傘下の在日同胞たちが故郷の韓国を訪問することが出来るようになった。

その第一回の「総連同胞故郷訪問団」が、同年九月、日本を出発したが、筆者もその成員の一人に選ばれ、五十八年ぶりに故郷を訪問した。

その折、多年あこがれつづけていた春香ゆかりの南原を訪れた。

広寒楼のある場所は観光の名所になっていて、多数の観光客がつめかけ、春香の古いわらぶきの家には、春香や夢龍の像がかざられていた。

春香を祭る廟堂には、美しい春香の姿を描いた絵がかかげられてあった。

観光客相手に、春香や夢龍の服装をさせて記念撮影をする店があり、筆者も誘われて記念写真をとってもらった。

また、観光案内をするきれいな娘さんが春香のなりをして、老齢の筆者をよろこばせてくれた。

春香が、永遠不滅の民族の恋人であることを痛感しないではいられなかった。

この書の初版が出たのは一九四八年秋、東京有楽座で、オペラ春香が公演された時であった。

それから半世紀余、そのオペラがこの四月、サッカー・ワールドカップの日韓共催を記念して横浜の市民劇場で再演されることになった。

最初の公演の時に企画に参加した筆者は、ＮＨＫの番組に紹介されたりしたが、オペラ再演を機に、絶版になっていた本書を再刊するようにすすめられた。

そこで、高文研の梅田正己氏の好意で、この書がまた世に出ることになった。

筆者にとってこの上ないよろこびである。

この美しい物語が、広く読まれることを切に願わないではいられない。

二〇〇二年三月十九日

李　殷　直

李　殷直（リ・ウンジク）

1917年、朝鮮全羅北道に生まれる。1928年３月、新泰仁公立普通学校(小学校に当たる)を卒業。29年から３年余、郷里の日本人商店で住み込みの小僧として働く。33年５月、日本での苦学を志し、地元の警察に25回ほど通ったすえ渡航証明書を得て渡日。１年間、下関で小僧として働いたのち、34年６月、上京。硝子工場で働きつつ夜間商業学校に編入、以後、転々と職をかえながらも37年３月、夜間商業を卒業。同年４月、作家を志望して日本大学予科文科に入学、41年12月、同大学法文学部芸術科文芸学専攻卒業。翌42年１月、日本学芸通信社編集部入社。45年２月、同通信社解散により、厚生省中央興生会新聞局に移る。

45年８月の解放後、11月より在日本朝鮮人聯盟(朝連)の活動に参加、以後、一貫して同胞の民族教育文化事業にたずさわる。60年、財団法人・朝鮮奨学会の理事となり、その後30年、育英事業に従事した。

作品・著書：日本大学予科在学中、最初の長編「ながれ」を月刊『芸術科』に連載（芥川賞候補に推されたが、検閲により連載を中断された)。解放後の著作として『新篇春香伝』、長編三部作『濁流』(新興書房)、長編五部作『朝鮮の夜明けを求めて』(明石書店)、『朝鮮名将伝』(太平出版社)、『朝鮮名人伝』(明石書店)、『「在日」民族教育の夜明け』（高文研）がある（このうち『濁流』『朝鮮名人伝』は韓国で翻訳出版)。他に、朝鮮文による『ある商工人の話』（2002年１月、人民共和国で出版）や作品「任務」「誠米」などがある。

新編《しんぺん》 春《しゅん》香《こう》伝《でん》

●二〇〇二年 四 月二〇日――――第一刷発行

著　者／李　殷直

発行所／株式会社 高文研
東京都千代田区猿楽町二－一－八
三恵ビル（〒一〇一＝〇〇六四）
電話　03＝3295＝3415
振替　00160＝6＝18956
http://www.koubunken.co.jp

組版／高文研電算室

印刷・製本／三省堂印刷株式会社

★万一、乱丁・落丁があったときは、送料当方負担でお取りかえいたします。

ISBN4-87498-282-4　C0097